다시
태어나도
경찰

다시
태어나도
경찰

이
대
우
지
음

위즈덤하우스

'제2, 제3의…… 이대우'가 나와서
경찰의 발전을 견인하기를

제9대 경찰청장으로서 제 마지막 소임을 끝낸 지도 벌써 20년이라는 세월이 흘렀습니다. 퇴임 후에도 '영원한 현역'이라는 생각으로 경찰에 대한 애정을 늘 가지고 있었으며, 특히 전국의 각종 기관에서 특강을 위해 저를 불러주셔서 검경의 수사 구조 개혁에 관해 많은 이야기를 할 수 있었습니다. 제가 그토록 열심히 얘기했던 것은 오늘도 거리에서 범죄와 맞서는, 강하고 믿음직한 후배들이 있기 때문입니다. 거리에서 후배 경찰들이 보이면 자랑스러웠고, 또 뿌듯했습니다. 매일매일 서민들의 가장 가까이에서 고생하는 그들을 바라보면서 저절로 경의를 표하게 됩니다.

올해 2020년은 저에게 매우 의미 있는 해입니다. 30대 초반의 젊은 시절에 일본 경찰대에서 유학하는 동안 우리나라 경찰에서 반드시 바뀌어야 하는 세 가지가 있다고 생각했습니다. 바로 박봉과 격무, 그리고 수사권 확보입니다. 이후 경찰청장 시절에 삼교대 제도로 격무를 해소했고, 박봉 문제도 아직 부족하지만 과거보다는 훨씬 좋아졌다고 생각합니다. 다만 지난해까지도 풀리지 않았던 일이 바로 '수사는 경찰, 기소는 검찰'이었습니다. 하지만 민주 시민들의 힘이 66년 만에 결국 일본이 만들어놓은 '검찰의 수사 지휘 및 기소 독점'을 깨뜨리고 말았습니다. 드디어 선진국형 형사 사법 체제로 힘찬 출발을 시작하면서 '국민의 경찰'로 거듭날 수 있는 기회가 마련되어 가슴이 뭉클해집니다.

그리고 또 하나의 반가운 소식이 날아들었습니다. 바로 이대우 형사과장이 책을 출간한다면서 추천사를 부탁하는 전화였습니다. 지난 30년간 최일선에서 1,000명의 범죄자를 검거하고 오로지 특진으로만 오늘의 자리에 오른 이대우 과장이 책을 통해 형사로서의 자기 경험을 나눈다고 하니 무척 반가웠습니다. 사실 국민은 늘 가까이 있는 경찰에게 도움을 요청하지만, 정작 경찰의 속내를 일일이 알기란 쉽지 않습니다. 이 책이 그 점을 해소하는 참 좋은 기회라고 생각하고, 후배 경찰들에게도 분명 본보기가 될 것입니다.

이 책에는 제가 했던 말인 "생각을 바꾸면 미래가 보인다", "일도 해본 놈이 접시를 깬다"가 이대우 과장에게 큰 영향을 미쳤다는 내용도 나옵니다. 새삼 그 시절이 다시 기억나면서 한편으로는 많은 후배가 제 말을 믿고 따라줬다는 사실에 감사한 마음이 들었습니다.

오늘도 전국에는 무수한 경찰 지망생이 고군분투하고 있을 것으로 압니다. 경찰도 개인의 삶을 꾸릴 수 있는 직업이긴 하지만, '아무도 알아주지 않는 사명감'을 가슴 깊이 간직할 때야 비로소 진정한 경찰이 될 수 있습니다. 누군가가 알아주고 칭찬해주면 분명 좋은 일입니다. 하지만 그러지 않아도 자신만의 정의를 묵묵히 구현해가면서 오늘 하루의 일을 통해 세상을 맑고 밝게 만들 수 있다는 마음을 굳게 간직할 때 경찰이라는 직업은 세상에서 가장 뿌듯하고 자랑스러운 직업이 됩니다. 앞으로 더 많은 '제2의, 제3의…… 이대우'가 나와서 우리 경찰의 발전을 견인하기를 간절히 바랍니다.

• 이무영(전 경찰청장)

이 책에는 범인들을 일망타진하며 영웅이 되기도 하고, 경찰복을 벗을 뻔한 위기도 있었지만, '정의'를 위해 흔들림 없이 형사로서의 근성과 촉을 보여준 이대우 형사의 가치관이 고스란히 담겨 있습니다. 경찰에 대해 잘 모르는 분들에게는 경찰에 대한 '해설서'로, 경찰을 준비하는 수험생들에게는 경찰 조직과 업무를 이해하는 '지침서'로, 경찰 동료들에게는 경찰이라는 직업에 대한 가치관을 재정립하는 '자기계발서'로 충분한 가치가 있는 책입니다.

• 김재규(강원지방경찰청장)

이대우 형사는 약자의 아픔에 깊이 공감하여 사건의 경중을 떠나 끝까지 파고듭니다. 그는 지독한 노력파입니다. 사건을 수사할 때는 의사가 해부하듯이 연구하고 또 공부해서 그의 안테나에 걸리면 아무리 날고 기는 범죄자라도 빠져나갈 수 없습니다. 그의 수사는 매우 독창적입니다. 정공법으로 나아가다가도 예측 불허의 수단으로 허를 찌릅니다. 그는 형사로서의 의리와 자존심과 품위를 위해서는 양보하는 법이 없습니다. 경찰의 독자적 수사권이 현실로 다가온 이 시대에 '범죄 사냥꾼 이대우'의 길을 따라가는 후배 형사가 많이 나오길 기대합니다.

• 최성환(화천경찰서장, 전 서울용산경찰서장)

사실 형사의 현실은 결코 영화 속 주인공처럼 멋있지만은 않습니다. 그러나 "피해자의 눈물을 닦아주면서 아름다운 세상이라는 최고의 명작을 만들어내겠다"라는 모토로, 30여 년간 형사라는 한 우물만을 판 이대우 형사과장의 끈기와 패기 그리고 끝없는 도전 정신은 그보다 훨씬 멋있습니다. 독보적인 현장 경험, 그리고 범죄자들과의 숨 가쁜 나날 속에서도 틈틈이 수집한 자료들을 토대로 한 이 책이 경찰을 꿈꾸는 모든 공시생, 형사 업무를 바라는 현직 경찰관들에게 필독서가 되어주리라고 믿습니다.

• 최현순(춘천경찰서장)

영원한 대한민국 형사 이대우. 그가 오직 국가와 국민을 위해 범죄와 싸워온 세월이 벌써 30여 년입니다. 경찰종합학교에서 함께 교육받던 시절부터 그의 열정은 남달랐습니다. 이 책은 그를 뒤따르는 후배 경찰들에게 마음의 지도가 될 것입니다.

• 권일용(프로파일러)

〈도시 경찰〉에서 '범죄 사냥꾼'이 되어 이대우 형사님과 함께 보이스피싱 범인을 검거했던 기억이 아직도 생생합니다. 범죄자와의 머리싸움, 추격과 도주, 그리고 마침내 검거! 영화나 드라마에 나올 법한 일들을 직접 몸으로 겪으면서

'아, 정의를 실현한다는 게 이런 느낌이구나' 하고 가슴이 터질 것 같았습니다. 약자를 만났을 때 한없이 도와주고 싶은 분들이라면 이대우 형사님과 함께 경찰의 꿈을 이뤄보세요!

• 장혁(배우)

한때 유혹에 넘어가 도박 사건으로 이대우 형사님과 맞닥뜨렸을 때 "아! 모든 게 끝났구나. 가수로서의 인생과 내 인생은 끝났다!"라며 좌절했습니다. 한 번의 실수는 제 인생에서 뼈를 깎는 아픔으로 다가왔고 모든 걸 포기하고 싶었죠. 하지만 도박이라는 길고 긴 터널에서 빠져나와 지금은 조금 더 성숙해져 크리에이터와 가수로 제2의 인생을 살고 있습니다. 나락으로 떨어졌던 저를 세상 밖으로 꺼내어주신 이대우 형사님, 너무 감사합니다.

• 정진우(가수)

이대우 형사님은 순경으로 임용되어 형사기동대에서 근무하며 우범 지역에서 범죄 예방 및 검거 활동에 매진해왔습니다. 그 치열한 생활에서 그가 찾고 배우고 깨달은 것이 이 책에 집약되어 있습니다.

• 박명규(에듀윌 대표이사)

한탕을 꿈꾸며 절도를 일삼았습니다. 그렇다고 그 시절에 많은 돈을 만졌냐? 그것도 아닙니다. 그렇게 검거됐을 때는 노모를 부양하지 못하게 한 이대우 형사님한테 원망만 가득했습니다. 하지만 구속은 새로운 시작의 첫걸음이었습니다. 사람은 누구에게나 시간이 필요합니다. 사회 구성원으로 누릴 수 있는 작은 행복들의 소중함을 깨달았습니다. 한탕으로 성공하는 사람은 없다는 것도. 당신의 삶을 소중히 여기세요.

• 상습 절도범

부축빼기로 쉽게 돈 벌자는 생각에 나쁜 짓을 많이 했습니다. 이대우 형사님에게 검거됐을 때 진정 이게 꿈이었으면 하는 생각이 간절했습니다. 감옥에 있을 때는 원망과 분노가 컸지만, 출소 후 시간이 지나니 죄를 짓고 사는 것보다 평범하게 사는 일이 행복하고 편안하다는 걸 알았습니다.

• 부축빼기 일당 소림사

1990년대 초반에 차량을 절도해 외국에 팔아먹을 때 이대우 형사님을 조심해야 한다고 귀띔을 받았는데 나만은 잡히지 않을 것이라고 생각했습니다. 속으로 비웃으면서 먼저 잡힌 아이들도 면회했습니다. 물론 나도 잡혔습니다. 그 시절에는 형사님한테 검거되는 악몽도 꾸면서 불안에 떨었지만, 이제 출소하여 마음 편하게 산 지 6년이 됐습니다. 지금도 힘들 때면 형사님에게 전화하곤 하는데 그때마다 제 전화를 따뜻하게 받아주십니다. 저희 같은 전과자들에게 항상 따뜻한 손길을 내밀어주셔서 고맙습니다.

• 차량 절도단 두목

정직하고 바르게 사는 것만으로도
경쟁력 있는 인생!

세상에는 수많은 직업이 있지만, 나에게는 경찰이 천직이었다.

경찰이 되기 전, 여러 직업을 전전했는데 모두 이삼 개월 만에 그만 둔 것에 비하면, 31년 동안 경찰 생활을 하면서 한 번도 후회해본 적이 없다. 딱 한 번 힘든 시절이 있었으니, 경찰 4년 차 검거 과정에서 범죄자에게 상해를 입혀 해임이라는 중징계를 받고 경찰을 떠났을 때였다. 당시만 해도 한창 일하던 시기라 네 살이던 아들이 잠든 이후에 퇴근해 집에서 잠만 자고 아들이 일어나기 전에 출근했다. 해임되어 출근하지 않고 매일 집에서 빈둥빈둥 노는 아빠가 이상했던지 이를 본 아들이 "아빠, 왜 회사 안 가?"라고 묻는 말에 너무도 가슴이 아팠다. 다른 직업을 찾아보려 했지만 이미 인이 박여버린 경찰 직업 이외에는 눈에 들어오지 않아, 다시 복직해야겠다는 마음을 독하게 먹고서 국가공무원법에 따라 소청 심사를 청구하고 어려운 싸움 끝에 돌아왔다. 다시 경찰서로 향하던 출근길은 내가 경찰이 되어 첫 출근을 한 날보다 더 행복했던 기억이 있다.

내가 왜 이렇게 경찰을 좋아하는지를 생각해본 적이 있다. 남들은 강력계 형사라면 끼니도 제대로 못 챙기며 잠복 수사를 하는 힘든 생활을 한다고 말한다. 또 범인의 칼부림 앞에서는 두려움을 느끼지 않느냐고 물어보기도 한다. 하지만 전혀 아니었다. 정말로 나는 즐거웠다. 나쁜 범죄꾼들을 쫓아다니는 그 순간에는 팽팽한 긴장감으로 오히려 온몸에 힘이 넘쳤고, 그들의 손에 수갑을 채울 때는 짜릿한 '손맛'을 느꼈다. 그들이 처벌을 받아 겨우 피해자들의 눈물을 닦아줄 때면 내가 한 일이 정말로 자랑스러웠다.

누구든지 살다 보면 착하게만 살 수는 없다. 착하게 산다고 누가 밥 먹여주지도 않는다. 그런데 경찰이라는 직업은 다르다. 착하게만 살아도 나라에서 먹여주고 재워준다. 나쁜 놈들 잡으라고 풍족하지 않은 돈이지만 수사비까지 준다. 그뿐인가. 나쁜 놈을 많이 잡아 세상을 착하게 만들면 나라에서 승진도 시켜주고 연봉도 올려준다.

경찰은 나에게 자부심 자체이다. 내가 당당하게 살아갈 수 있도록 해주고, 힘들고 불쌍한 사람을 도와줄 수 있도록 해준다. 거기다가 피해를 입은 사람에게 위로도 건네고, 또 다른 누군가가 당할 수 있는 범죄를 예방할 수 있다. 삶의 현장에서 시민과 함께하고, 정의로우면 서도 자부심 넘치게 살아가도록 해주는 직업이 또 있을까?

경찰, 때로는 국민에게 욕을 많이 먹어도……. 나 같은 열정과 실력을 가진 수사 형사들이 전국에 2만 8,000여 명 가까이 있지만, 이런 우리의 노력이 국민에게 제대로 전달되지 않는 듯하여 참 안타까운 것이 사실이다. 언제부터인가 경찰은 '동네북'이 된 것 같은 느낌이다. 언론에서 질타하고 국민이 손가락질하는 경찰이 되어버렸다. 물론 비리와 결탁하는 경찰관도 일부 있고, 사명감이 부족한 형사도 있다. 하지만 그것은 어느 조직에나 있는 일이다. 그런 일부의 잘못으로 경찰의 역할과 성과를 부인해서는 안 된다는 생각을 늘 한다.

형사들은 많은 사람이 알아주지 않아도 범죄자들을 잡아들이려는 고군분투의 노력으로 우리 사회의 안전에 큰 기여를 하고 있다. 오늘날 대한민국이 세계에서 가장 안전한 나라로 손꼽히는 것도 13만 경찰의 보이지 않는 노력이 이뤄낸 공적이라고 확신한다. 더불어 최근 경찰에 지원하는 사람도 부쩍 늘었다. 공무원이기 때문이겠지만, 경찰이라는 직업을 통해서 이루고 싶은 목표 의식이 선명하지 않은 것은 다소 아쉬운 부분이다.

이 책을 쓰는 것도 사실 이런 이유의 연장선에 있다. 형사들이 일선에서 하는 일을 좀 더 구체적으로 정확하게 알리고 싶었다. 경찰이 되고 싶은 사람들, 이제 막 경찰이 된 사람들에게 선배로서 충분한 지식과 경험을 전하고 싶다. 30년에 이르는 강력계 형사 경험이라면 자랑스럽지는 않아도 부끄럽지는 않게 말해줄 수 있을 것 같다. 이 책이 부디 경찰을 꿈꾸고 경찰에 대해 더 많은 것을 알고 싶은 시민들에게 도움이 되길 바란다. 또 범죄꾼을 소탕하고자 하는 경찰의 노력에 더 많은 시민이 동참해줬으면 하는 바람이다.

흔히 "무無에서 유有를 창조한다"라는 말이 있다. 예술가가 가장 대표적인 사람이다. 자신만의 독특한 감수성과 창작 능력으로 세상에 없던 것을 만들어낸다. 사업가도 마찬가지다. 창업은 아무것도 없는 상황에서 자신만의 시장, 자신만의 소비자를 만들어내는 일이다. 이런 직업일수록 만족도와 성취감이 크고, 일에 더욱 몰입할 수 있다. 자신만의 '작품'을 만들어내는 일은 누구에게나 흥미롭다. 그런데 형사도 그렇다. 형사가 없다면 범죄자들은 아무 걱정 없이 범죄를 저지르고 시민에게 피해를 줄 것이다. 도심은 무법천지가 되고, 시민은 불안에 떨게 된다. 하지만 형사들의 끈질긴 노력으로 범죄자는 잡히고, 결국 정의의 이름으로 처벌받는다. 사회를 평화롭게 만들고 정의가 올바로 서게 하는 일, 그래서 형사를 두고, 나는 매일 '아름다운 세상'이라는 최고의 명작을 만들어내는 사람이라고 생각한다.

더불어 오늘도 전국에서 발로 뛰며 범죄자들을 잡아 '아름다운 세상'을 만들기 위해 노력하는 모든 경찰분에게 진심으로 경의를 표한다.

2020년 6월

범죄 사냥꾼, 이대우

차 례

1
흥미진진한 두뇌 싸움, 강력계 형사로 산다는 것
8개의 키워드로 들여다보는 형사의 일상

2
외부자는 모르는 진짜 경찰 이야기
영화에 절대 안 나오는 경찰이라는 직업

3

공무원 연금보다 더 소중한 인생의 지혜
나는 경찰에서 세상과 사람을 배웠다

4

신참 생활 반으로 줄이는 경찰 적응 노하우
알고 있으면 머리도 크고 배짱도 두둑

5

빠른 시간에 베테랑 경찰이 되는 일 축지법

긴기 경찰 생활, 처음부터 탄탄하게 준비하는 법

1

흥미진진한 두뇌 싸움, 강력계 형사로 산다는 것

8개의 키워드로 들여다보는 형사의 일상

흔히 형사가 범인을 잡는 모습을 보고 '발로 뛴다'는 표현을 많이 쓴다. 그러나 최종 검거 전까지 끊임없는 두뇌 싸움이 벌어진다. 범인은 범죄 현장만 남긴 채 홀연히 사라지고, 사건 현장과 억울한 피해자만 남아 있다. 그때부터 형사는 어둠 속으로 사라져버린 유령 같은 범인을 찾기 위해 두뇌를 풀가동해야만 한다. 그렇게 단서를 찾고 증거를 축적하면서 조금씩 범인에게 접근해간다. 강력계 형사의 일상은 발로만 뛰는 것이 아니라 머리도 함께 뛰는 전천후의 생활이다. 여기, 강력계 형사의 일상을 보여주는 8개 키워드가 있다. 하나같이 긴박하고, 아슬아슬하고, 때로는 반전도 있는 형사의 역동적인 일상을 느낄 수 있을 것이다.

범죄자의 생각을
뛰어넘어라

상상력은 창의적인 일을 하는 사람에게 필요한 덕목으로 알려져 있다. 그런데 누구보다 상상력이 필요한 사람이 바로 형사이기도 하다. 우리가 접하는 것은 사건 현장이라는 '결과물'이다. 범죄의 의도와 과정은 완벽하게 지워진 상태로 제시된다. 오로지 증거와 목격담이 존재하며 운이 좋아야 단서가 될 만한 제보를 받을 수 있다. 흔히 수사 과정을 "그림을 그린다" 혹은 "퍼즐을 맞춘다"라고 말하는 것도 바로 이런 이유 때문이다. 숨겨진 것을 선명하게 드러내야 하는 것이 형사의 일이고, 바로 거기에서 상상력의 힘이 필요하다. 범죄자의 입장이 되어 범죄자의 심정을 느껴보는 것. 형사이지만 범죄자의 생각과 심리로 유체 이탈을 해야 하는 것이 형사의 일상이기도 하다.

너무나 완벽한 알리바이

아침 일찍부터 긴급한 목소리의 전화가 걸려왔다.

"충암고로 가는 오르막길 옆 인도에서 변사체가 발견됐다고 합니다. 강력반 형사들 총출동하랍니다!"

당직 경찰관이 아침 일찍 전화한다는 것은 분명 새벽에 사건이 터졌다는 의미다. 야심한 시간에 발생한 사건일수록 강력 사건일 가능성이 더 크다. 아니나 다를까, 35세 노총각이 변사체로 발견됐다. 현장은 대략 그의 사망 원인이 교통사고였음을 보여줬다. 하지만 남은 증거는 하나도 없었다. 자동차가 충격될 당시에 차량에서 떨어져 나온 이탈물도 없었고, 다른 곳에서 사망한 후 이곳으로 옮겨졌을지 모른다. 심지어 원한 관계에 있는 사람의 고의적인 살인일 수도 있다. 인근 가정집을 대상으로 새벽에 이상한 소리를 듣지 못했느냐는 탐문 수사를 해봤지만, 딱히 건질 것은 없었다. 최초의 단서는 사체에 나 있는 타이어 자국이었다. 결국 수십 곳의 타이어 대리점, 카센터 등을 돌아다니면서 해당 타이어를 장착해 출고한 차종을 알아냈다. EF소나타, 소나타, 엘란트라, 세피아였다. 인근 차량을 조사한 결과, 총 5명의 차주로 압축할 수 있었다.

그런데 난관은 여기서부터였다. 모두 알리바이가 있었다는 점이다. 10시쯤 귀가해서 잠을 잤다는 사람, 나이트클럽에서 친구와 놀다가 아침에 들어갔다는 사람, 사건 당일에 처남들과 밤새 술을 먹었다는 사람, 유원지에 놀러 갔다가 친구를 데려다주고 엄마 집에서 잠을 잤다는 사람…….

물론 그들이 내세우는 알리바이를 다 믿을 수는 없으니 검증에 들어갔다. 그중에서도 유독 의심할 수 없이 완벽한 알리바이를 가진 사람이 있었다. 바로 이지희(가명)라는 35세 여성이었다. 사건이 일어나기 전날 친구인 모 방송국 기자와 청평 유원지에 놀러 간 후 그를 집에 데려다주고 엄마 집에서 잠을 잤으며, 사건 당일에는 오후 3시에 자기 집에 돌아왔으니 도대체 범죄를 저지를 시간이 없었다. 알리바이와 관련된 사람들과 통화해봐도 시간이 딱딱 들어맞으니 의심의 여지가 없었다. 그러나 또 한편으로 드는 생각이 있다.

"너무 완벽한 100퍼센트의 진실은 진실이 아닐 가능성이 크다."

알리바이는 자기 무죄를 증명하는 매우 효율적인 수단이지만, 정반대로 조작된 알리바이는 자기 범죄를 숨기는 강력한 수단이다. 너무 완벽해 보이는 알리바이는 인위적으로 조작됐을 가능성도 동시에 크다.

이럴 때는 상대를 의심하는 듯한 형사의 태도가 혐의자의 반응을 살피기 좋은 방법이 되어준다. 그는 유독 과민한 반응을 보였다.

"형사님, 의심이 들면 더 정확한 증거를 찾아야죠. 그런 게 형사의 일 아닌가요? 타이어 자국이 같으면 다 범인이에요? 증거도 없이 이렇게 일반 시민을 괴롭혀도 되는 거예요?"

자신에게 죄가 없다면 지나치게 예민할 필요가 없다. 형사가 의심해도, 결국 증거가 모든 것을 말해줄 것이기 때문이다. 하지만 자신에게 죄가 있다면, 이때 용의자는 오히려 더 과도하게 반응하며 자기 무죄를 증명하려고 한다. 일단 그에게 일차적인 용의점을 두었지만 증거는 여전히 부족했다.

범인의 행동을 상상으로 확인하다

다시 사건 현장으로 돌아갔다. 밤바람이 차갑게 부는 그날의 사건 현장에 우두커니 서서 상상의 나래를 펴기 시작했다.

'가해자는 여기서 자기 차에 쓰러진 사람을 발견하고 무엇을 했을까? 아마도 안절부절못했겠지. 119에 신고할까, 혹은 도망갈까 고민했을 거야. 그 짧은 시간에 그 사람은 또 무슨 생각을 했을까? ……혹시 본 사람이 있는지 주변을 둘러봤을까? 만약 범인이 여자라면 어떨까? 119에도, 112에도 신고하지 않았다면? 그냥 아무 생각 없이 허겁지겁 도망쳤을까? 만약 그렇지 않다면……?'

그 순간 머리를 스치는 생각이 있었다. 자신이 곤경에 처하게 되면 제일 먼저 하는 행동이 바로 아는 사람에게 전화해 도움을 요청하는 것! 특히 여성일수록 더욱 당황하며 주변 사람에게 연락했을 수 있다.

곧바로 통신 영장(통신사실확인자료제공요청허가서)을 발부받아 그의 통신 기록을 확인하기 시작했다. 역시나, 그는 사고가 난 시간에 사고 현장 기지국 200미터 반경 안에서 엄마와 통화한 사실이 확인됐다. 완벽해 보였던 알리바이에 금이 가는 순간이었다. 다음에는 그의 차

26

량을 압수수색할 차례. 통신 기록을 통해서 어느 정도의 혐의점을 확인했으니 차량 압수수색영장도 그리 어렵지 않게 받을 수 있다. 차량에 대한 루미놀 검사 결과, 혈흔을 발견했으며 이것이 피해자의 것과 일치한다는 사실을 확인했다. 결국 수갑을 차게 된 그는 눈물을 흘리며 "실수였다"라는 말을 반복했다.

수사에는 추리력이 필요하다고들 한다. 물론 추리력은 형사의 1순위 능력이지만, 추리를 잘하기 위해서는 증거가 있어야 한다. 만약 증거가 없다면? 그래서 필요한 것이 상상력이다. 범죄자의 관점에서 그들의 마음속으로 들어가는 것, 바로 그것이 형사의 상상력이다. 어떤 면에서 보면 수사는 매우 창의적인 일이다. 일반 사회에서의 창의력은 소비자의 마음을 읽어 존재하지 않았던 제품이나 서비스를 만들어내는 것이지만, 수사 과정에서의 창의력은 범인의 마음을 읽어 가려져 있는 범죄행위를 드러내는 일이다.

수사는 증거를 하나하나 쌓아나가는 고된 작업이지만, 그 안에서 펼쳐지는 자유로운 상상력은 물리적 증거만큼이나 빠르게 범인을 특정해내기도 한다. 만약 자신만의 상상의 나래를 펴기를 좋아하는 사람이라면, 혹은 상상을 통해서 눈에 보이지 않는 것을 찾아내기를 좋아하는 사람이라면 이미 좋은 형사가 되기 위한 자질을 갖춘 것이다.

교통사고일까,
연쇄살인 사건일까

한 해 동안 교통사고로 사망하는 사람은 3,000~4,000명 수준이다. 생각보다 많은 사람이 스스로 운전을 하거나, 운전을 하는 사람에 의해 유명을 달리한다. 그나마 다행스러운 점은 매우 악의적인 의도에 의해 살해당한 것은 아니라는 점이다. 다만 시신이 많이 훼손되는 경우도 있기 때문에 유가족들은 더욱 가슴 아파한다. 그런데 이런 교통사고에 대한 일반적 편견을 깨는 사건이 발생한 적이 있다. 바로 교통사고처럼 보였지만, 알고 보니 연쇄살인 사건이었던 것이다. 이런 경우는 처음이라 이 사건을 담당한 형사도 미처 범죄 의도를 완전히 파악하지 못한 채 단순교통사고 사망 사건으로 처리했을 정도이다. 아마도 형사의 이런 실수 뒤에서 범인은 슬며시 웃음을 지었을 것이다.

그래서 형사에게 늘 필요한 덕목이 있다면 바로 '의심'이다. 아무리 사건 현장을 보고 머릿속에 딱 떠오르는 그림이 있더라도 계속 의심 해야만 수사가 미궁에 빠지지 않고 올바로 나아갈 수 있다.

누가 봐도 평범한 교통사고

때로 극악무도한 범죄는 매우 평범한 단순사건의 모습으로 우리에게 나타난다. 겉으로 드러난 모습만 봤을 때는 별 의심의 여지가 없고, 모든 것은 그저 상식적이고 합리적으로 보이기도 한다. 그래서 사건 은 순조롭게 해결되고, 형사는 또 한 건의 사건을 쳐낸다……. 그렇게 사건은 잘 해결되는 듯이 보이지만, 그 이면에는 형사마저 속이는 범 죄꾼들의 치밀한 계획이 숨어 있다. 다음 현장 상황을 보고 함께 생각 해보자.

① 운전자가 60세가 넘은 노인을 치었다.
② 놀란 운전자는 급히 119에 전화하여 피해자를 응급조치하고 병원으로 옮겼다.
③ 운전자는 지체 없이 112에 전화하여 자신이 교통사고를 냈다 고 신고하면서 "노인을 보지 못해 사고를 낸 것 같다"라고 실 토했다. 그 목소리에는 안타까움과 심한 자책감이 묻어 있었 다. 특별히 술을 마시거나 마약을 한 흔적은 없었다.
④ 운전자는 경찰서로 조사를 받으러 오라는 출두 요구에 곧바

로 약속을 잡고 모든 조사를 성실하게 받았다.

⑤ 형사는 별다른 의심의 여지가 없다고 판단하여 교통사망사고로 처리하고 사건을 종결했다.

일반인의 상식으로는 별로 특별한 부분이 없는 사고였다. 하지만 놀랍게도 이 사건은 보험금을 타내기 위해 치밀하게 준비한 살인 사건이었으며, 피해자가 여러 명이었으니 분명 '연쇄살인'이었다. 우리가 아는 연쇄살인에서는 일반적으로 흉기를 사용하지만, 이 사건은 자동차로 사람을 치는 새로운 유형의 연쇄살인 사건이었던 것이다.

이런 유형의 연쇄살인을 처음으로 접한 것은 동대문시장 주변의 토착 폭력배 49명을 검거해 수사하는 과정에서였다. 그들은 동대문운동장 인근의 광희시장 앞 노점상들에게 상습적으로 자릿세를 갈취하고 있었다. 그들 중에서 총 7명이 구속됐는데, 구속되기 전에 한 녀석이 은근히 말을 걸어왔다.

"팀장님, 저한테 소스가 하나 있는데 구속 좀 면하게 해주소."

소스? 귀가 번쩍 뜨였다. 그러나 첩보를 얻는다고 해서 형사가 함부로 피의자의 구속을 면하게 해줄 수는 없다. 사건 기록을 보니 녀석은 구속될 감이 아니었다. 그저 지레 겁먹고 먼저 실토해온 것이다. 이런 사실을 짐짓 모른 척하면서 말했다.

"그래? 고급 정보라면 구속까지는 안 시킬 수도 있으니까…… 어디 한번 말해봐."

"제가 아는 영등포 사창가 포주한테 들은 이야기입니다. 그놈한테 큰돈을 빌려줬는데 한참을 못 돌려받았거든요. 그런데 그놈이 갑자기 그 큰돈을 한꺼번에 갚더라고요. 어떻게 된 일이냐고 물었더니, 그놈이 '자동차운전자보험'을 얘기하대요. 그걸 이용해서 차로 노인을 치고 보험금을 엄청나게 받았다고 합니다."

드디어 그 실체가 드러나다

사람을 죽여놓고 보험금을 받는다? 아리송했다. 사고가 나면 피해를 보상해주는 것이 보험인데 사고가 나서 사람이 죽으면 돈을 받는다는 것 자체가 이해되지 않았다. 당시만 해도 '자동차운전자보험'은 일반인도 잘 모르는 상품이었고 나 역시 마찬가지였다. 조사해보니 자동차운전자보험은 교통사망사고가 발생했을 때 형사 합의 지원금으로 5천만 원까지 보장해주는 보험이었다. 만 60세 이상의 노인이 사망했을 때는 유족과 합의하더라도 법률상 실제 급여소득 연령이 경과하여 많은 금액의 합의금을 주지 않고도 합의할 수 있었다. 설사 합의가 되지 않더라도 법원에 공탁금 2천만 원 정도만 내면 불구속 상태로 수사를 받을 수 있기 때문에 아무런 제재 없이 나머지 보험금을 가질 수 있다.

당시 폭력배에게 돈을 빌린 영등포 사창가 업주는 이런 보험만 무려 4개를 가입해놓고, 결국 공탁금 2천만 원을 제외한 1억 8천만 원을 받았다. 사람을 일부러 죽이고 돈을 번다는 사실이 경악스러웠다.

이 사건을 계기로 세 번에 걸쳐 자칫 교통사고 사망 사건으로 묻힐 뻔한 연쇄살인 사건 총 5건을 연달아 해결하면서 억울하게 죽임을 당한 망자들의 원혼을 달래주기도 했다. 당시 이 사건을 수사하면서 작성하던 나의 비망록에는 이런 글이 적혀 있었다.

> 2009. 2. 9. 형사의 비망록
>
> 넌 연쇄살인범이다.
> 우연한 사고를 위장해 고령의 노인을 두 사람이나 살해하고,
> 한 사람은 미수에 그친 연쇄살인범.
>
> 넌 완전범죄를 기획하고
> 치밀하게 범행했지만, 꼬리가 길면 밟히고
> 진실은 언젠가 밝혀지게 되어 있는 법.
>
> 기다려라…… 인간이기를 거부한 너의 실체를
> 이 세상 밖으로 끄집어내어 낱낱이 밝혀주마.
>
> 곧, 만나게 될 것이다.

사건을 수사한 결과, 충남 서천에서 조그만 상조회 지점을 운영하

던 김모 씨는 은행권 대출권을 갚지 못해 신용불량자로 전락한 채 금전적인 압박을 받는 상태였다. 그러던 그는 우연히 케이블 TV에서 자동차운전자보험 광고를 본 뒤 이를 악용하기로 마음먹고 범죄를 저질렀다. 이 사건은 그리 어렵지 않게 해결됐다. 첩보도 확실했고 증거까지 명확해서 빠르게 해결할 수 있었다. 이런 유형의 연쇄살인 사건으로는 처음이었던 터라 언론을 장식했고, 그 이후로 비슷한 사건 의뢰가 계속 들어왔다.

어느 날 전화 한 통이 걸려왔다.

"이대우 형사님, 저는 ○○○ 보험사의 보험범죄 조사요원SIU입니다. 이 사건이 아무래도 좀 이상해서……."

그 이야기를 들어보니 딱 감이 왔다. 또 자동차운전자보험을 이용한 사건이었다. 다만 이런 사건을 실제로 해결해본 경험이 없는 다른 경찰서의 형사가 단순교통사고 사망 사건으로 처리해버렸고, 그 결과를 도저히 수긍하지 못했던 보험범죄 조사요원이 언론에서 사건 해결 뉴스를 보고 나에게 연락했던 것이다.

흔히 '초동수사가 중요하다'라는 말은 이제 일반인도 알 수 있는 정도가 되었다. 초동수사의 문제점을 지적하는 뉴스가 매우 많이 보도됐을 뿐만 아니라, 경찰에서도 이 부분을 아주 강조한다. 그런데 초동수사에는 사건 발견 초기의 물적 증거를 확보하는 일도 포함되지만, 더 중요한 것은 바로 '형사의 관점'이다. 형사가 현장을 어떻게 보느냐에 따라서 사건의 수사 방향이 결정되기 때문이다.

자동차 교통사고 사망 사건과 같은 연쇄살인 사건은 형사의 초기 관점이 얼마나 중요한지를 잘 보여준다. 물론 신종 범죄였기 때문에 해당 형사가 실수할 여지는 충분히 있었다. 문제는 그 사건을 교통사고만으로 처리했다면 연쇄살인범은 그 후로도 오랫동안 잘 먹고 잘 살았을 것이라는 점이다. 그리고 더 많은 사람이 억울하게 죽어가야 했을 것이다.

형사는 잘못된 수사 방향을 예방하기 위해 일단 사건을 접하면 모든 가능성을 염두에 두고 다방면으로 조사를 시작한다. 예를 들어 가정주부가 살해됐다면 수사전담팀이나 수사본부를 차린 후 각 형사가 다른 임무를 수행한다. 어떤 형사는 가족에 의한 살해 가능성을 염두에 두고 수사하며, 또 어떤 형사는 제3자를 염두에 두고 수사한다. 현장에서 살해 도구가 발견됐다고 해도 그 이외의 도구가 있는지 또 수사하고, 다른 형사는 일정 시한이 지나면 사라지는 휘발성 증거자료를 수집하는 등 그날그날 각자 부여받은 수사를 하게 된다. 이렇게 매일 수사한 결과를 놓고 토론을 한 후, 다음 날 수사할 내용과 방향을 정해서 계속 수사를 진행한다. 그렇게 범인이 특정되면 그때 범인 검거를 위한 방향으로 수사력을 집중하게 된다.

이것은 형사 개인의 독단적 관점을 체계적으로 막기 위한 방법이다. 그러나 형사 개인으로서도 끊임없이 의심을 멈춰서는 안 된다. 특히 이는 경력이 많을수록 더 지켜야 하는 원칙이기도 하다. 많은 수사를 해보면 누구에게나 자신만의 보는 눈이 생기는데 오히려 이런 익숙함이 계속 이어져야 하는 의심에 방해가 되기 때문이다.

형사는 수사 과정에서 끊임없이 '믿음'과 '의심' 사이를 오간다. 피의자의 진술을 믿을 것인가, 말 것인가? 눈에 보이는 증거를 믿을 것인가, 말 것인가? 심지어 피해자 진술에도 착각의 여지가 있으므로 그에 대해서조차 의심이 필요하다. 무엇인가를 계속 의심하는 과정은 스트레스이기도 하다. 무엇인가를 믿으면 마음이 놓이고 안정되지만, 의심하면 마음이 놓이지 않고 불안하다. 그럼에도 불구하고 의심은 형사의 숙명이다. 그 의심 속에서 범죄자가 숨기려 한 단서가 발견되고 감추려 한 진실이 드러나기 때문이다. 그래서 형사에게 의심은 진실로 향하는 길을 밝히는 등불이기도 하다.

근성

형사의 분노,
아직 끝난 것이 아니다

형사에게 중요한 능력 중 하나는 바로 '근성'이다. 근성은 사건을 포기하지 않고 끈질기게 물고 늘어지는 것이다. 사실 대한민국 형사들은 사건을 쉽게 포기하지 않는다. 피해자의 눈물, 그리고 범죄자에 대한 분노를 느끼게 되면 누구라도 끈질기게 범인을 잡으려고 노력한다. 따라서 근성에서 중요한 점은 '포기할 수 있는 상황' 혹은 '포기해도 되는 상황'이어도 포기하지 않는 것이다.

일반적으로 범죄자가 구속되고 재판까지 이루어졌다면 형사가 더이상 그 사건을 추적할 필요는 없다. 일단 검찰에 송치하는 것으로 형사의 일은 끝난다. 그러나 경우에 따라서는 재판 결과를 끝까지 지켜보고, 혹여 밝혀지지 않은 또 다른 범죄 사실이 있다면 구치소나 교도소에서 나오는 그날 다시 체포하는 일도 필요하다. 지긋지긋한 구치소나 교도소에서 나오는 날, 범죄자들은 천국을 느끼겠지만, 형사의 끈질긴 근성은 그들에게 다시 지옥을 맛보게 한다.

범인이 집행유예를 받길 바라다니!

앞에서 얘기한 자동차운전자보험 연쇄살인 사건을 해결하고 동일 수법의 또 다른 살인 사건을 수사 중일 때였다. 20대 중반의 젊은이들이 공모해 보험금을 노리고 폐지 줍는 노인들을 고의로 충격해 살해했다. 또 마주 달려오는 오토바이 폭주족들을 충격해 살해 또는 중상해를 가하려는 위험천만한 시도를 하기도 했다. 피해자가 사망하거나 중상해를 당해야만 약정한 보험금이 나오기 때문이다. 그들은 이외에도 다양한 범죄에 연루되어 있었다.

이 사건은 애초에 다른 경찰서의 교통사고조사계에서 담당하여 먼저 수사를 진행하고 있었다. 그런데 이번에는 사건의 진실이 그저 단순교통사고 사망사고에 머물까 봐 어느 보험범죄 조사요원이 또 한 번 나에게 의뢰했다. 하지만 섣불리 나설 수 있는 상황은 아니었다. 동일한 사건을 두 경찰서에서 수사한다는 것은 수사력 낭비이기도 하거니와 범죄자들의 인권을 침해한다는 등 원성이 거세질 수 있기 때문이다. 거기다가 범죄자들이 계속해서 수사받게 되면 그들도 나름의 내성이 생겨 범죄를 숨기는 테크닉이 더 발달하기도 한다. 자칫하면 '진실은 밝혀내지도 못한 채 고생만 하다가 헛물켜기 십상'인 경우였다.

일단은 기다리면서 사건의 추이를 지켜보기로 했다. 하지만 먼저 사건을 맡은 형사가 단순교통사고 사망사고로만 기소할 뿐, 사기죄와 살인죄를 증명하지 못할 가능성이 매우 크다고 판단했다. 우리는 다시 기초수사를 진행하면서 현재 검거되지 않은 범죄자들까지 일망타진할 계획을 세웠다.

해당 경찰서에서는 사건의 본질인 살인죄와 사기죄를 밝혀내지 못하고 교통사고처리특례법 등을 적용하여 주범 2명만 구속해 송치하는 선에서 사건을 종결한 사실이 확인됐다. 즉시 공문을 작성해 사건 관할 지방검찰청에 사건 기록 일체를 사본해달라고 의뢰하고 다시 원점에서부터 사건 전체를 분석하기 시작했다. 아마 이렇게 다른 경찰서에서 종결된 사건을 다시 수사하는 일은 매우 드물 것이다.

이렇게 시작한 사건 분석을 통해 범행에 대한 그들의 부인을 깨트릴 수 있는 단서를 발견하고 이 단서를 들이밀어 공범들을 상대로 시인을 받을 수 있는 단계까지 수사를 진행했다. 드디어 구속된 주범 2명의 1심 재판 선고일이었다. 나와 팀원들은 재판에 참석해서 그들의 변명을 들어봤다. 악질적인 지능범들은 사람을 의도적으로 살해하고도 이를 감춘 채 기소된 공소사실에 대해 억울함만 계속 하소연하며 일부 무죄까지 주장했다. 이는 판사를 상대로 하는 한판의 도박극이 아닐 수 없다. 하지만 나는 그들이 최대한 가벼운 형을 받고 집행유예로 출소하길 바랐다. 그들을 다시 살인죄와 사기죄 등으로 구속하여 공범과 여죄를 모두 밝혀내고 제대로 된 죗값을 치르게 할 마음이었기 때문이다. 범죄자들이 가벼운 형을 받기를 바란 일은 그때가 처음이자 마지막이었을 것이다. 초조하게 재판을 지켜보면서 결과를 예의 주시했다. 그 결과 '절반의 성공'이었다. 재판부는 주범 중 한 사람에게는 징역 1년, 다른 한 사람에게는 징역 8월에 집행유예 2년을 선고했다. 내심 매우 아쉬웠다. 둘 다 집행유예로 구치소를 나오는 것이 우리 계획이었기 때문이다.

형사에게 근성이란?

드디어 그중 한 명이 석방되는 날, 탈의실에서 사복으로 갈아입는 그를 향해 다가갔다. 이제 곧 감옥에서 나갈 생각에 살짝 들뜬 듯 보였다. 하지만 진짜 범죄가 밝혀지지 않았는데 그에게 세상의 자유를 맛보게 할 수는 없다. 수갑을 꺼내 들었다.

"당신을 살인미수, 사기, 폭력행위등처벌에관한법률 위반 등으로 체포영장에 의해 체포합니다. 변호인을 선임할 수 있고 변명의 기회가 있습니다. 두 손 내밀어. 철컥철컥!"

그 녀석의 얼굴은 사색이 되었다. 아마도 완전히 '날벼락' 수준이었을 것이다.

"왜요? 제가 왜요?"

그는 이해되지 않는다면서 고개를 연신 두리번거렸다.

"범행한 네가 더 잘 알 텐데? 몰라서 물어?"

한동안 그는 '도대체 형사들이 어디까지 알고 있는 거야?'라고 생각하며 크게 혼란스러웠을 것이다. 그때부터 드디어 일당들에 대한 일망타진이 다시 시작됐다. 다시 체포된 녀석을 통해 공범과 만날 약속을 잡기 시작했다. 첫 번째 타깃은 공범 이씨였다. 광화문 사거리에서 그를 체포했다.

"당신을 살인, 사기, 폭력행위등처벌에관한법률 위반 혐의로 체포영장에 의해 체포합니다."

다음은 군산이었다. 집행유예를 받고 나온 녀석과 약속을 하고 현장에 나타난 또 다른 공범에게 다가갔다.

"당신을 살인, 사기, 폭력행위등처벌에관한법률 위반으로……."

이렇게 안도의 한숨을 쉬고 있었던 나머지 공범을 모조리 검거하면서 사건은 드디어 실체적인 진실로 드러나기 시작했다.

이 사건이 중요했던 것은 그들이 20대였다는 점이다. 사건이 미궁에 빠졌다면 아직 죄의식도 제대로 없는 20대 초반의 범죄자들에게 완전범죄에 대한 희망을 심어줬을 것이다. 그들은 범죄 경험을 쌓으면서 더한 괴물로 변해갈 가능성이 충분히 있었다. 그나마 처벌을 받게 된 것은 그들의 인생을 위해서도 좋은 일이다.

이 사건에서 나 역시 근성의 가치를 다시 한 번 느꼈다. 하지만 근성은 형사의 개인적인 차원에서만 중요한 것이 아니다. 형사가 근성을 발휘하지 못하면 이는 곧 범죄자들의 자유로 이어지고, 사건의 은폐로 피해자들의 고통과 슬픔만 남긴다. 형사가 근성을 발휘하면 범죄자에게는 처벌을, 피해자에게는 위로를 전할 수 있다. 그러니 형사에게 근성이란 범죄자에게는 무서운 집요함이자, 피해자에게는 고마운 배려일 수 있다.

기지

형사 한 명이 한꺼번에
네 명을 잡는 법

'경우에 따라 재치있게 대응하는 지혜'를 '기지機智'라고 한다. 여기에
서 중요한 것은 '경우에 따라'이다. 그때그때 벌어지는 상황에 순발력
있게 대응해야 한다. 범인을 검거할 때는 예상했던 현장과 전혀 다른
상황이 펼쳐지는 경우가 비일비재하다. 심지어 범인이 한 사람이라
고 생각했지만 서너 명이 모여 있는 때도 있고, 탈출 경로를 모두 봉
쇄했다고 생각했지만 쥐도 새도 모르게 도망가는 녀석들도 있다. 변
수가 무궁무진한 곳이 바로 검거 현장이라고 해도 과언이 아니다. 그
러나 예상하지 못했던 상황이라고 해서 검거하러 갔다가 뒷걸음칠
수는 없는 노릇이고, 눈앞에서 범인이 도망치게 놔둘 수는 더더욱 없
다. 이럴 때 필요한 것이 바로 기지다.

형사보다 범인이 더 많다면?

범인을 검거할 때는 보통 범죄자 수보다 형사 수가 많아야 한다. 상황에 따라 범죄자보다 1.5배에서 2배 정도는 더 있어야 안전하게 검거할 수 있다. 범죄자 4명이라면 형사는 최소 6명이 있어야 각자 1명씩 검거하고 나머지 2명은 안전하게 그 상황을 통제할 수 있다. 범인은 4명인데 형사가 나 혼자라면? 이때는 검거할 다음 기회를 노리든지, 1명만 검거하든지 선택해야 한다. 물론 지원을 요청할 수 있겠지만, 여기에는 시간이 걸린다는 단점이 있다. 긴급한 상황에서는 지원 요청도 쉽지 않다.

내가 마주한 것은 무려 4명의 범죄자였다. 그때는 동료도 없이 오로지 나 혼자였고, 범인이 이동하는 중이었기 때문에 지원을 기다리는 것도 불가능했다. 그런데 나는 한꺼번에 이들을 모조리 검거할 수 있었다. 기지라고 하면 기지일 것이고, 운이 좋았다고 하면 운이 좋았을 것이다.

그날은 혼자서 차량으로 이동하면서 취객 주변을 감시하며 부축빼기범(일명 '아리랑 치기')을 현행범으로 검거하기 위해 유흥가를 돌고 있었다. 부축빼기란 술 취한 사람을 도와주는 척 부축하면서 주머니 속 지갑을 터는 범죄이다. 부축빼기범의 경우 현장에서 바로 검거하지 않으면 추후에 범행을 부인하는 일이 많다. 설사 현행범으로 검거했다고 해도 현장 증거를 수집해두지 않으면 발뺌하기 일쑤이다.

다행히 그날 현장에서는 4명이 서로 도우며 범죄를 저지르는 장면을 캠코더로 찍었지만, 문제는 그들을 검거하기가 힘들다는 것이었다. 나 혼자서 어떻게 4명을 감당한단 말인가? 설사 1명 정도는 잡는다고 하더라도 나머지 3명은 순식간에 도망가서 당분간 숨어버릴 것이 뻔했다. 다시 추적하려면 보통 어려운 일이 아니다.

하지만 그들을 포기하기에는 너무 아까웠기 때문에 일단은 서서히 따라붙었는데 거의 3킬로미터나 따라가는 상황이었다. 그때 문득 눈에 들어오는 곳이 있었으니 바로 파출소였다. 그 순간, 내 머릿속에 어떻게 그들을 검거할지 순식간에 그림이 그려졌다. 재빨리 내 차의 속도를 높여 범인들이 탄 차의 앞길을 막았다.

"경찰관입니다. 잠시 검문하겠습니다. 신분증 좀 제시해주세요."

대개 그렇듯이 불심검문을 받는 용의자들은 투덜거리거나 반발을 하기 마련이다.

"뭐야? 왜 불심검문을 하는 거야?"

나는 이미 그들의 질문에 대한 대답을 미리 준비해놓았다.

"관내에 지금 강력 사건이 발생했습니다. 협조 좀 해주십시오."

기지도 결국 투지에서 생긴다

부축빼기범의 특징은 일단 범행 현장을 벗어나면 안심을 한다는 사실이다. 취객이야 여전히 취해서 잠들어 있을 것이 뻔하고, 지갑도 버렸으니 증거가 없기 때문이다. 더군다나 자신들과는 아무런 상관이 없는 '강력 사건' 때문에 검문을 한다니 순순히 응했다. 4명의 주민등

록증을 모두 확보한 나는 다시 말했다.

"바로 옆에 파출소가 있으니 잠시 조회해서 이상 없으면 곧 보내드리겠습니다."

범인들은 투덜거리기는 했지만 어쩔 수 없다는 듯 파출소로 들어갔다. 4명의 발걸음이 모두 파출소 안으로 들어서기까지가 왜 그토록 길게 느껴졌을까? 마지막 1명까지 파출소로 들어가자마자 나는 입구를 몸으로 막고 소리를 질렀다.

"야, 다 이리 와! 손 내밀어! 나, 이대우 형사야!"

파출소 경찰관들은 갑작스러운 상황에 놀라기는 했지만, 내가 빠르게 그 상황을 설명하자 부족한 수갑을 빌려주며 곧바로 그들의 손목에 철컥철컥 수갑을 채울 수 있도록 도와주었다.

그때 범인들의 표정은 아직도 잊히지 않는다. 별일 없이 풀려나리라 믿었기에 더욱 당황한 듯 보였다. 거기다가 내가 의도적으로 속이며 파출소로 유인했다는 사실에 매우 허탈하지 않았을까? 그들 중 하나가 "경찰이 증거도 없이 뭐야, 이거!"라고 소리쳤지만, 범죄 현장에 대한 모든 기록은 내 캠코더 안에 들어 있었다.

『손자병법』에 보면 "지피지기 백전불태知彼知己 百戰不殆"라는 말이 있다. 많이들 알고 있을 것이다. 그런데 여기에 바로 연결되는 또 다른 말이 있다. 바로 "지천지지 승내가전知天知地 勝乃可全"이다. 변화하는 자연 현상과 지형을 알면 온전한 승리를 거둘 수 있다는 의미다. 즉 상대도 알고 나도 알아야 하지만, 자연 현상과 지형을 알아야 한다는 조언이다.

　내가 발휘했던 기지는 파출소라는 지형을 적절하게 활용한 것이다. 파출소가 거기에 없었다면 나 혼자서 4명을 검거하는 일은 불가능했다. 하지만 이런 기지도 자기 일을 포기하지 않는 근성과 열정에서 나온다. 그때 내가 '그래, 나 혼자서 어떻게 4명을 잡아?'라고 지레 포기했다면 3킬로미터 앞에 파출소가 있는지도 몰랐을 것이고, 순간적으로 그들을 검문할 생각도 못 했을 것이다. 기지란 머리가 좋아서 생기기도 하겠지만 '반드시 해야 한다'라는 투지에서 생겨난다. 투지가 있으면 어떻게든 하고 싶고, 그렇게 하고 싶다면 스스로 어떻게든 방법을 만들어낸다. 남들이 보기에는 "야, 대단한 기지야!"라고 말해도 결국 끝까지 해내고 싶다는 투지가 그 배경이 되어준다.

그렇게 하면
안 잡힐 줄 알았지?

수사과 경제팀에는 오늘도 각종 사기 등으로 인한 고소와 고발이 끊임없이 접수된다. 그런데 경제 수사의 특성상 고소·고발이 접수돼도 신속하게 추적하기는 쉽지 않다. 대부분 전화 통화 혹은 서면 출석 요구로 수사하는 관행이 정착되어 있기 때문이다. 구속영장이 기각되는 경우도 많다. 수사의 원칙 자체가 불구속 수사인 데다가 누군가가 다치고 피 흘린 사건도 아니기 때문이다.

하지만 피해자들의 마음은 새까맣게 타들어간다. 자신은 수천만 원, 수억 원의 돈을 뜯겼는데도 경찰이 그 사건에 너무 안이하게 대응한다는 느낌이 들기 때문이다. 전북에서 발생한 사기 대출 사건은 경제 사건이었지만 강력팀의 수사 방식을 적용한 대표적 사건이었다.

피해자의 안타까운 사연에 그저 책상에 앉아 있을 수만은 없었다. 이 사건을 경험하면서 형사의 끈질긴 추적이 어떻게 사건을 해결하고 피해자의 마음을 위로하는지 새삼 느낄 수 있었다.

기승을 부린 대출 사기

수사에도 분명 '관행'이 있다. 오래전부터 해오던 방식을 그대로 답습하는 일이다. 경제 사건의 경우에는 추적 수사를 하지 않는 '앉은뱅이 수사'라는 관행이 있다. 발로 뛰지 않고 앉아서 하는 수사라고 해서 '앉은뱅이 수사'라고 일컬어진다. 물론 이런 관행은 여러 이유 때문에 생긴다.

예를 들어 사건이 긴박하지 않은 경우에는 더 긴박한 사건에 수사력을 집중해야 할 필요가 있다. 이처럼 일부 관행에는 사실 피해자들도 이해해줘야 하는 부분이 있다. 경제적인 손실은 나중에 복구라도 할 수 있지만, 생명이 위급한 상황에서는 영원히 돌이킬 수 없는 결과가 생길 수 있기 때문이다. 그러나 경제 사건에서도 매우 악질적인 사건, 그래서 매우 큰 상심으로 삶의 좌절감을 안기고 많은 피해자가 양산된다면 강력 사건에 준하는 추적 수사를 해야 한다.

2012년 3월, 파주경찰서 경제팀으로 자리를 옮긴 뒤 대출 사기가 기승을 부린다는 사실을 알게 됐다. 걱정스러운 마음에 다음 카페 '범죄 사냥꾼' 회원들에게 전체 메일 한 통을 보냈다.

범사님들, 안녕하신지요?

오랜만에 전체 메일을 보내는 것 같습니다.

저는 서울을 떠나 경기청에 지원하여 현재 파주경찰서 경제팀으로 옮겨 생활하고 있습니다. (…) 매일 접수되는 고소와 고발 등 사건을 팀원들에게 배당하면서 느낀 것이지만, 없는 사람들 등쳐먹는 나쁜 놈이 넘치는 것 같아 마음이 늘 씁쓸합니다.

경제팀 수사는 대부분 증거 위주와 소환 조사로 이루어지다 보니 피해당한 분들이 답답하고 짜증스럽겠다는 생각도 들더군요. 경제 사건이 너무 많아 죄질이 극히 불량한 고의 범죄가 아닌 한 피해 금액이 크지 않으면 불구속하는 것도 그렇고, 피해자에게는 속 터지는 상황이 한둘이 아니어서 허망함에 절망할 것 같다는 생각이 드네요.

요즈음 대출 사기가 유행합니다. 특히 돈이 필요해 대출해야 하는 사람들이 너무나 쉽게 사기를 당하고 있습니다. (…) 피해자들이 수사를 의뢰하겠지만, 이미 그때는 그놈들이 모두 종적을 감춘 후입니다. 형사들은 그놈들의 흔적을 좇아 계좌를 추적하고, CCTV를 분석하고, 통화 내역을 살피지만, 속만 터집니다. 끝까지 추적해 잡아내는 것이 우리 일상이지만 추적 단서가 끊기면 또 다른 사건에 쫓겨 다른 단서가 나올 때까지는 내사 종결을 하게 됩니다. 경찰서를 찾는 피해자들은 지푸라기라도 잡는 심정으로 어떻게든 그놈들을 붙잡아 계좌 이체를 한 돈이라도 돌려받기를 간절하게 바란다는 것을 잘 알지만, 이런 사건을 접할 때마다 늘 개운치가 않습니다……

대출 사기를 수사하면서 느꼈던 소회, 피해자들의 마음, 수사의 한계 등을 다소 자세하게 정리해 이메일을 보낸 것은 혹시나 회원들이 이런 사기를 당하지는 않을까 하는 걱정에서였다. 하지만 '불길한 예감'은 가끔씩 맞아떨어진다.

자신을 '전북 정읍에 사는 이진석(가명)'이라고 소개한 남성에게서 전화가 걸려왔다. 그는 가장 전형적인 악질 대출 사기를 당하여 자기 거주지의 경찰서에 사기 사건을 신고했지만, 좀 더 도움을 얻고 싶어서 나에게 연락했다고 말했다. 그의 사연은 참으로 딱했다.

한 통의 문자 메시지, 희망이 악몽으로
그는 대학 재학 중에 군대에 가서 병역을 마쳤지만 다시 복학하기 힘들었다. 어머니가 암 투병을 하고 있어 간병인이 필요했고, 복학을 위한 등록금도 마련하기 어려웠기 때문이다. 어쩔 수 없이 물류 센터에서 아르바이트를 하면서 힘겨운 하루하루를 보냈다. 그나마 그의 성실성을 눈여겨본 직장 상사 덕분에 기능직과 관리직을 거치면서 승진하게 됐다. 이렇게 그는 '다국적기업의 물류 책임자'가 되는 꿈을 가지고 결혼도 하며 나름대로 미래를 꾸려가고 있었다. 하지만 그가 이혼하면서부터 모든 상황이 달라지기 시작했다. 유독 많은 상처를 받은 그는 결국 퇴사를 했고 경제적인 어려움에 처했다. 물론 이대로 무너질 수는 없다는 생각에 후배의 사업장에서 일을 배우면서 개인 사업을 준비하고 있었다. 그러나 경제적인 형편이 나아지지는 못했다. 그러던 중 그의 마음을 흔든 문자가 한 통 도착했다.

> 신/한 이순영 과장(010-8076-0000)입니다.
>
> 1000~1억까지 (씨티, NH, 신/한) 마이너스 통장 발급

　이진석 씨는 다소간 희망을 품고 상담원과 통화했는데 그것은 악몽의 시작이었다. 그 이후 '담당 직원'이라는 서너 명과 전화하면서 '대출은 가능하지만 수수료가 있다'라는 답을 들었다. 어떻게 해서든 대출을 받아야 한다는 간절한 마음에 범죄의 손길이 뻗치는 순간이었다.

　결국 그는 최초 227만 원을 대출수수료 명목으로 입금한 데 이어 2차로 700만 원, 3차로 660만 원, 4차로 500만 원을 입금하고 말았다. 이런 사건이 생기면 피해자의 잘못을 질책하는 사람도 많다. '그게 어떻게 사기인 줄 몰랐냐'라고 질타한다. 하지만 실제 사기범들은 워낙 교묘하게 위장하고 사람의 심리를 좌우하기 때문에 막상 미끼를 물게 되면 속절없이 당하고 만다.

　다만 그는 4차까지 입금한 뒤 사기라는 사실을 깨닫고 경찰서에 신고하는 한편, 범인들이 잠적할 것을 우려해 계속 통화하며 5차 입

금을 위한 돈을 준비하고 있다고 안심시켰다. 그리고 통화 내용을 계속 녹음하면서 관련 증거를 모으는 중이었다.

안타깝게도 내가 도와줄 수 있는 부분이 없었다. 우선 나는 파주경찰서에 있었고 그는 전북 정읍에 거주하는 관계로 나의 관할 지역이 아니었다. 그에게 내가 해줄 수 있는 일이라고는 힘과 용기를 내라는 전화와 이메일뿐이었다. 그러나 내 관할지에서도 비슷한 일이 많이 생기고 그의 안타까운 사연도 있어서 본격적인 추적 수사를 해야겠다고 마음먹었다. 그렇게 생겨난 것이 '집중수사전담팀'이었다. 동종 수범이 많이 발생하고 있으며 피해자가 다수인 악질 사기이기 때문에 일반 경제 사건과는 달리 취급해야 한다는 나의 의견이 경찰서에 받아들여졌다. 그래서 새로운 팀이 꾸려졌고, 이진석 씨의 사건도 가져온 후 본격적으로 수사하기 시작했다.

가장 중요한 것은 우선 실시간 통화 추적이었다. 범인들의 행동반경을 알아내는 것이 급선무였다. 그렇게 추적하다 보니 매우 이상한 점이 발견됐다. 범인들의 인터넷 사용 기록이 어느 커피숍의 인터넷 IP에 집중되어 있었다.

"녀석들이 커피숍에서 커피를 마시면서 사기를 치고 있나?"

끝끝내 잡아내고야 만다

하지만 커피숍은 사람이 많고 소음이 생겨서 사기 대출 상담을 하기에 적절하지 않은 공간이다. 이를 수상하게 여긴 종업원 등이 신고할 수도 있어서 그들의 입장에서는 매우 위험한 공간이다. 도대체 이해되지 않는 일이었다.

추적 끝에 범인들은 커피숍 바로 옆에 사무실을 얻어서 커피숍의 유동 IP를 사용했다는 사실이 밝혀졌다. 추적을 피하기 위한 교묘한 작전이 아닐 수 없다. 그렇게 찾아낸 사무실을 급습했지만, 그들은 이미 사무실을 빼고 도주한 뒤였다. 범인들은 한곳에 모여 작업을 하지 않았다. 검거를 당해도 최대한 그 수를 줄이기 위해 서울 시내 여러 곳에 사무실을 얻은 후 분산되어 사기 대출을 진행하고 있다는 사실을 알게 됐다. 집중수사전담팀이 마련된 마당에 포기할 수 없었다. 계속해서 끈질긴 추적을 통해 결국 주범 1명을 검거했고, 나머지 범인들을 수배했다. 그들은 우리 추적에 더 이상 달아날 곳이 없다고 판단했는지 자진 출석을 했다. 그들이 그동안 편취한 돈은 무려 30억 원이었다. 최소한 1명당 1천만 원만 사기를 당했다고 해도 그 피해자가 무려 300명이다.

또 이 과정에서 범인들에게 대포폰을 개설해준 일당도 부가로 검거할 수 있었다. 그들은 외국인등록증 사본을 이용해 대포폰을 조직적으로 개통해서 대출 사기 조직에 판매함으로써 9억에 가까운 부당이득을 챙기고 사기를 방조한 혐의였다.

피해자 이진석 씨는 이번 일로 인해 2천만 원이 넘는 돈을 갈취당했고, 1년이 넘는 시간 동안 고생했다. 범인들을 모두 잡았지만 그의 피해를 복구하기는 힘들었다. 범인들은 이미 돈을 다 써버렸고, 이후 그는 민사소송을 제기하겠다고 했다. 그는 마지막으로 이메일 한 통을 보내왔다.

> 존경하는 이대우 형사님!
> 전북 정읍에 사는 이진석입니다.
> 먼저 저에게 답장해주신 데 진심으로 감사드립니다. 제가 아니어도 많은 업무로 무척 힘드실 텐데 이처럼 자세하고 힘이 되는 답장을 보내주시다니요. 그 이메일을 수차례 반복해서 읽었습니다. 제 편에서 위로하며 말씀해주시는 형사님의 글을 보면 저도 모르게 눈물이 맺힌답니다.
> 이처럼 위축되다 보니 예전에 왕성했던 사회 활동과 인간관계마저 끊겨가고 이젠 사람 내음이 그립다는 생각마저 들곤 합니다. 지금은 솔직히 금융 쪽의 신용 상태가 너무 처참한 상태여서 전화조차 잘 받지 못하고 지냅니다. 너무나 한심한 저의 하소연을 한 듯합니다. 보잘것없고 바보스런 저에게 이렇게 관심을 가져주셔서 진심으로 고맙습니다.

그간 그가 얼마나 마음고생을 했는지, 그리고 현재 상황이 어떤지를 여실히 보여주는 내용이 아닐 수 없었다. 나라도 그를 위한 추적 수사에 나서지 않았다면 그는 여전히 망망대해를 표류하는 듯한 절망감 속에서 시간을 보내야 했을 것이다. 영화 〈살인의 추억〉에 "범인을 미친 듯이 잡고 싶었다"라는 대사가 나오는 것으로 기억한다. 형사들이 사건을 수사할 때는 모두 같은 마음이다.

어떻게 보면 형사야말로 서민들의 아픈 마음을 가장 잘 아는 사람일 수 있다. 그들이 한숨 속에서 겪는 피해와 고통을 바로 옆에서 듣고 그 사연을 알기 때문이다. 범인을 '미친 듯이 잡고 싶은' 마음은 바로 거기에서 시작된다. 그래서 범인의 검은 행적을 따라가는 추적 수사야말로 어쩌면 피해자의 마음을 가장 빠르게 위로하고 피해를 복구하는 방법일 수 있다.

범인을 향해 가는 추적의 발걸음은 바로 '정의의 발걸음'이다. 당신이 형사가 되어 범인을 추적할 일이 있다면, 내 발걸음이 범인을 떨게 하고, 세상의 정의를 바로 세우며, 피해자의 마음을 위로할 수 있다고 생각하면 저절로 '형사 하기를 잘했다!'는 생각이 들 것이다.

진실을 마주하는
체포의 순간

'수사 과정의 꽃(?)'이라고 하면 단연 체포를 하는 순간이다. 물론 체포 이후 조서와 영장 서류 등을 작성하는 것도 적지 않은 일이기는 하지만, 오랜 시간 추적하던 범인을 눈앞에서 잡아 수갑을 채우는 그 찰나는 형사 생활의 피로감을 싹 날려주는 짜릿한 순간이다. 그런데 이 순간은 매우 위험하기도 하다. 일반인이야 잘 모르겠지만, 잘못 체포하게 되면 당사자에게 손이 발이 되도록 싹싹 빌어야 하고, 심각한 경우에는 형사가 옷을 벗고 나가야 할 때도 있다. 그 사연을 들으면 누구나 "그건 너무 억울한 것 아니냐!"라고 말할지라도 어떤 경우에는 관용이 통하지 않는다.

가장 쉽고 강한 체포술?

체포에 관한 이야기를 본격적으로 하기 전에 우선 '체포술'이라는 것에 대해 한번 얘기해보려 한다. 경찰에 입문하면 누구나 체포술을 배우게 된다. 일대일로 체포하는 법, 2명이 1명을 제압하는 법, 상대가 공격할 때 제압하는 법 등이다. 그러나 막상 현장에서 체포를 하게 되면 체포술을 배운 대로 정확하게 체포하기란 쉽지 않은 일이다. 그렇다고 경찰에서 배우는 체포술이 별반 소용이 없다는 말은 아니다. 태권도의 기본을 배워도 실전에서는 그 기본기만으로 싸울 수 없다. 기본은 기본일 뿐, 현실에서는 다양한 방법이 동원된다.

형사 생활을 한 지 얼마 되지 않았을 때 나는 체포하면서 '영화 같은 장면'을 연출하곤 했다. 이단옆차기로 붕~ 날아서 범인의 등짝을 차기도 했고, 엎어치기로 땅바닥에 내리꽂을 때도 있었다. 지금 생각해보면 뭘 그리 야단법석 떨듯이 체포를 했나 싶다. 아마도 젊은 혈기에 추적하던 범인을 눈앞에 보면 나도 모르게 흥분했기 때문이리라.

물론 범인의 반항이 예상되면 그저 조용하게 체포할 수만은 없다. 일반인은 그 힘의 강도를 잘 모르겠지만, 아무리 몸을 붙잡거나 땅에 엎드리도록 제압해도 수갑을 채우는 것 자체가 쉽지 않다. 몸을 비틀며 다리를 허우적거리고 팔을 격렬하게 빼면 수갑이 손목에 걸려들지 않는다. 팀원 중에 '불곰'이라 불리는 후배가 있었는데, 유도 유단자인데도 저항하는 범죄자에게 수갑을 채우는 데는 그조차 한참 시간이 걸린다. 이럴 때는 형사도 격렬하게 제압하고 체포해야 한다.

그런데 이런 체포 과정에서 정말로 웃긴 녀석들이 있다. 길거리에서 이렇게 체포당하면 자신이 나쁜 놈이면서 주변 사람들에게 소리를 지른다.

"여기 사람 죽입니다! 여기요!"

그런데 이 정도로만 말해도 양반이다. 심지어 어떤 녀석은 이렇게 소리치기도 했다.

"강도야! 강도!"

정말로 어이없는 녀석이다. 자신이 범죄를 저질러놓고 형사더러 강도라니. 이럴 때 시민들이 몰려오면 신분증을 보여주고 설명하는 것으로 순조롭게 그 상황이 끝나지만, 그 터무니없는 짓거리에 "참 별놈 다 있네!"라는 말이 안 나올 수 없다.

형사로 오래 지낼수록 체포의 순간에 범죄자가 격렬하게 저항하지 않는 경우라면 아주 간단하고 확실한 체포술을 적용하기 시작한다. 형사가 2명이고 범인이 1명이라면 그냥 양쪽에서 팔짱을 꽉 끼어버리면 그만이다. 팔과 상체가 고정되기 때문에 범인도 어쩌지 못한다. 그 상태에서 범인은 쉽게 체념하여 "손 내밀어!"라고 말만 하면 순순히 수갑을 채울 수 있다.

자칫하면 옷을 벗는 일도

자주 일어나는 일은 아니지만 형사가 엉뚱한 사람을 체포하는 경우도 있다. 체포를 한다는 것은 분명 사전에 충분히 수사했다는 말인데 어떻게 그럴 수 있느냐고 의아해할 수 있다. 하지만 체포에도 때로는 복잡한 사연이 숨어 있다.

내가 겪은 일은 아니지만, 인천에서 형사 3명이 길을 가던 범인을 드디어 체포했다. 그런데 이게 웬걸, 그 사람은 그들이 쫓던 진범의 형이었다. 형제라면 얼굴이 비슷하기도 하겠지만, 그 형제는 거의 쌍둥이처럼 매우 닮아서 형사들도 착각하지 않을 수 없었다. 그때 세 형사는 모두 불법 체포로 옷을 벗고 말았다. 정상참작이 될 법도 하지만, 당시 대법원 재판까지 가서도 결국 재판에서 지고 말았다. 이렇게 밤낮을 가리지 않고 현장에서 발로 뛰던 열혈 형사들이 한순간의 오인 때문에 삶의 전부인 경찰에서 떠나가야 했다.

내가 직접 겪은 일도 있다. 룸살롱 업주를 체포하기 위해 제보자와 함께 잠복 수사를 하고 있을 때였다. 그때 제보자가 길 건너편에 그 업주가 지나간다고 말했다.

"맞아요? 저 사람, 확실해요?"

"네, 그럼요. 확실해요!"

형사들이 뛰어나가 업주를 체포했지만 그는 완강하게 부인했다. 그런데 알고 봤더니 이 양반이 일반 시민도 아니고 MBC PD였다. 다른 사람도 아니고 하필 방송사 PD를 불법으로 체포했으니 이건 보통 일이 아니었다. 정말 손이 발이 되도록 빌었다. 방송 뉴스로 '형사들의 불법 체포' 운운하게 되면 당시에는 나도 형사를 그만둘 수밖에 없었을 것이다. 다행히 이 사건이 있기 얼마 전에 내가 MBC 프로그램인 〈형사〉에 출연하기도 했으니, 그 프로그램을 말하면서 정말 죄송하다고 빌 수밖에 없었다. 설사 제보자가 피의자의 얼굴을 확인해줬다고 하더라도 수갑을 채우기 전에는 반드시 신원 확인이 필요하다.

때로는 압수수색영장을 집행하러 갔는데 막상 다른 사람이어서 영장이 효력을 잃는 경우도 있다. 마약범을 잡기 위해 법원에서 머리카락과 소변에 대한 영장을 가지고 '홍길동'을 찾아갔다. 영장을 보여주고 증거물을 채증하려고 하자 막상 그는 "나는 홍길동이 아니야"라고 적극적으로 부인했다. 알고 보니 그는 자기 이름이 아닌 동생 이름을 사용해왔다. 실제 인물은 그가 맞다고 하더라도 영장에 적힌 이름과는 다른 사람이었기에 영장은 효력을 잃었는데, 다만 긴급체포와 그에 준하는 요건을 맞춰 수사를 진행해야 했다.

범죄자들의 '피의자 바꿔치기'로 인해 전혀 엉뚱한 사람을 범인으로 내세우는 경우도 왕왕 있다. 한 연예인의 도박 수사를 했을 때였다. 방송에 얼굴을 자주 비친 A 가수가 도박을 했다는 사실이 명확했다. 그런데 이상하게 그 가수는 자신은 절대 범인이 아니며 양아버지의 죄를 자신이 잘못 뒤집어썼다는 이야기를 반복했다. 과거 수사 기록을 보니 이미 그의 양아버지가 다른 경찰서에서 도박범으로 처벌받은 전례도 있었다. 이런 기록에 따르면 A 가수의 말에 신빙성이 있어 보였지만 우리의 수사 결과는 전혀 달랐다.

"아닌데? 분명 이 녀석이 맞는데…… 뭐가 잘못된 거지?"

도저히 의구심을 떨칠 수 없었다. 우리의 수사 과정을 아무리 복기

해도 모든 증거는 A 가수를 도박범으로 가리켰다. 결국 다른 경찰서의 과거 수사 기록까지 전부 복사해 다시 파헤쳤더니 말 그대로 '피의자 바꿔치기'였다. A 가수는 도박으로 인해 자기 범죄가 들통나고 가수 생활을 하지 못하게 될까 봐 일정 금액으로 양아버지를 매수하여 피의자 바꿔치기를 시도했던 것이다.

형사에게 범인 체포란 '진실과 마주하는 순간'이다. 어둠 속에 숨어 있던 범인을 명명백백하게 밝혀내는 일이고, 이제까지의 모든 의문이 풀릴 열쇠를 찾는 일이기도 하다. 하지만 진실에는 그만큼 책임감이 있어야 다가설 수 있다. 피의자를 잘못 특정하거나, 제보자의 일방적인 말만 믿거나, 전혀 예상치 못한 착오를 하면 잘못된 체포로 형사가 곤란해진다. 이는 수사 현장에서 얼마나 많은 일이 생길 수 있는지를 보여주는 한편, 형사가 얼마나 예민하게 사건을 다뤄야 하는지도 알려준다.

형사에게 꼭 필요한 정황증거 축적법

형사의 일상은 '범죄자와의 싸움'이라고 일컬어진다. 하지만 엄밀하게 말하면 '증거와의 싸움'이라고 해야 더욱 적절하다. 아무리 범인을 체포해도 증거가 없으면 범인은 자백하지 않고 부인으로 일관하기 때문이다. 게다가 설사 기소를 했다손 치더라도 판사가 증거의 엄밀성을 따져 무죄로 석방하는 경우도 생긴다. 1심에서는 유죄로 인정됐지만 2심에서는 완전히 뒤집혀 무죄가 되는 경우도 있다. 이 모든 것이 다 증거 때문이다.

베테랑 형사라면 증거를 수집하고 축적하여 범인도 부인하지 못할 만큼 강한 '한 방'을 만들어야 하고, 판사를 설득할 만큼 탄탄한 논리의 탑을 쌓을 수 있어야 한다.

직접증거가 없어 난감하다면…

증거는 크게 직접증거와 간접증거로 나뉜다. 말 그대로 범죄 사실을 직접적으로 보여주느냐, 간접적으로 보여주느냐의 문제이다. 간접 증거는 정황증거와 동일한 말이다. 일반인은 '정황증거만으로 유죄가 될 수 있을까?'라고 생각하기도 한다. 그러나 정황증거의 효력은 상황에 따라 다르다. 예를 들어 유일한 증거가 정황증거 단 하나뿐일 때가 있다. 이럴 때는 그 증거가 피의자에게 불리하게 작용한다고 해서 배제될 수 있다. 그러나 이런 정황증거가 3개, 4개, 5개로 첩첩이 쌓여 있을 때라면 이야기가 달라진다. 모든 정황이 피의자를 범인으로 지목한다면 판사도 이를 배제하지 않는다. 앞에서 언급한 자동차 운전자보험 연쇄살인범 역시 마찬가지였다. 직접증거는 하나도 없이 정황증거만으로 15년의 실형을 끌어냈다.

이런 정황증거를 형사가 스스로 만들어내는 방법이 있다. 이는 증거를 조작한다는 의미가 아니라, 다양한 실험과 상황의 재구성으로 마치 발굴하듯 정황증거를 찾아내야 한다는 의미다. 예를 들어 자동차운전자보험 연쇄살인의 경우, 피의자는 "한눈을 팔다가 사람을 치었다"라고 주장했다. 그런데 내가 실제로 현장을 찾았더니 시야를 가리는 장애물도, 피의자의 이목을 끌 만한 요소도 없었다. 바로 이 부분에 대해 "설사 한눈을 팔았어도 전방의 시야가 좋기 때문에 피해자를 발견하고 회피할 수 있는 공간이 충분했다"라고 조서에 작성할 수 있다. 이는 현장을 철저히 조사하여 범행을 부인하는 피의자의 논리적 모순을 발견하고 여기에 반박하는 방법이다.

범행 동기 부분에서도 마찬가지다. 피의자는 그 사건 전에 수십만 원에 달하는 보험료를 내고 있었다. 그의 수입을 추적하여 그런 보험료를 감당할 만한 능력이 없다는 사실을 밝혀내면 이는 범행 동기에 대한 정황증거로 사용할 수 있다. 보험계약 당시 피의자가 어떤 보장 내용을 집중적으로 문의했는지, 혹은 특약 사항을 선택했는지도 확인하면 더 많은 정황증거가 나올 수 있다.

거짓말탐지기의 증거력을 높이는 방법

더불어 거짓말탐지기도 정황증거로 사용할 수 있다. 거짓말 탐지 내용 자체만으로 범행을 증명하지는 못하나 정황증거로는 충분히 가능하다. 그런데 거짓말탐지기를 활용할 때도 나름의 요령이 필요하다. 단순히 '참'과 '거짓'의 판단 결과치만도 증거로 사용할 수 있지만, 조금이라도 신빙성을 높이는 방법을 써야 한다.

예를 들어 피의자가 욕조에서 사람을 죽였다고 해보자. 그러면 단순하게 "당신이 사람을 죽인 곳은 욕조입니까?"라고 물어볼 수 있다. 그런데 좀 더 거짓말 탐지의 공정성과 세부적인 결과치를 얻고자 한다면 대상자에게 욕조가 있는 집 안의 구조를 평면도로 직접 그리게 한 다음에 거실을 1번, 작은방을 2번, 큰방을 3번, 욕조를 4번, 주방을 5번이라고 정한다. 이 숫자를 이용해 교차해서 물어보는 방법이다. "1번에서 죽였습니까", "2번에서 죽였습니까?", …, "5번에서 죽였습니까?"라고 순서대로 물어봤다. 그랬더니 4번에서 거짓말 반응이 나왔다. 그리고 다시 거꾸로 물었다. "5번에서 죽였습니까?", "4번에서 죽였습니까?", …, "1번에서 죽였습니까?" 놀랍게도 이때도 역시 4번에서 거짓말 반응이 나왔다. 이렇게 두 차례 모두 같은 장소에서 거짓말 반응이 나오면 좀 더 신빙성을 높일 수 있다.

자백할 경우에도 때로는 증거 보강이 필요하다. 자백은 '증거의 왕'이라는 말도 있지만, 그것이 유일한 증거일 때는 재판에서 배제될 수 있다. 만약 피의자가 자백했다면 범행을 저지른 그 사람만이 알 수 있는 또 다른 정황증거들을 유도해야 한다. 예를 들어 "그럼 당신 손으로 직접 사건 현장을 자세하게 그리세요"라고 하면 그는 대략적인 위치와 사건 현장의 구조 등을 그릴 것이다. 이때 이 그림을 가지고 현장을 찾았는데 일치하면, 역시 용의자의 그림과 실제 사진을 함께 첨부하면서 정황증거로 제시할 수 있다.

가장 좋은 것은 당연히 직접증거이지만, 그렇지 않은 경우에는 고고학자의 심정으로 정황증거를 발굴해야 한다. 대부분의 증거는 형사가 얼마나 깊게 생각해서 따져보느냐에 달려 있다. 용의자의 심리, 형편, 가족, 지인, 사건 당시의 상황을 입체적으로 파고들면 느닷없이 무릎을 탁 칠 만큼 요긴한 정황증거들을 찾아낼 수 있다. 이럴 때는 정말이지 형사는 어둠 속에서 보물을 찾아가는 '지적인 탐험가'처럼 느껴지기도 한다.

누군가가 억울하다면
억울한 것이다

"손님이 짜다고 하면 짠 것이다."

어느 식당에 걸린 이 문구를 보고 웃은 적이 있다. 아무리 자기 요리에 대한 자부심이 강해도 결국 그 맛을 평가하는 것은 손님의 입맛이라는 의미다. 그런데 가끔 경찰관도 이런 기본적인 것을 받아들이지 못할 때가 있다.

비록 가해자가 경찰서에 잡혀 왔더라도 하나의 사건을 볼 때는 다양한 시각을 가져야 한다. 겉으로는 가해자로 보여도 실제로는 피해자일 수 있는 법이다. 그래서 가해자가 억울하다고 말한다면 좀 더 귀를 기울여줄 필요가 있다. 완전히 거짓으로 연기하지 않는 이상 누군가가 억울하다고 하면 분명 억울한 사연이 있기 때문이다. 어느 20대

여성의 사연을 통해서 매번 조사할 때마다 피조사자의 말을 좀 더 성실하게 경청하고 혹시나 억울한 사연이 있다면 잘 살펴줘야겠다고 절감했다.

20대 폭행 가해자 여성의 사연

강남경찰서에서 근무할 당시, 20대 중반의 한 여성이 폭행 가해자로 경찰서에 온 적이 있다. 지구대에 신고가 접수됐는데, 그는 자기 남자친구를 폭행했고, 이런 일이 한두 번도 아니었다고 한다. 말 그대로 상습 폭행범이라는 이야기다.

내가 직접 조사하지 않고 팀원이 조사했는데, 그는 조사 내내 정말로 '꺼이꺼이' 울었다. "왜 나만 가지고 그러냐"는 둥, "나도 정말로 억울하다"는 둥 조사가 제대로 이뤄지지 않을 정도로 서럽게 울었다. 그러나 팀원이 조사하는 단계에서 내가 나설 수는 없었고, 또 경찰서에서 조사받는 과정에서 누구에게나 억울한 사연은 없지 않기에 일단 그 조사가 진행되도록 놔뒀다. 물론 그가 자신에 대한 처벌 수위를 낮추기 위해 거짓으로 연기하는 것일 수도 있다. 조사 과정에서 사소한 일을 부풀려 경찰관에게 억울하다고 하소연하는 일은 흔한 풍경이기 때문이다.

일단 조사를 마친 그를 귀가하게 했다. 그런데 한 가지 좀 이상한 일이 있었다. 대개 억지로 부풀리거나 과장된 연기를 했다면 집으로 돌아가면서까지 서럽게 울지는 않는 법이다. 조사도 다 끝난 마당에 그렇게 해봐야 무슨 소용이겠는가. 하지만 그는 형사과를 나간 후에도 서럽게 울고 있었다. 그 순간, 어쩌면 정말로 억울한 사연이 있겠다는 생각이 스쳤다.

"야, 최 형사, 저분 좀 데려와봐. 뭐가 억울한지 들어나 보자."

그가 쏟아낸 사연은 예상 밖이었다. 그는 룸살롱에서 일하는 아가씨, 소위 말하는 '접대부'였다. 처음에 자기는 룸살롱이 뭐 하는 곳인지 몰랐지만, 길거리에서 만난 남자가 자신에게 제안했다고 한다. 돈을 많이 벌 수 있는 곳이 있는데 거기에서 일하지 않겠느냐고 말이다. 돈에 솔깃해진 그는 그 제안을 받아들였고 남자와는 연인 사이가 되었다. 중요한 점은 그가 이른바 '2차'라는 윤락까지 해야 한다는 사실을 전혀 몰랐다는 것이다. 하지만 룸살롱에서 일하다 보니 어쩔 수 없이 윤락까지 하게 되면서 남자에 대한 분노와 증오가 커졌다. 윤락을 해야 하는 일이라는 것을 알았다면 그는 그 일을 할 생각이 추호도 없었다고 한다.

문제는 이런 여자의 분노와 증오 때문에 다툼이 생기면서 여자가 먼저 남자에게 폭행을 가했다는 점이다. 하지만 이런 폭행이라는 것이 누구나 예상할 수 있는 정도였다. 룸살롱 아가씨가 어두운 밤의 세계에서 일하는 남자를 때려봐야 얼마나 때리겠는가?

그 후에 남자가 한 행동도 문제였다. 그는 곧장 폭행을 당했다고 112에 신고한 후 '합의를 하지 않으면 구속시킨다'라고 협박했다. 결국 여자는 윤락을 하면서 벌었던 돈을 합의금으로 물었지만, 남자의 협박은 거기에서 끝나지 않았다. 남자는 여자가 윤락을 했다는 사실을 약점으로 잡아 부모에게 모든 사실을 알리겠다며 다시 협박했고, 여자는 그 이후로 계속 돈을 갈취당했다. 전후 상황을 살펴보니 이건 여자가 처벌받을 일이 아니라 남자가 처벌받을 일이었다. 거기다가 이런 일이 자주 있었으니 그 남자는 상습범이었던 셈이다.

억울한 사람이 없어야 한다

사실 여자가 했던 정도의 폭행일 경우 상대의 처벌 의사가 없으면 공소권이 없는 경미한 사안이다. 더군다나 구속 가능성이 전혀 없는데도 남자는 여자에게 공갈로 협박을 했다. 여자가 피해를 본 금액만 수천만 원에 달했다. 결국 팀원을 통해 남자를 체포해 구속한 후 조사하면서 실제 가해자를 밝혀낼 수 있었다. 아마도 여자를 112에 신고한 후 남자는 자신이 피해자니까 이제 여자가 경찰서에서 조사를 받고 돌아오면 또다시 협박해서 돈 뜯을 생각이나 하고 있었을 것이다. 하지만 이렇게 경찰관이 억울한 사연을 경청하면 전혀 다른 상황을 만들어낼 수 있다.

그때 우리가 여자의 억울한 사연을 듣지 않았다면 어땠을까? 어쩌면 그 사연은 묻혀버리고 남자에게 끊임없이 협박당했을 것이다. 하고 싶지 않은 윤락을 해야 하고, 그렇게 고통스레 번 돈을 남자에게 족족 뜯길 것은 뻔한 일이다. 자신을 키워주신 부모님에게 자기 행위가 알려질까 불안에 떨면서 말이다.

물론 내가 지시하기 전에 팀원이 그 억울한 사연을 들어줬으면 더 좋았을 일이다. 그러나 지구대를 통해서 경찰서로 넘어온 사건이라면, 경찰관이 현장도 모르고 피해자도 모르기 때문에 아무리 억울하다고 해도 기계적으로 사건을 처리할 수 있다.

사실 경찰관의 많은 일은 바로 '듣는 것'에서 시작된다. 작가는 쓰기 전에 생각을 해야 하고, 의사는 수술하기 전에 진단을 해야 한다. 경찰관은 본격적인 조사나 수사를 하기 전에 우선 듣는 일이 많은 비중을 차지한다. 민원인이 찾아오면 일단 들어봐야 사정을 알 수 있고, 흉악범을 체포해도 그의 말을 들어봐야 뭔가 조서를 꾸밀 수 있다. 한마디로 경찰관에게 경청은 매우 중요한 미덕이다.

음식점 사장의 경우 손님이 짜다면 '정말 짤 수도 있겠구나'라는 열린 마인드를 가져야 하듯이 경찰관도 누군가가 억울하다고 말하면 정말 그럴 수도 있지 않을까 하는 열린 마인드를 가져야 한다. 범죄자를 잡는 것만이 경찰이 하는 일의 전부가 아니다. 억울한 사람이 생기지 않게 하는 것도 경찰의 중요한 임무이다. 범죄자 10명을 놓쳐도 1명의 억울한 피해자를 만들지 않아야 한다는 사법 정신을 실천하는 방법은 바로 이 경청에 있다.

'경찰'과 '형사',
같은 듯 다른 듯

일반인은 경찰과 형사가 각기 다른 시험을 보고 임용되거나, 경찰보다 형사가 직책이 더 높다는 오해를 한다. 그러나 둘은 동일한 시험을 치고, 똑같은 계급 체계를 따르며, 하나의 지휘 체계에 속해 있다. 다만 둘이 하는 일이 좀 다를 뿐이다.

형사는 주로 수사 부서에 근무하고 수사경과를 취득한 사람들이다. 범인을 수사하고 검거하는 일을 하다 보니 경찰복을 입으면 신분이 쉽게 노출되기 때문에 주로 사복을 입을 뿐이다. 그러니 '모든 형사는 경찰이며, 경찰 중에서 사건을 수사하고 범인을 검거하는 사람이 형사'라고 보면 된다.

다만 현장에서 주로 일하고 계급을 강조하지 않아 호칭도 매우 편하게 한다. 성씨를 붙여 "이 형사, 김 형사"라고 부르기도 하고, 나이가 적거나 계급이 낮으면 "대우야, 성호야"라고 부르기도 한다. 때로는 별명을 지어서 "야, 불곰!"이나 "망치야"라고 부르는 경우도 많다. 후배가 선배를 부를 때는 편하게 "형님, 선배님"도 되고, "부장님, 팀장님"이라고 부르기도 한다.

2

외부자는
모르는
진짜 경찰 이야기

영화에 절대 안 나오는 경찰이라는 직업

―――

"보이는 것이 전부가 아니다"라는 말은 특정한 직업을 이해하는 데도 적용된다. 돈도 많이 벌고 사회적인 명예가 높은 의사라고 해도 날마다 질병과 사투를 벌이고, 땡볕 아래에서 고달프게 일하는 농민이라고 해도 농한기에는 일에서 벗어나 마음껏 자유를 누린다. 경찰도 마찬가지다. 늘 현장에서 범죄와 싸우고 치안을 유지하기 위해 고생하지만, 그 안에도 삶의 행복이 있고 자기 적성을 펼쳐나가는 자기 성장이 있다. 또 여자가 하기 힘든 일이라고들 생각하지만, 이 역시 편견에 불과하다. 오히려 경찰이기에 여성만의 확실한 영역이 구축되어 있다. 영화에 등장하지 않는 경찰의 진짜 모습, 지금부터 경찰이라는 '삶의 현장' 속으로 들어가자.

경찰 안에서도 마음껏 펼치는 나만의 적성

영화에 등장하는 경찰은 대부분 강력계 형사이다. 일단 현장에서 범죄자를 추적하고 검거하는 일을 하다 보니 극적이고 역동적인 영상을 담아내기에 좋다. 하지만 경찰이 하는 일은 의외로 많고, 또 다양한 분야가 있다. 사회의 일반 직업인이 가진 적성을 모두 반영하기에는 무리가 있지만, 분명 자기 성향에 맞는 부서가 있기 마련이다. 그런 점에서 경찰이 되겠다고 마음먹었거나 이미 준비하고 있더라도 자기 적성에 대해서는 꼭 한번 되짚어야 한다. 경찰시험에 합격했다면 가장 먼저 해야 하는 일은 '자기 적성 찾기'라고 말하고 싶다.

스스로를 누구보다 잘 아는 사람이 자신 같지만, 요즘 청년들은 학창 시절부터 학원 공부, 시험공부를 하느라 많은 시간을 빼앗겨 정작 자기 적성이 무엇인지 잘 모른다. 좋아하는 일을 하면서 살아온 경험이 없기 때문에 자신이 무엇을 좋아하는지, 무엇을 싫어하는지 잘 모른다는 이야기다.

다양한 경찰 업무 분야, 적성에 맞는 일을 찾자

사실 어떤 점에서 본다면, 나는 경찰이야말로 자기 적성을 제대로 찾고 그 안에서 꿈과 열정을 가져야 하는 직업이라고 생각한다. '편한 공무원 생활과 안정적인 연금'을 바라는 사람에게 이런 이야기를 하면 '경찰공무원이 되어서까지 꿈과 열정을 가져야 하나?'라고 반문할 수 있다. 물론 형사의 일은 범인을 잡아서 국민을 위한 치안 서비스를 제공하는 것이지만, 이곳도 결국에는 똑같은 사람들이 살아가는 삶의 현장이다. 그런 점에서 장기적인 관점으로 자기 적성을 찾고 미래를 설계하는 일은 매우 중요하다.

일단 적성을 위해서 가장 넓은 범주에서 '내근직'이냐, '외근직'이냐를 따져야 한다. 활발한 활동을 좋아하고 사람 만나는 일을 즐기는 사람은 사무실 책상에만 앉아 있으면 몸이 근질거린다. 이런 경우에는 수사를 하거나 단속을 하는 외근직을 지원하면 좋다. 반대로 차분하게 앉아 있는 것을 좋아하는 사람이라면 단연 내근직일 것이다.

수사를 하는 형사라고 해서 무조건 몸으로만 뛴다고 생각해서는 안 된다. 앞에서도 살펴봤지만, 사실 형사는 치열한 두뇌 싸움에 능해야 한다. 그래서 머리 쓰는 일을 싫어하는 사람이라면 오히려 형사가 적성에 맞지 않을 수 있다.

남을 도우며 보살피는 일을 좋아하는 여성이라면 여성청소년계가 맞을 수 있다. 사회적 약자인 아동, 여성, 미성년자를 조사하고 그들의 피해를 복구해 보듬어주는 일을 한다.

일반인이 잘 모르는 경찰 업무 중에 '경무계'라는 곳이 있다. 경찰 활동을 홍보하고 이외에 재무, 기획, 인사, 교육, 행정 지원 등을 한다. 꼼꼼하고 차분하게 일하는 것을 선호하는 사람에게는 경무계 업무를 추천한다. 적극적인 치안을 가능하게 하는 배후의 업무를 한다는 점에서 또 다른 보람을 느낄 수 있다. 행사도 기획하기 때문에 행사 진행에 관심이 있는 사람도 재미있게 할 수 있는 일이다.

곳곳에 숨어 있는 정보에 관심이 많고 세상 돌아가는 일에 호기심이 있다면 정보과도 추천할 만하다. 과거에는 '사찰'이라는 불명예도 있었으나 지금은 그런 부분이 완전히 사라졌다. 정보과에서 하는 일은 기자와 매우 비슷하다. 각종 단체와 기관 등의 사람들과 만나서 정보를 듣고 수집한다. 기자는 그 결과를 기사라는 형식으로 회사에 보내지만, 정보과 형사는 그 내용에 따라 정보·견문·범죄·첩보 보고서라는 형식으로 상부에 보고한다.

외사과에서는 외국인을 많이 만나고 국경을 넘나드는 범죄를 다룬다. 외국 문화나 외국인에 대해 관심이 많은 사람이라면 적성에 맞는 업무일 것이다. 혹시 은퇴 후에 외국 이민이라도 갈 생각이라면, 현직에 있을 때 외사과에 근무하면서 해당 국가의 언어도 배우고 인맥도 쌓을 수 있다.

사람의 심리에 관심이 많다면 보이스피싱팀에서 근무하는 것은 어떨까. 보이스피싱은 오로지 말로써 사람의 심리를 좌우하여 돈을 갈취하는 범죄이다. 날로 발전하는 보이스피싱 수법을 파헤치고 범인을 검거하면서 사람의 심리를 보다 깊이 이해할 수 있다.

젊은 시절을 정말로 '빡세지만 멋지게' 보내고 싶은 사람에게는 경찰특공대도 있다. 이번 장의 마지막 부분에서 다시 다루겠지만, 몸은 힘들어도 정말로 보람찬 생활을 할 수 있다. 폭발물을 해체하고 테러가 예상될 때 출동한다. 대통령이 특정 지역으로 이동할 때 보이지 않게 경호를 하기도 한다.

매일 꿈을 이뤄가는 경찰 생활

그런데 이렇게 적성을 찾아가는 과정에서 한 가지 주의할 점이 있다. 머리로 자기 적성을 찾아서는 안 된다는 것이다. 책상에 앉아서, 혹은 침대에 누워서 '내가 과연 무엇을 잘할까?'라고 생각해봐야 답이 나오지 않는다. 몸으로 부딪치면서 실제 '체감'이라는 것을 해야 한다. 체감이란 말 그대로 몸으로 경험하는 것이다. 현장에 있는 내 생각, 마음, 감각이 하나가 되어 내가 진심으로 느끼는 일이다. 범인을 쫓을 때, 검거를 할 때, 주취자를 대할 때…… 자기 마음을 잘 들여다볼 필요가 있다. '진심으로 내가 나와 만나는 순간'이기 때문이다. 영화에서 멋지게 포장되는 모습이 아니라, 현장에서 진짜 살아 있는 자신을 느껴봐야 한다.

아직 현장 경험을 많이 할 수 없다면 선배들과의 친분을 쌓아 간접 경험이라도 해볼 필요가 있다. 이렇게 스스로 절실하게 적성을 찾고 그에 맞는 일을 하지 않으면 최악의 경우 얼마 되지 않아 경찰을 그만 두는 상황도 생긴다. 어렵고 힘들게 시험 봐서 들어온 경찰을 왜 그만 두느냐고 의아해할지 모르지만, 이런 사람이 왕왕 있다. 특히 일선 파출소에서 근무할 때 술에 만취한 주취자를 대하는 일이 정말 힘들다고 하는 후배도 있었다. 술에 잔뜩 취해 합리적으로 말이 통하지 않는 그들을 설득하고 조사하려면 극도의 스트레스에 휩싸인다. 이런 현장 스트레스를 스스로 겪어낼 수 있느냐, 없느냐는 전적으로 적성에 달려 있다.

이렇게 자기 적성을 찾고, 승진에 대한 구체적 계획을 세우는 일은 경찰 생활에 더 강한 열정을 가지도록 자극한다. '나도 언젠가는 수사팀을 지휘하는 형사과장 정도는 되어야지!'라는 목표 설정은 스스로를 성장시키는 매우 중요한 요소임에 틀림없다.

때로는 힘들기도 한 경찰 생활을 사회에 대한 정의감과 범죄자에 대한 분노만으로 버텨나갈 수는 없다. 사회를 위한 희생정신도 필요하겠지만, 스스로 성장하고 있으며 자기 꿈을 향해 나아가고 있다는 내적 자신감이 없다면 지속하기 어려운 생활이다. 그러나 자신만의 구체적인 적성을 찾고 꿈과 열정을 발휘한다면 경찰이라는 직업은 은퇴하는 그날까지 훌륭한 자기 성장의 기회가 되어줄 것이다.

승진 전략,
머리로 뛸 것인가?
발로 뛸 것인가?

경찰도 결국 승진이 필요한 직장인이다. 그런데 감히 말하건대, 경찰만큼 승진 기회가 공평한 조직도 없다고 생각한다. 물론 당사자에게는 불만이 있을 것이다. 하지만 내 경우, 이제껏 형사 생활을 하면서 승진에 대해서만큼은 큰 불만을 가진 적이 없다. 더 나아가 매우 고맙게도 경찰의 승진에는 다양한 경로가 있다. 시험을 잘 봐서 승진할 수도 있고, 시험이 싫은 사람은 범인을 많이 잡아서 승진할 수도 있다. 따라서 자신만의 승진 전략을 짜는 것도 꼭 해야 하는 일이다. 우선 승진 전략에 대해 본격적으로 알아보기 전에 경찰 계급부터 한번 들여다보자.

경찰 계급은 총 11개 계급으로 나누어진다. 이를 자세히 모르는 일반인이라면 계급장을 봐도 계급이 어느 정도인지 잘 모른다. 가끔씩 경찰을 만나거나 할 때는 속으로 은근히 계급을 알고 싶기도 하다. 그런 분을 위해 경찰 계급을 파악하는 가장 빠른 방법을 알려드리고자 한다. 물론 형사라면 사복을 입기 때문에 계급장을 볼 수 없다. 그래도 순찰을 하는 경찰이나 민원 업무를 하는 경찰이라면 근무복을 입으므로 계급을 파악하기가 용이하다.

우선 경찰 계급장을 보는 방법으로 딱 세 가지 문양을 알면 된다. 경찰의 모든 계급은 다음 문양에 근거한다.

무궁화 봉오리	
무궁화	
오각 무궁화	

첫 번째는 '무궁화 봉오리'다. 아직 꽃이 피지 않은 봉오리 형태라고 기억하면 된다. 두 번째는 '무궁화'이다. 가운데에 태극 무늬가 있고 꽃잎이 펼쳐져 있으니 딱 봐도 무궁화로 보인다. 마지막 세 번째는 '무궁화 5개가 가운데 태극 무늬의 무궁화 1개를 감싸고 있는 오각 무궁화'이다.

무궁화 봉오리 계급은 국민의 생활과 가장 밀접한 최접점에서 자신이 맡은 임무를 수행하면서 경찰의 뿌리를 이룬다. 무궁화 계급은 실무자, 중간관리자, 참모 역할을 맡고 있는 경찰의 허리이며, 오각 무궁화 계급은 경찰을 지휘하고 관리하는 경찰의 머리로 제일 높은 계급이다.

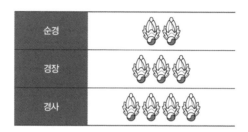

순경	
경장	
경사	

무궁화 봉오리 2개, 3개, 4개는 각각 순경, 경장, 경사를 나타낸다. 대개 지구대, 경찰서, 기동대 등에서 치안 실무를 맡고 있으며, 국민과 가장 밀접한 업무를 수행한다고 보면 된다.

경위		경찰서 강력·형사팀장, 지구대 순찰팀장, 파출소장, 경찰서 계장급, 경찰청·지방청 실무자
경감		경찰서 주요 계장 및 팀장(강력계장, 형사계장, 생활안전계장, 정보2계장, 강력팀장, 형사팀장), 지구대장, 순찰팀장, 경찰청·지방청 반장급
경정		경찰서 과장, 지구대장, 경찰청·지방청 계장급
총경		경찰서장, 경찰청·지방청 과장급

무궁화 봉오리를 넘어서 '무궁화'가 되었다면 이때부터는 간부급이다. 그다음에는 '큰 무궁화'로 넘어간다.

경무관		경찰서장, 지방청 차장, 서울·경기지방청 부장, 경찰청 심의관급
치안감		지방경찰청장, 경찰종합학교장, 중앙경찰학교장, 경찰청 국장급
치안정감		경찰청 차장, 서울·경기남부·인천·부산지방경찰청장, 경찰대학장급
치안총감		경찰청장, 해양경찰청장

이렇게 각진 무궁화는 '매우 높은 계급'이라고 생각해도 된다. 큰 무궁화 4개는 우리나라에 딱 두 사람이 있다. 바로 경찰청장과 해양경찰청장으로 대통령이 임명할 수 있다. 그 밑의 치안정감은 우리나라에 8명이 있다. 경찰청 차장, 경찰대학장, 서울지방경찰청장, 경기남부지방경찰청장, 인천지방경찰청장, 부산지방경찰청장, 해양경찰청 차장, 중부해양경찰청장이 그 주인공이다.

보통 서민이 생활 속에서 만날 수 있는 계급은 경정 정도까지다. 일반적으로 형사과, 수사과, 경무과, 생활안전과, 여성청소년과, 경비과, 교통과, 정보과, 보안과, 청문감사관, 112종합상황실 등의 장이 경정 계급이다. 경정은 경찰서장인 총경 바로 밑의 계급이다. 일반인이 경찰서에 가서 경찰서장을 만날 일은 거의 없기 때문에 경정 계급이하의 경찰관과 수사에 대한 이야기를 나눌 수 있을 것이다. 이제 일반적인 승진 경로를 알아보자. 다음과 같은 네 가지 경로가 있다.

시험승진 | 계급별 승진소요 최저승진연수에 따라 순경과 경장은 1년, 경사와 경위는 2년, 경감은 3년을 경과해야 승진 시험을 볼 수 있고, 합격 기준은 근무 성적＋시험 성적으로 매년 정해지는 승진 TO만큼 최종 합격자가 결정된다. 시험 과목은 계급별로 다르게 정해져 있으므로 해당 계급의 시험 과목만 공부하면 되고, 시험만으로 경정(5급 사무관)까지 승진할 수 있다.

심사승진 | 계급별 승진소요 최저승진연수에 따라 순경과 경장은 1년, 경사와 경위는 2년, 경감과 경정은 3년, 총경은 4년을 경과했을 때 근무 성적 상위 5배수자들 중에서 매년 정해지는 승진 TO만큼 승진할 수 있고 경무관까지 승진할 수 있다. 치안감 이상으로의 승진은 경찰청장 추천 → 행정안전부장관 제청 → 국무총리 → 대통령 임용(재가) 순으로 정부 인사에 의해 이루어진다.

특별승진 | 계급별 승진소요 최저승진연수에 따라 순경과 경장은 1년, 경사와 경위는 2년을 경과해야 하지만 특별승진에 한해서는 최저승진연수가 경과하지 않았더라도 가능하다. 말 그대로 특별한 공적을 세우거나(간첩 검거, 사회적 이슈 사건 해결), 특별승진을 공약한 사건을 해결

하거나, 수시 특진 기준에 맞는 사건을 해결할 경우 공적 심사를 거쳐 특별승진이 결정되면 승진할 수 있고, 이때 경감까지 가능하다.

근속승진 | 각 계급에서 정해진 근무 연수+근무 성적을 충족해야만 승진할 수 있다. 순경 → 경장은 4년, 경장 → 경사는 5년, 경사 → 경위는 6년 6개월, 경위 → 경감은 10년의 근무 연수와 근무 성적을 충족하면 자동으로 승진할 수 있고, 이렇게 경감까지 가능하다.

그런데 이런 승진 제도에서 다행스러운 점이 있다. 만약 '시험은 죽을 맛이야'라는 부류라면 '특진'을 활용하면 된다. 범죄자를 잡는 재능이 있다면 시험으로 승진하는 일은 포기해도 된다. 범인만 잘 잡아도 쭉쭉 승진할 수 있다. 내가 바로 그런 경우이다. 현장에서 뛰어다니는 것이 내 적성에 훨씬 맞았던 만큼 시험보다는 특진을 선택했고, 그 결과 형사과장(경정)까지 오를 수 있었다. 형사과장이라면 서열상 경찰서장(총경) 바로 아래이다. 무도 경찰로 형사 일을 시작하여 오로지 특진만으로 이 정도의 자리에 오를 수 있다는 것 자체가 이미 경찰의 다양한 열린 승진 시스템을 보여준다.

물론 경찰이라고 모두 범죄자를 잘 잡을 수는 없다. 그럴 때는 시험을 통한 승진을 선택하면 된다. 역시 시험만 잘 봐도 쭉쭉 승진할 수 있다. 물론 검거 실적과 시험 성적이 전부 좋으면 금상첨화겠지만, 그렇지 않아도 '충분한 기회'가 주어진다.

여자도 형사
할 수 있나요?

"여자도 형사를 할 수 있나요?"라는 질문을 받곤 한다. 요즘 같은 시대에 그런 질문이 어색해 보이지만, 그만큼 형사라는 직업에 대해 편견이 많다는 반증이 아닐까. 내가 처음 경찰로 일하기 시작하던 30년 전에는 여성 형사가 매우 드물었고, 여성 경찰은 일반적으로 민원실이나 행정직 등 내근직에 많이 근무한 것으로 기억된다. 하지만 요즘에는 수사 업무를 선호하는 여성 경찰이 많아졌고, 실제로 남성 형사처럼 현장을 누비는 여성 경찰도 적지 않다. 현재 내가 근무하는 춘천경찰서에도 수사하는 여성 경찰들이 있고, 나름의 어려움 속에서도 열심히 일하고 있다. 여성 경찰들의 모습을 직접 살펴본다면 "여자도 형사를 할 수 있나요?"라는 질문에 자신만의 답을 찾을 수 있을 것이다.

역할이 다를 뿐 능력은 다르지 않다

시대가 많이 바뀌었다고는 하지만 여전히 남녀에 대한 편견은 존재
한다. 그래서 남성 형사 중에서는 여성 경찰을 불편하게 생각하는 경
우도 있다. 남자처럼 편하게 대하기가 어렵다는 이유도 있고, 어떤 사
람은 아직도 '여자가 무슨……'이라고 여기기도 한다. 때로는 여자라
는 이유만으로 "그냥 내가 알아서 할게"라고 말하는 남자 상사도 있
다고 한다. 그러나 경찰 사회가 아닌 일반 사회에도 이런 사람이 많다
는 점에서 이는 경찰의 문제가 아니라 사회의 인식과 분위기 때문이
라고 보는 게 타당하다.

반면에 여성 경찰이 느끼는 어려움도 있다. 남성 형사가 많다 보니
그들의 의사 전달 방식에 익숙해져야 한다. 계급이 분명하고 상명하
복의 문화이므로 여성이 경험하기 어려운 사회이다. 남자는 이미 군
대에서 충분히 면역됐지만, 여자는 접할 기회가 별로 없는 문화이기
에 아무래도 적응하는 데 시간이 필요하다.

또 민원인도 여성 경찰이라면 다소 만만하게 보는 경향이 있다. 어
느 강력팀 여성 형사의 경우 조폭 수사를 할 때 그들과의 관계를 구축
하기 어렵다는 말을 하기도 한다. 조폭은 '관리'가 필요하다. 첩보도
얻어야 하고, 때로는 제어도 해야 하는데, 여성 형사로서는 그것이 쉽
지 않다는 것이다. 강력팀이라면 누구나 겪게 되는 상황에도 맞닥뜨

린다. 나 역시 가족과 쇼핑을 하다가도 범인을 잡으러 간 적이 있듯이 강력계 여성 형사도 마찬가지다. 새벽에 비상이 걸려 출근을 해보니 느닷없이 땅끝마을까지 출장을 가게 되고 거기에서 며칠째 집에 못 들어가는 일도 생긴다. 하지만 자기만 좋아한다면 그다지 힘든 점은 없다고 한다. 여성 경찰 중에서 강력 사건을 해결해가는 과정을 매우 흥미로워하는 경우도 있기 때문이다.

여성 경찰이라서 힘든 점도 있겠지만, 또 여성 경찰이기 때문에 반드시 업무에 필요하기도 하다. 일단 민원인은 경찰이라고 하면 아무런 죄가 없어도 다소 위압감을 느끼곤 한다. 이런 경우 여성 경찰이 수사하게 되면 민원인의 마음이 한결 진정되고, 수사가 끝난 뒤 편안하게 해줘서 고맙다는 말도 전한다. 현장 근무를 할 때는 같이 위장하기도 좋다. 예를 들어 남녀가 함께 걸어가면 주변에서는 데이트를 한다고 흔히 생각하므로 범인의 의심을 받지 않고 뒤쫓을 수 있을뿐더러 범인 주변에서 그들을 관찰할 수 있다. 거기다가 범인을 유도해내는 데도 장점이 있다. 자동차를 주차한 후 커피숍에 있는 범인들을 밖으로 불러내어 체포해야 한다고 가정해보자. 그때 여성 경찰이 "주차를 잘못해서 실수로 살짝 부딪혔어요~"라고 전화하면 범인들은 여자라는 이유로 큰 경계심 없이 나오기 쉽다. 아마도 남자가 전화한다면 '혹시 경찰 아니야?'라고 의심할 것이다.

경찰 조직의 두 날개

더구나 여성이나 청소년 수사에서는 아무래도 여성 경찰이 대화하면 그들도 수사에 적극적으로 협조한다. 예를 들어 데이트 폭행을 당한 여성의 경우, 남성 형사에게 있었던 사실 그대로 모든 것을 진술하기란 쉽지 않다. 여자로서 수치심을 느낄 수 있기 때문이다. 이럴 때는 여성 경찰이 아니면 그 일을 제대로 하기가 어렵다.

거기다가 밤에 술 취한 여자가 지구대에 오게 되면 남성 경찰들은 특히 조심스러워한다. 싸움을 말리거나 할 때는 어쩔 수 없이 신체 접촉을 해야 하는데, 자칫하면 '남자 경찰이 내 몸을 만졌다'는 등 민원을 넣을 수 있기 때문이다. 그래서 요즘에는 신고를 접수하고 현장에 여성이 연루되어 있으면 여성 경찰이 함께 출동하는 경우가 많다.

그런데 자신만의 독보적인 힘으로 강력 사건을 해결하는 여성 형사도 있다. 육체적으로는 남자 범죄자들에게 밀릴지 모르지만, 정신적인 힘으로 피의자를 제압하여 죄를 뉘우치게 하는 형사도 얼마든지 있기 때문이다. 무엇보다 여자는 남자보다 소통을 잘하는 편이다. 상대의 마음을 이해하는 공감 능력이 뛰어나면 범인과 교감할 수 있고 그들의 자백도 손쉽게 받아낼 수 있다.

다만 양육 문제에서는 여성 형사가 어려움을 겪는다. 아무래도 불규칙한 업무나 출장이 잦은 업무를 하기는 힘들기 때문이다. 이럴 때는 근무 시간이 다소 안정적인 부서로 이동해서 얼마든지 일과 양육을 병행할 수 있다. 그리고 주변에서 많이 도와주거나 아이가 어느 정도 자라면 그때 다시 현장 근무를 하는 팀으로 갈 수 있다. 형사가 아니라면 여성 경찰이 양육을 하는 데에는 거의 어려움이 없다고 보면 된다. 출퇴근 시간도 안정적이고 국가공무원으로 보장받는 휴가를 비롯해 각종 혜택을 누릴 수 있다.

경찰이라는 조직도 결국 남자와 여자라는 양 날개로 날아간다. 각자가 가지고 있는 다른 능력이 하나가 되어 부족한 부분을 서로 채워가면 업무의 완성도가 높아지기 때문이다. '여자라서' 혹은 '남자니까'라는 편견의 벽을 넘는다면 국민에게 더욱 사랑받는 경찰로 다가갈 수 있지 않을까?

형사보다 더 독한
경찰특공대

경찰 내에서는 대민 서비스를 제공하는 일선 경찰도 힘들고 수사 형사도 힘들지만, 아무래도 가장 '빡세고' 힘든 일을 담당하는 곳이라면 단연 경찰특공대라고 할 수 있다. 영화에 많이 등장하는, 검은색 특수복과 헬멧으로 무장한 채 총을 들고 현장으로 진입하는 사람들이다. 최악의 상황에서 이들이 대하는 것은 단순한 흉기가 아니라 정교하게 제작된 폭발물이며, 심지어 생화학 무기까지 동원된다. 억류, 납치, 항공기 피랍까지 하는 세력들과도 맞부딪칠 수 있다. 특히 경찰특공대의 상대는 '조직'이다. 아예 테러를 위한 조직을 만들고 테러 훈련을 받은 사람들이기에 더욱 위험할 수밖에 없다. 물론 이렇게 힘든 일에 왜 자원하느냐고 반문할지 모르지만, 이런 어려움 속에서도 국민의 생명과 재산을 지키며 자기 청춘을 국가에 헌신하고 싶어 하는 청년이 적지 않다.

전국에 500명밖에 없는 특공대원

1983년 최초 81명의 대원으로 만들어진 경찰특공대는 과거에 'SWATSpecial Weapons Assault Team'으로 불렸다. 하지만 2018년부터 그 명칭이 'SOUSpecial Operation Unit'로 바뀌면서 지금까지 전국에 10개 팀이 만들어졌다. 경찰특공대는 흔히 '경찰 최후의 보루'라고 말해진다. 모든 위험한 상황에 투입되는 업무를 주로 하기 때문에 강인한 체력은 물론이고 전문적인 기술을 갖춰야 한다. 매일 반복적인 훈련을 통해 유사시에 즉각 투입될 수 있는 최강의 전력을 유지하고 있다.

특히 대한민국 경찰특공대는 독일 경찰의 대테러, 영국의 SAS, 미국의 SWAT 등 우리보다 앞선 많은 특공대의 장점, 장비, 편제, 전술을 고스란히 흡수해 태어났다는 평가를 받는다. 현재 전국에 500여 명 정도가 있는 것으로 알려졌다.

대한민국 경찰특공대는 세계적으로도 '톱클래스'로 평가된다. 가장 단적인 사례로 2012년 미국 플로리다에서 '경찰특공대 세계전술평가대회'가 열렸다. 이때 세계 10개국에서 모두 67개 팀이 참가했는데 내부 소탕, 고층 건물 침투, 장애물 경기 등 우리나라 경찰특공대는 무려 3개 종목에서 압도적인 1위를 차지하는 영광을 얻었다. 해외 언론들도 한국의 경찰특공대를 극찬한다.

경찰특공대는 전술제대, 폭발물처리제대, 탐지제대 등으로 구성되어 있다. 전술팀은 레펠이나 사격 등을 기본으로 테러 상황 발생 시에 진입하여 제압하고, 폭발물처리팀은 전술팀이 투입되는 통로를 개척하거나 폭발물 발견 시에 해체 작업을 한다. 탐지팀은 탐지견을 이용하여 폭발물 수색 작업을 기본으로 한다. 다만 경찰특공대에 관한 한 보안이 매우 중요하기 때문에 구체적인 훈련 방법 등에 대해서는 외부에 공개되어 있지 않다.

경찰특공대의 경우 별도의 선발 방법이 있지만, 일단 경찰이 된 후에도 들어갈 수 있다. 경찰특공대 총원에서 결원이 있을 때는 일선 경찰관 중에서 체력 시험을 통해 충원한다. '서대문 레전드'에 근무했던 후배 역시 이 방법으로 임용되어 현재 경찰특공대에서 근무하고 있다.

최고의 자부심을 가진 조직

물론 경찰특공대라고 해서 날마다 집에도 못 간 채 밤낮없이 훈련만 하고 합숙을 하지는 않는다. 처음 임용되면 한 달간 기초 체력을 쌓고 사격 훈련을 한 뒤에 일반 경찰과 마찬가지로 출퇴근을 한다. 당연히 비상시에는 이런 정상적인 생활을 하지 못하겠지만, 평소에는 퇴근 후 다정한 가장이 되고 아빠가 될 수 있다.

경찰에 투신한 사람이라면 모두 나름의 사명감과 자부심이 있겠지만, 그중에서도 특공대원의 자부심은 정말로 '최고 중의 최고'이다. 훈련하거나 출동할 때 장비하는 총이며 보호 장구만 해도 20킬로그램이나 되고, 가장 위험한 최전선에서 일하다 보니 '우리는 경찰 중에서도 0.1퍼센트이다'라는 강한 자부심으로 똘똘 뭉쳐 있다.

물론 경찰의 모든 업무는 저마다 각기 담당하는 역할이 있고 그 분야에 특화되어 있으므로 우열을 가릴 수 없다. 그러나 안전과 평화를 지키는 최전선에서 강한 자부심으로 경찰 생활을 하고 싶은 사람에게는 단연 경찰특공대를 추천하고 싶다.

시보 기간,
신임 형사가 꼭 해야 할 일

인생에서는 매 시기마다 꼭 해야만 하는 일이 있다. 경찰의 경우에는 그 시작이라고 할 수 있는 시보 기간과 신임 경찰 시절에 집중해야 할 것이 있다. 물론 이를 하지 않는다고 경찰 생활을 못 하지는 않는다. 하지만 그때 해두면 훨씬 순조롭게 경찰 생활을 시작할 수 있고, 또 형사를 지망한다면 자신의 수사 실력을 향상할 기회를 얻을 수 있다. 벅찬 마음으로 시작하는 경찰 생활, 그 첫 출발선에서 어떤 일을 해둬야 할까?

보고서 작성부터 자격증까지

경찰시험에 합격하면 우선 중앙경찰학교에 입소하게 된다. 이곳에서

4개월 동안 경찰로 활동하기 위한 기본을 모두 배운다. 이곳에서는 정해진 규율을 잘 지키고 기본 소양 과목을 충실하게 공부해야 한다. 각종 법령에 대해서도 심도 있게 배우기 때문에 이때 잘 알아두면 경찰 생활에 두고두고 도움이 된다. 이렇게 4개월간의 교육이 끝나면 임용을 하고, 곧바로 다시 4개월 동안 현장 실습을 한다. 이때 각 경찰서 지구대나 파출소 등에서 근무하게 된다. 그 후에 다시 중앙경찰학교로 돌아와서 졸업식과 함께 배정받은 경찰서에 전입한다.

이렇게 임용된 날부터 현장 실습을 거쳐 졸업한 뒤 일선 경찰서에서 근무하는 1년의 기간을 '시보 기간'이라 한다. 여기서 '시보試補'라는 말은 '공무원 임용 후보자가 정식 공무원으로 임용되기 이전에 그 적격성과 자질 등을 검증하기 위해 일정 기간 거치게 되는 과정'을 뜻한다고 보면 된다.

시보 기간에는 경찰 업무를 빠르게 파악하기 위해 선배들이 귀찮아할 정도로 궁금한 것은 그때그때 물어보며 속속들이 알려는 노력을 기울여야 한다. 선배들이 작성한 각종 보고서 등을 스스로 작성해 보는 연습도 필요하다. 어느 날 선배들이 갑자기 자신에게 사건을 맡겨도 스스로 사건을 쳐내며 보고서를 척척 작성할 수 있다면 이미 '준비된 경찰'이라고 할 수 있다.

또 경찰서에 서류를 가져다주는 '문발(문서 수발)'을 가게 되면 경무과와 생활안전과에만 들렀다가 곧바로 지구대나 파출소로 돌아오지 말고, 경찰서 내부의 각 부서나 자신이 관심을 둔 부서를 돌아다니며 선배들에게 인사하여 자기 얼굴을 각인시킬 필요가 있다. 자기 존재를 알리는 것도 적성에 맞는 부서를 찾는 데 많은 도움이 되기 때문이다. 기회가 된다면 적성에 맞는 부서에서 꼭 일해보고 싶다는 자신의 꿈과 포부를 알리는 계기를 마련하자. 이렇게 해두면 시보 기간이 끝난 뒤 자기 적성에 맞는 부서에 결원이 생겨 인원을 충원할 때 그 부서에서는 평소에 눈도장을 찍으며 눈여겨봐오던 사람을 추천하게 된다. 자신이 지원한 부서의 사람들이 추천을 많이 해주면 훨씬 들어가기가 쉽다. 경찰은 능력도 갖춰야 하지만 인간관계도 좋아야 하는 이유가 바로 여기에 있다.

시보 기간에는 자기 적성에 맞는 자격증도 미리 따놓을 필요가 있다. 경찰시험에 합격하기 전에는 시험공부를 하느라 별도의 자격증 공부를 할 여력이 없다. 시보 기간에는 시간이 있으니 자격증을 따놓으면 좋다. 이런 자격증이 있다고 해서 자신이 꼭 가고 싶은 부서에 갈 수 있는 것은 아니다. 다만 그 부서 선배들에게 '저는 이런 자격증도 있습니다'라면서 업무와의 관련성을 설명하면 그 부서에 대한 관심을 보여주는 셈이고 '우리 부서에 와서 열심히 하겠는데!'라는 인식을 심어줄 수 있다.

예를 들어 정보통신과 관련된 자격증이 있으면 각종 디지털 기기로 범인을 추적하는 데 용이할 수 있다. 영상을 제작하거나 편집할 수 있다면 홍보 업무에 도움이 된다. 컴퓨터나 네트워크 관련 자격증이 있다면 사이버 범죄를 수사하는 데 유리하다. 세무나 회계 자격증이 있다면 마찬가지로 경제팀이나 지능범죄 수사에서 자기 능력을 더 많이 보여줄 수 있다. 나 역시 드론으로 범인을 추적하거나 관련 정보를 얻기 위해 드론 자격증을 땄다. 자신만의 전문성을 구축하는 일은 경찰 생활 내내 관심을 둬야 할 일이다.

형사가 재판에 참석하는 이유

신임 형사라면 일반적으로 주어지는 일 외에 자신이 담당한 사건의 재판에 참여해볼 것을 권한다. 나도 형사로 생활하면서 가끔 재판에 참여했다. 내가 수사한 사건이 사회적인 이슈였던 경우라면 현장에서 그 결과를 보기 위해서이다. 이렇게 재판에 참석하는 것은 형사의 자질을 키워나가는 데 많은 도움이 된다. 물론 수사를 하면서 팀원들과 최대한 소통하지만, 그래도 맡은 사건에만 매몰되다 보니 시야가 좁아지는 때도 있다.

수사라는 것은 결국 제대로 처벌하기 위한 것이다. 하지만 이 처벌은 형사가 아닌 재판장이 하게 된다. 따라서 내가 했던 수사를 재판장은 어떻게 판단하는지 알아야 한다. 재판장에서 변호인이 어떻게 변호하는지도 유심히 들어봐야 한다. 나로서는 최선을 다해 수집한 증거이지만, 변호사가 어떻게 그것을 무력화하는지 알 필요가 있다. 이렇게 변호를 하는 변호인, 판결을 내리는 재판장의 이야기를 들어보면 자신의 수사 능력을 급격하게 끌어올릴 수 있다. '아, 이런 경우라면 다음에는 이렇게 수사해야겠구나'라는 점이 느껴지기 때문이다.

증거를 보는 능력도 향상된다. 내가 수사할 때는 분명히 확실한 증거였지만 변호인은 어떤 근거를 들어서 부실한 증거로 폄하할 수 있다. 이런 가능성을 알게 되면 다음부터 더 단단하게 증거를 준비할 수 있다.

자기 능력이 뛰어나다고 자부하더라도 때로는 제삼자의 객관적인 평가가 필요한 법이다. 나 혼자 좋은 방법이라고 그 방법만 쓰면 우물 안의 개구리가 된다. 자신의 수사 능력을 제삼자의 객관적인 시각으로 확인할 수 있는 곳이 바로 재판장이다.

세상의 어떤 조직이든 시키는 일만 하는 사람을 좋아할 리는 없다. 거기다가 타인과의 활발한 소통이 없다면 역시 조직 내에서 자기 위상을 높이기는 쉽지 않은 일이다. 어렵고 힘들게 공부해서 합격했다면 이제 순조롭게 술술 풀리는 내 직업의 미래를 위해 탄탄하게 준비하면서 시작해보자.

여성 경찰로
행복하게 사는 법

제주지방경찰청 서귀포경찰서 박미옥 형사과장

과거에 여성 경찰은 내근직을 다소 선호하는 경향이 있었지만, 지금
은 꼭 그렇지도 않습니다. 각자의 기질과 성향에 따라 자신만이 선호
하는 부서가 매우 다양합니다. 또 '형사'라고 하면 일이 힘들어서 여
자들이 기피할 것이라고 생각하지만, 그것도 꼭 그렇지 않습니다. 남
편의 지원, 부모님의 지지, 가족의 응원하에 현장에서 활약하는 여성
형사도 많습니다. 제가 근무하는 서귀포경찰서에는 총 37명의 형사
과 직원 중에 34명이 외근 형사이고, 그중에서 7명이 외근 여성 형사
입니다. 이 7명 중에 2명은 아이를 키우는 40대 중반 여성입니다. 또

여성 팀장도 있으니 이제 수사 분야에서도 여자들의 괄목할 만한 활약이 두드러져 보입니다.

특히 남녀를 불문하고 형사, 수사, 여성청소년과 등 체력적으로 힘든 분야는 본인이 원하지 않으면 절대 뽑지 않습니다. 이 말은 곧 자신만 원한다면 어떤 분야도 상관없이 업무를 선택하여 경찰 생활을 할 수 있다는 의미이기도 합니다. 다만 최근 여성 경찰 사이에서는 경제팀 수사관이 인기가 높고, 여성청소년과를 선호하는 친구도 많습니다. 이제는 경찰서에서 '남자와 여자'라는 구분보다는 '성격과 기질'을 더 중요하게 봐야 할 때가 아닌가 싶습니다.

| 진정한 경찰관이 되기 위해 |

어떤 면에서는 경찰이 되어 수사하는 과정은 자신이 자라온 사회적 틀을 깨고서 진정 책임감 있는 사회인이 되어가는 과정입니다. 초등학생 시절, 저는 도움이 필요할 때면 사람들이 파출소에 가서 경찰관을 찾는다는 사실을 교과서에서 알았고, '나도 남을 도우면서 살면 좋겠다'라는 생각으로 경찰에 입문했습니다. 우연한 기회에 형사가 되어 누군가에게 '담당 형사'라고 불리면서 그 책임감에 지금까지 경찰 생활을 이어왔습니다.

남을 도우면서 살기 위해서는 강해야 하고, 그렇게 강해지기 위해서는 많은 역량을 갖춰야 합니다. 많은 사람의 아픔과 죽음, 괴로움과 분노를 봐야 하고 실수가 용납되지 않는 경찰 현장의 긴장감을 견뎌야 합니다. 선배들의 강하고 엄격한 가르침은 버거울 수도 있고요. 하지만 이 과정에서 자신의 업무적 역량과 심리적 용량이 커지면서 여성으로 키워지고 여성으로 자라온 자신의 틀을 깰 수 있게 됩니다. 최근에는 남성 경찰관들도 부모의 많은 지지와 응원 속에서 자라온 만큼 이렇게 다소 힘든 과정을 통해 진정한 경찰관으로 태어납니다.

무엇보다 이런 수사 과정을 통해 우리는 눈에 보이지 않는 또 다른 선한 영향력을 피해자들에게 줄 수 있습니다. 수사는 결국 범인을 잡기 위한 것이지만, 수사 과정에서 피해자들이 마음의 위로를 받고, 수사 결과가 피해 보상을 대신해주기도 합니다. 또 피해자에게 세상을 살아갈 이유가 되어줍니다. 경찰관은 수사의 결과만이 아닌 그 과정을 통해서도 우리 사회를 좀 더 밝게 만들어준다고 생각합니다.

| 남녀의 문제보다 학습과 관점의 문제 |

물론 여성이어서 경찰 업무를 더 잘할 수 있는 부분도 있습니다. 예를 들면 공감 능력과 디테일에서 그렇습니다. 남자들은 어려서부터 일

방적으로 '강하게 자라야 한다'라는 말을 듣기 때문에 타인에 대해 공감하기보다는 성취 지향적인 경우가 많습니다. 하지만 여자들은 여성으로서의 편견, 부모의 강요 등에서 나름대로 깊이 있는 고민을 해서인지 타인과 공감하는 능력이 폭넓습니다. 범인들과 대화를 나눌 때 그 공감 능력이 발휘되면 범인들은 공격적인 성향을 누그러뜨리고 그동안 숨기던 비밀을 털어놓기도 합니다. 또 디테일은 수사에서 매우 중요한 부분이기 때문에 조금 더 섬세한 여성에게 유리할 수 있습니다. 하지만 이 역시 남녀의 엄격한 구분에 의한 것이라기보다는 관점과 학습의 문제, 환경의 문제라고 봅니다.

어떤 업무의 경우에는 반드시 여성 수사관이 투입됩니다. 여성청소년과에서는 청소년 범죄, 성범죄, 아동 학대, 노인 학대, 가정 폭력을 수사합니다. 팀별로 여성 경찰관을 반드시 배치하고, 정책적으로 아동 학대나 성폭력 피해 조서를 작성할 때는 여성 경찰관이 함께합니다.

또한 자기 삶의 형태에 따라서 다양한 자기 성장을 꾀할 수 있습니다. 결혼해서 아이를 낳는다면 육아휴직을 통해 부모 역할에 충실할 수 있고, 개인적인 성취욕이 높아서 독신이나 비혼으로 산다면 더 많은 시간과 노력을 통해 업무에 몰입할 수 있습니다. 결혼한 뒤에 아이를 낳지 않고 부부끼리 살아도 당당한 삶의 주체로서 자유롭고 행복하게 배우자와의 생활을 꾸릴 수 있습니다.

여성으로 경찰이 된다는 것은 또 다른 여성에게는 '참 힘든 일'이라고 비칠지도 모릅니다. 하지만 사건을 통해 더욱 성장하는 자신을 발견하고, 여성으로서의 존재감도 과거보다 훨씬 빛나는 곳이 경찰의 세계입니다. 세상을 더 밝게 만든다는 당당한 자신감까지 가질 수 있으니, 이만하면 훌륭한 직업이 아닐까요?

3

공무원 연금보다
더 소중한
인생의 지혜

나는 경찰에서 세상과 사람을 배웠다

일은 그 일을 하는 사람의 성격, 인성, 마음에도 영향을 미치게 마련이다. 매일 마주하는 경험이 커다란 영향을 주기 때문이다. 나는 경찰 생활을 하면서 세상과 사람에 대해 배웠다. 범죄자들을 보면서 세상의 악한 모습도 알게 되지만, 그 가운데에서 선한 사람이 얼마나 많은지 알수 있다. 사건이 해결된 후 진심으로 고맙다며 손을 잡아주는 서민들을 보면서 마음속에 '정의'라는 글자를 다시한 번 되새긴다. 나 자신을 올바르지 못한 일로부터 멀어지게 하는 의지와 용기를 가질 수 있게 됐고, 소외된 사람과 불쌍한 사람을 도와주고 싶다는 배려 정신도 기를 수있었다. 언젠가는 경찰 생활이 끝나겠지만, 그때는 공무원 연금보다 더 소중한 세상과 사람에 대한 지혜를 가슴 뿌듯하게 간직해나갈 것이다.

남을 도와주는 행복,
세상을 바꾼다는 자부심

표면적으로 보면 경찰은 범인을 잡고 예방하는 일로 시민에게 봉사하고 국가에 헌신한다. 하지만 오랜 시간 경찰로 살아보니 이런 봉사와 헌신보다 더욱 개인적이고 직접적인 즐거움이 있다. 그것은 바로 봉사와 헌신만 하고 살아도 나의 생활상 경제적인 문제가 해결된다는 점, 그리고 그런 나의 활동이 세상에 선한 영향력까지 미친다는 점이다.

세상에서 직업 자체가 봉사이자 헌신인 경우는 별로 없다. 그러나 경찰만큼은 직업이 봉사이자 헌신이다. 나만 잘 먹고 잘사는 세상이 아니라 함께 행복해지는 사회를 구현하는 직업, 바로 그것이 경찰이다. 비록 경찰을 하면서 힘들고 괴로운 일도 있겠지만, 그 직업이 가진 본질을 떠올린다면 '다시 태어나도 경찰!'이라는 나의 생각은 결코 변하지 않을 것 같다.

기업의 정책이 범죄에 악용되지 않도록

일하다 보면 착하게만 살 수는 없는 법이다. 스스로 도덕성과 준법정신을 가지고 있어도 자의에 의해, 혹은 타의에 의해 불법까지는 아니더라도 탈법과 편법의 세계를 오가곤 한다. 그러다 보면 남에게 피해를 끼치는 경우가 생긴다. 결국 혼자서만 착하게 살고 싶다고 착하게 살 수 없는 것이 세상의 일이다. 많은 기업인이나 직장인이 봉사나 사회 공헌 활동도 한다지만, 그것이 직접적인 업무 분야는 아니다. 하지만 경찰은 자신이 하는 일 자체가 남을 돕는 일이다. "착하기만 해서 어떻게 먹고사냐?"라는 말도 있지만, 경찰은 정말 착하게만 살아도 충분히 먹고사는 직업이다.

수사를 하다 보면 피해자들은 전적으로 경찰에 의존한다. 법적인 것을 잘 모르거니와 자신이 무엇을 어떻게 해야 하는지도 알지 못한다. 그러면 경찰관에게 전화해서 이것저것 물어보고, 답답함을 호소한다. 그럴 때면 내가 아는 모든 지식을 총동원해 도와주려 하고, 그들을 보살피고 싶다는 감정이 우러나온다.

이럴 때는 참 행복하다. 내가 누군가를 도와줄 수 있는 위치에 있다는 것, 그리고 그것이 별도의 귀찮은 일이 아니라 내 본업이라는 사실이 새삼 가치 있게 느껴진다.

또 경찰은 그 활동의 결과물로 기업의 정책이 좀 더 선한 방향으로 나아갈 수 있도록 만들어준다. 사실 기업에서 뭔가 새로운 상품을 만들거나 서비스를 제공할 때 그것을 통한 범죄 가능성에 대해서까지는 생각하지 않는다. 대부분의 소비자가 선할 것이라고 가정하고, 그 상품이나 서비스를 올바르게만 사용할 것이라고 여기기 때문이다. 하지만 범죄자들은 용케도 그 구멍과 틈새에서 범죄를 기획하고 실행에 옮긴다. 경찰이 이를 잡아내면 어떤 면이 범죄자에게 악용됐는지 확인할 수 있고, 기업은 이에 맞추어 상품이나 서비스의 정책을 바꾸게 된다.

과거 범죄를 해결하면서 미래 범죄까지 예방한다

지금은 신용카드나 체크카드의 비밀번호가 특정한 횟수 이상 틀리면 돈이 인출되지 않는다. 타인이 주운 카드를 사용하거나 훔친 카드를 이용해 범죄를 저지를 가능성을 염두에 두기 때문이다. 하지만 2000년 하반기까지만 해도 그런 제도적 장치가 없었다. 비밀번호를 틀려도 무제한으로 다시 입력할 수 있었다.

내가 한창 부축빼기범들을 검거할 때 그 범죄가 점점 진화하고 있음을 느꼈다. 그저 사람들의 지갑에 있던 현금만 빼내던 범죄자들이 어느 순간부터 카드 비밀번호를 눌러 예금을 찾고 카드론 대출도 받기 시작했다. 피해 금액이 훨씬 더 늘어나기 시작한 셈이다. 심지어 신용카드를 복제하는 등 지능범의 면모를 보이기도 했다.

그때 나와 팀원들은 총 51회에 걸쳐 1억 원을 편취한 '필호파' 일당 12명과 비슷한 수법으로 총 43회에 걸쳐 9,500만 원을 편취한 '두호파' 일당 5명을 검거했다. 그들의 범죄 수법이 세상에 드러나면서 금융권에서는 비밀번호 입력 횟수를 3회로 제한했다. 우리 팀의 수사 결과가 기업의 정책을 좀 더 안전한 방향으로 바꾼 것이다.

이런 일은 그때만이 아니었다. 앞에서 얘기했던 자동차운전자보험을 이용한 자동차 연쇄살인 사건도 마찬가지였다. 당시에 자동차 운전자보험은 중복 보장이 가능했다. 그러니 사람을 죽여도 미리 중복으로 보험을 들어놓으면 더 많은 돈을 보상받을 수 있었다. 이 말은 곧 범죄에 더 쉽게 유혹되도록 한다는 것이다. 역시 그들의 실체를 밝히고 범죄 수법이 드러나자 각 보험사는 중복 보장을 금지했다. 수사 성과가 범죄자를 잡아들이는 데 멈추지 않고, 세상에서 저질러지는 범죄 가능성까지 더 줄이는 셈이다.

수사와 검거는 어떤 면에서 과거지향적인 활동이다. 이미 범죄를 저지른 범죄자, 이미 발생한 사건을 차후에 수사하는 일이기 때문이다. 그러나 이렇게 수사 결과가 기업의 정책을 바꾼다면 이는 미래지향적인 활동이 된다. 과거의 범죄도 해결하지만 미래에 일어날 범죄도 예방할 수 있다는 이야기다.

어느 직업이든 자기 직업에 자부심을 느낀다는 것은 참 좋은 일이다. 돈을 많이 벌어서가 아니라 사회적인 가치로 인한 자부심이라면 더욱 그렇다. 그런 자부심이 충만한 사람이라면 자기 일을 더욱 소중하게 대하고 열심히 하게 된다. 오늘도 거리에서, 혹은 사건 현장에서 일하는 무수한 경찰의 마음속에는 이런 자부심이 충만해 있다는 사실을 더 많은 시민이 알아줬으면 좋겠다.

경찰의 강한 책임감,
내가 아니면 안 되는 일

자기 일에 사명감을 가지는 것은 좋지만, 그렇다고 '나 아니면 안 돼'라고 생각할 필요는 없다. 때로는 그런 생각이 자기 능력을 과대평가하는 오만이 될 수도 있기 때문이다. 일반 직장인의 경우 자신이 일을 그만두면 회사 업무가 제대로 돌아가지 않을 것 같지만, 정작 누군가 그만둬도 회사에는 아무 지장이 생기지 않는다. 그래서 '나 아니면 안 돼'라는 생각은 부질없을 수 있다. 그러나 경찰 세계에서는 정반대이다. 범죄자를 보고 '나 아니어도 누군가 잡겠지'라고 여기거나, 피해자를 봐도 '누군가는 도와주겠지'라고 생각하면 문제가 더욱 커진다. 그럴 때마다 경찰이라는 직업에 더욱 무거운 책임감을 느끼지 않을 수 없다.

어느 청년의 안타까운 유서

일면식도 없는 사람이 자살하면서 당신에게 유서를 남긴다면? 으스스한 공포 영화의 한 장면이라고 생각할지도 모르겠다. 그러나 이건 실제 일어난 일이었다.

창창한 나이인 30세의 한 젊은 남성은 복잡한 사건에 연루됐다. 그는 인터넷을 통해 나를 안 뒤 '범죄 사냥꾼' 카페에 들어와 조언을 구했다. 하지만 살인 사건 수사로 한창 바쁘던 나는 끝내 그에게 도움을 주지 못했고, 상황이 악화해 청년은 끝내 자살하고 말았다. 그리고 그는 마지막에 나를 떠올리며 유서를 썼다. 그 유서에는 자신의 억울함과 그간의 사건 경과가 세세하게 들어 있었고, 결국 그 유서를 바탕으로 범죄자를 잡을 수 있었다. 당시 경험을 통해 '내가 아니면 안 되는 사건도 있구나!'라는 생각을 하게 됐고, 한동안 내가 누군가를 죽음에 이르게 했다는 죄책감에 사로잡혔다.

지금으로부터 15년 전, 연말이 가까워오던 11월 말이었다. 당시 중국 교포 살인 사건으로 전담수사팀이 꾸려지면서 강력팀 전원이 투입됐다. 그렇게 한동안 바쁜 나날을 보내던 중 어느 50대 중년 여성이 전화를 걸어왔다.

"팀장님, 제 아들에게 전해 들은 이야기인데요, 자기가 아는 동생이 자살하면서 팀장님에게 유서를 남겨놓았대요. 그 유서를 어떻게 전해드려야 할까요?"

순간 머리카락이 쭈뼛 섰다.

'나에게 유서를 썼다고? 왜? 나 때문에 자살할 만한 사건이 있었나?'

무슨 소리인지는 잘 모르겠지만, 일단 사무실에서 만나기로 했다. 그 중년 여성의 손에는 두툼한 편지가 들려 있었다. 저간의 사정을 들어보니, 그의 아들은 관세사 시험공부를 하며 공무원을 준비하는 중인데, 공부하면서 알게 된 30세 남성 정진우 씨(가명)가 자살하기 전에 나에게 유서를 남겼다는 내용이었다. 그 편지는 이렇게 시작됐다.

> 어떻게 이야기를 풀어나가야 할지 모르겠습니다. 일단 제 소개를 하겠습니다. 저는 서대문구 홍은3동에 사는 정진우라고 합니다. 제가 왜 굳이 편지를 써야 하는지 이제부터 얘기하겠습니다. 하나도 빠짐없이 다 말해야겠지요. 6월 말경, 인터넷 채팅 음악방에서 어떤 여자를 만나게 됐습니다. 그 여자 이름은 이○○로 45세이고, 저는 회사를 관두고 공부를 시작하는 입장이라 시간이 많이 남아서 거의 매일 음악방에서 음악 이야기 등등을 하다가 문자와 전화 통화까지 주고받으면서 친해졌습니다……

죽은 사람이 나에게 직접 남긴 유서라고 하니 가슴도 무척 떨리고 사건 내용이 궁금하기도 했다. 정진우 씨는 한 여자의 따뜻한 마음 씀씀이에 이끌리고 안타까운 사정을 접하면서 함께 지내게 됐다. 그러나 그 여자는 남편에다가 내연남까지 있는 행실이 매우 좋지 않은 사람이었다. 그렇게 며칠을 함께 지내던 청년은 그 여자의 내연남에게서 걸려온 휴대폰을 무심코 받았다. 그러자 내연남은 여자와 청년이 불륜 관계라고 생각한 후, 과거에 자신이 여자에게 빌린 2천만 원을 돌려주지 않겠다고 나왔다. 돈을 받지 못하게 된 여자는 이 모든 것을 청년의 잘못으로 덮어씌우면서 2천만 원을 청년에게 보상하라고 협박했다.

물론 나중에 알게 된 사실이지만 전부 거짓말이었다. 꽃뱀이었던 여자가 자기 내연남과 짜고서 일을 벌인 것이었다. 거기다가 내연남까지 협박하니 청년은 도저히 견딜 수 없었다. 더구나 더 놀라운 사실은 그 여자와 내연남이 청년에게 2천만 원이 아닌 2억 원의 각서를 쓰도록 했다는 것이다. 2천만 원이라는 돈도 억지로 만들었으면서 거기에 10배나 되는 각서를 요구하다니! 결국 협박에 못 이겨 청년은 있지도 않은 '2억 원의 채무' 각서를 쓰고 말았다.

누가 봐도 어처구니없는 사건이었지만, 당사자는 매우 힘든 상황에 처하게 됐다. 나이 서른에 2억 원이라는 채무가 그의 가슴을 짓눌렀을 것이기 때문이다. 그 모든 일을 감당하기 힘들었던 청년은 인터넷 카페 '범죄 사냥꾼'에 문의했지만, 당시에 살인 사건으로 바빴던 나는 자세한 사정을 알지 못했고, 그사이에 청년은 자살하고 말았다. 청년의 유서는 이렇게 끝맺었다.

> 형사님, 제가 죽음이라는 극단적 방법을 쓸 정도의 죄를 정말 지었나 법으로 가려주시길 바랍니다. 저는 그 돈을 줄 여력이 없습니다……

희망도 없고요. 정말 정말 괴롭습니다……. 모든 사람이 공정한 법에 웃으며 좋게 좋게 끝나기를 저세상에서 기대해봅니다.

내 전화 한 통이었더라면…

더 안타까운 사실은 청년이 가족에게 남긴 유서에는 이런 꽃뱀에 대한 이야기가 완전히 빠져 있었다는 것이다. 그저 현재의 삶에 지쳐서 부모님을 남겨둔 채 생을 마감한다는 내용이 전부였다. 장남이자 외아들인데도 자살이라는 극단적 방법을 선택해야 하는 자신의 과오를 부모님에게 알리고 싶지 않았기 때문일까?

그 편지를 읽은 후 자책감이 많이 들었다. 조금이라도 시간을 내서 범죄 사냥꾼 카페에 들어가 청년의 사연을 읽었더라면 전화 한 통으로도 그의 자살을 막을 수 있었을지 모를 일이었기 때문이다. 하지만 청년의 비참함을 풀어줄 방법은 결국 수사밖에 없었다.

청년이 생을 마감하면서 꼼꼼하게 적어놓은 유서와 협박 내용을 정리한 음성 파일을 토대로 꽃뱀 여성에 대한 체포영장을 발부받아 그를 검거했다. 그는 청년이 자살했다는 사실을 알게 되면서 범행을 부인하기 시작했지만, 청년이 그를 꼼짝달싹하지 못하게 할 증거를 남겨놓았기에 그는 구속되어 사회와 격리됐다. 비록 협박범이자 꽃뱀을 재판에 넘겼지만, 아마 이 사건은 나의 경찰 생활이 끝날 때까지 지워지지 않는 마음속의 멍에로 남을 것만 같다.

지금 이 글을 읽는 분들에게 꼭 하고 싶은 말이 있다. 삶에 지쳐 희망이 보이지 않는다거나 어떤 억울함을 풀지 못했다고 해서 현실 도피를 위해 자살이라는 극단적 선택을 해서는 절대 안 된다. '남아 있는 사람들이 생을 포기한 나의 하소연과 억울함을 풀어줄 것이다'라는 생각은 매우 잘못된 판단이기 때문이다. 살아서 목소리를 내야만 그 하소연과 억울함에 대해 누군가는 관심을 가지고 귀 기울여준다. 살아서 또렷한 육성으로 생생하게 증언할 수 있어야 하소연과 억울함이 해결될 수 있다.

관세사를 준비하던 그 청년은 그나마 관련 증거자료가 잘 남아 있어서 억울함을 풀 수 있었던 것이다. 하지만 예를 들어 세상을 떠들썩하게 했던 고故 장자연 씨의 경우에는 증거가 없어서 무수한 의혹만 남긴 채 그 억울함을 풀지 못했다.

이 사건 이후로 나는 맡겨진 모든 사건을 '나 아니면 해결되지 않을 사건'으로 대하기 시작했다. 내가 관심을 줄이는 사이에, 혹은 내가 조금 더 부지런하지 못한 사이에 상황이 계속 악화하고 피해자의 가슴은 끝없이 무너져 내린다. 그리고 그사이에 범죄자는 유유히 자기 모습을 감춘 채 또 다른 범행을 계획하고 있을지 모른다. 적어도 내가 인지한 사건만큼은 철저한 책임감을 가지고 임하는 것, 바로 이것이 또한 경찰의 의무가 아닐까.

꿈을 향해 달리는 사이에
끈끈한 동지애가 싹튼다

자신의 꿈과 목표를 세우고 열심히 일하다 보면 어느 순간 형사는 가슴 뜨거운 인간애와 동지애를 느낄 수 있다. 얼마나 멋진 직업인가. 사실 일반적인 일에서는 이렇게 가슴이 요동치는 경험을 많이 하기가 쉽지 않다. 직장 일이라는 것은 늘 사무실에서 컴퓨터와 씨름하거나 숫자를 다루거나 각자의 전문 분야에 몰입할 뿐이다. 하지만 형사라는 직업에서는 수사 과정에서 간절함과 정의감을 느끼게 되고 피해자에 대한 인간애, 그리고 현장에서 함께 고생하는 동료에 대한 동지애도 느낄 수 있다. 거기다가 스스로 설정한 꿈이 하나하나 이루어질 때는 성취감과 자신감에 벅차기도 한다. 어쩌면 이런 강렬한 감정들이 30년간 내가 변함없이 형사 생활을 사랑했던 이유이기도 할 것이다.

혼자가 아닌 팀원 모두를 위해

"꿈은 이루어진다!"

어디선가 많이 들었던 말일 것이다. 그런데 이 말은 나의 개인적인 신념이기도 하고, 후배들에게 꼭 해주고 싶은 말이기도 하다. 형사로 생활하면서 나는 정말로 내 꿈이 그렇게 하나하나 이루어지는 경험을 했기 때문이다. 가장 대표적인 것은 승진이다. 앞에서 특진 이야기를 했지만, 나만큼 자신은 물론 후배를 많이 특진시킨 경우도 드물 것이다. 지속적인 범인 검거와 많은 표창 덕분에 어렵다는 경장 승진을 했고, 경사와 경위와 경감까지 모두 특진으로 올라왔다.

경위 특진을 한 이후에는 서대문경찰서로 발령되어 최종 목표로 삼았던 강력반장(강력팀장)을 꿈에 그리던 보직으로 받았다. 그런데 내 꿈은 여기에서 멈추지 않았다. 나 혼자만을 위해 범인을 잡지 말고, 이제 고생하는 팀원 전체를 특진시키겠다는 새로운 2차 목표를 세웠다. 모든 사건의 80~90퍼센트를 평상시 해왔던 대로 직접 범죄 첩보를 입수하여 직접 인지 수사를 진행하면서 오로지 사건 해결과 범인 검거만으로 팀원 5명 모두를 1년 만에 순차적으로 특진시키는 쾌거를 이루기도 했다.

그 이후에 경위 근속승진이 생기면서 경위 승진자가 점차 늘어나게 되자 강력팀장의 보직도 곧 경감으로 교체되리라 예상했다. 앞으로 경위 계급으로는 강력팀장 자리를 지킬 수 없을뿐더러, 언젠가는 경감에게 강력팀장 자리를 내주고 밀려날지도 모른다는 불안감이 밀려왔다. 그래서 다시 경감 특진을 3차 목표로 정했다. 사건 현장을 직접 뛰어다니고 범죄꾼을 추적하며 씨름하다 보니 어느덧 경감 특진의 꿈도 이룰 수 있었다. 또 '2005년 강도 베스트 수사팀'과 '2008년 조직폭력 베스트 수사팀'에 선정되는 기쁨을 누릴 수 있었던 것은 물론이고 함께 현장을 누볐던 팀원 2명을 더 특진시킬 수 있었다. 돌이켜보면 내가 서대문경찰서에서 강력팀장으로 일했던 7년의 기간이 형사로서 전성기를 보냈던 때가 아닌가 싶다. 이 팀은 당시에 '서대문 레전드'로 불리면서 지금도 끈끈한 동료애를 유지하고 있다.

경감으로 특진한 뒤에는 경기도 파주로 발령받아 1년간 근무하고, 다시 서울로 복귀한 뒤에도 더 열심히 노력했다. '배운 게 형사질'이라고 현장을 떠나면 죽는 줄 알았다. 형사팀, 수사과 사이버팀, 지능팀, 경제팀 등 어느 수사 부서에서 근무하든지 나는 언제나 강력계 형사의 마인드를 기본으로 솔선수범하면서 팀원 2명을 더 특진시켰다. 이렇게 내가 팀원으로 활동하던 시절에 내 조원이었던 형사 2명을 포함해 형사의 길을 걷는 동안 총 11명의 특진자를 배출하는 대기록을 세웠다.

나를 도와줄 동료, 내가 도와줘야 할 동료

그들 한 명 한 명이 특진할 때마다 나는 "수고했다"라고 짧게 한마디 하면서 그 어깨를 두드려줬다. 아무리 힘들어도 말없이 팀장을 따라준 후배들이 너무도 고마웠다. 바로 이런 모습이 진정한 형사들의 뜨거운 동지애가 아닐까?

그런데 지금은 시대가 변하여 일선에서 이런 모습을 많이 찾아보기가 쉽지 않다. 여전히 전국의 무수한 경찰이 서로를 믿고 의지하며 오늘도 범죄자들을 잡고 있지만, 아무래도 예전만 못한 것은 사실이다. 더불어 요즘 젊은 세대에게 '꼰대'로 불리기 싫어서 과거와 같이 끈끈한 동지애나 애정을 잘 표현하지 못하는 선배도 있다.

그러나 형사의 일은 일반적인 직장의 일과는 분명히 다르다. 범죄 현장에서 사체를 봐야 하고, 피해자의 눈물을 봐야 하고 그들의 울음소리도 들어야 한다. 이렇게 거친 현장과 싸워나가는 과정에서 서로에 대한 애정과 믿음이 없다면 그 생활을 견디기가 쉽지 않다. 서로 힘을 북돋워주고, 함께 '으쌰으쌰' 범죄자를 잡으며 정의를 구현해나가는 모습은 다른 직장에서는 결코 찾아볼 수 없는 형사들만의 멋이다.

이렇게 하기 위해서는 형사로서 자신만의 목표를 세워놓고 열정적으로 달려가는 자세가 필요하다. 요즘 시대에 "싸나이답게 살자"라는 말은 너무 구식일지 모르지만, 형사 세계에서는 어쩔 수 없는 '싸나이'들이 필요하다. 칼과 방망이를 들고 대드는 범죄자 앞에서는, 형사에게 잡힌 상태에서도 어떻게든 수갑을 차지 않으려고 발버둥 치는 그들과 맞서 싸우고 제압하기 위해서는 더욱 강한 정신이 필요한 것이 사실이다. 한번 목표를 잡았으면 무섭게 돌진해야 한다. 그러지 않으면 오히려 형사가 당할 수 있다.

이렇게 현장에서 싸워나가는 사이에 선배들에게도 인정받고 후배들에게는 롤 모델이 될 수 있다. 그리고 바로 이런 과정에서 나를 도와줄 동료가 얼마나 감사한지, 그리고 내가 도와줘야 할 동료가 얼마나 소중한지 깨달을 수 있다.

흔들리지 않고 성장할 수는 없으며, 실패하지 않고 성공할 수는 없는 법이다. 자신을 던져 범죄자를 잡는 그 힘든 여정에서 여느 사람들은 느끼지 못하는 소중한 동료애가 꽃피어나게 마련이다.

비슷비슷해 보이는데
뭐가 다르지?

형사과, 수사과, 강력팀, 지능팀……. 일반인이 보기에는 큰 차이가 느껴지지 않는 부서들이다. 반면에 '여성청소년과'라고 하면 그 이름만 들어도 '아, 여성이나 청소년 범죄와 관련된 수사를 하는구나'라고 알아차린다. 하지만 전자의 각 과나 팀은 그 이름만으로는 무엇을 수사 대상으로 하는지 바로 알아차리기 쉽지 않다. 특히나 '형사과·수사과·강력팀'은 더욱 구분되지 않는다. 형사과나 강력팀도 분명 수사를 하는 부서인데 별도의 '수사과'가 있다는 사실이 잘 이해되지 않을 것이다. 그럼 하나하나 살펴보자.

형사과 | 일반적인 형법에 명시되어 있는 거의 대부분의 범죄와 관련된 고소·고발 사건을 다루고 형사과 내에는 강력팀, 형사팀, 생범(생활범죄)팀, 형사지원팀이 있다.

강력팀 | 범죄 중에서 가장 거친 범죄인 5대 범죄를 주로 수사한다. 살인, 강도, 조직폭력, 폭력, 절도와 마약 등 사회적 이목이 집중되는 사건을 다룬다.

수사과 | 형사과에서 취급하지 않는 사기와 횡령 등 화이트칼라 범죄, 특별법 위주의 사건과 관련 범죄에 대해 고소·고발된 사건을 주로 다룬다. 특별법이란 형법 이외의 법률로서 상표법, 관세법 등 시대의 변화에 따라 새로 제정되는 법률을 말한다. 수사과 내에는 경제팀, 지능팀, 사이버팀, 수사지원팀이 있다.

지능팀 | 화이트칼라 범죄를 포함해 공무원 범죄, 부정부패사범, 선거사범, 집회시위사범 등 지능적인 범죄와 사회의 이목이 집중되는 사건을 다룬다.

그런데 이런 구분이 모호할 때가 있다. 예를 들어 강력팀의 수사 대상인 조직폭력배들이 폭력을 행사하면서 수사과의 수사 대상인 사기 범죄를 저질렀다고 해보자. 이럴 경우에는 두 영역이 겹치게 된다. 이때 형사들끼리 누가 그 일을 맡을 것인가를 두고 약간의 마찰도 있게 마련이다. 이는 일을 맡기 싫어서가 아니라 지금 현재도 과부하인 상태에서 자기 영역도 아닌 일까지 맡고 싶지 않은 마음이 작용하기 때문이다. 하지만 사건을 접수하는 피해자들은 그다지 걱정할 필요가 없다. 어차피 경찰서에서 일괄적으로 사건을 접수하고 협의를 통해서 담당 부서를 정하는데 여기에서 문제가 생기면 윗사람들이 알아서 정리해준다.

일 잘하는 사람이
접시도 깬다

파란만장波瀾萬丈.

물결치는 파도가 만장의 길이만큼 길게 늘어선다는 것을 말한다. 사람들은 험하고 거칠고 실수가 잦았던 과거 인생을 되돌아보면서 "참, 내 인생도 파란만장했구나!"라고 말하곤 한다. 나 역시 마찬가지다. 많은 파란이 있었지만, 그중에서도 정말 파란만장한 장면을 하나만 꼽으라면 단연 '차량 절도단 사건'이다.

그런데 이 이야기는 그냥 절도단을 잡았다는 것이 아니다. 절도했던 놈을 잡았다가 놓친 것이 핵심이다. 범인을 체포했을 때는 특진의 기대감에 부풀었지만, 그 범인을 놓치고는 징계의 위기에 처했다. 한마디로 달갑지 않은 반전이라고나 할까? 그런데 여기에 또 한 번의 반전이 있었으니 말 그대로 파란만장이 아닐 수 없다. 이 사건은 경찰청 혁신의 역사와 그 맥락이 맞닿아 있으며 나에게도 많은 교훈을 주었다.

지금 생각해도 어처구니없는 실수

때는 1999년 말로 기억된다. 세상은 2000년이 시작되는 '밀레니엄'을 앞두고 떠들썩했다. 그때 전국의 각 시도를 돌아다니며 상습적으로 차량을 절도하는 놈들이 있었다. 그들은 그 절도 차량을 중국과 필리핀 등지로 팔아치웠다. 첩보가 상당히 구체적이었기 때문에 우두머리를 긴급체포하는 일은 그리 어렵지 않았다. 그리고 그 녀석을 기점으로 전국에 있는 공범에 대한 공작 수사에 나섰다. 일단 두 조로 나누어 반장님 조는 전주로, 내가 있던 조는 부산으로 출동했다. 그렇게 해서 또다시 나머지 공범들도 비교적 수월하게 체포할 수 있었다. 300대가 넘는 차량을 절도해 해외로 수출한 사건이니 피해 금액은 53억 원을 웃돌았고 피해자도 많은 상태라서 특진에는 상당히 도움이 될 수 있는 사건이었다.

　전주와 부산에서 각각 검거가 끝난 후에 광주에서 활동 중인 또 다른 공범들을 검거하기 위해 이동해야 했으므로 전원이 전주 톨게이트에서 다시 만나기로 했다. 체포한 범인들에게 수갑을 채우고 자동차에 태운 뒤 먼저 도착한 반장님 조는 지루한 시간을 달래며 우리가 탄 차량이 도착하기만을 기다리고 있었다. 우리는 새벽부터 달리기 시작해 부산에서 전주 톨게이트에 막 도착했다. 반장님과 조원들은 우리 차량을 발견하자 기뻤는지 모두가 차에서 내려 한걸음에 우리 쪽으로 다가왔다.

"야, 고생 많이 했다~!"

"네, 반장님도요."

서로 악수하며 축하하는 분위기였다. 범인을 체포하는 과정에서 흔한 장면으로 무용담을 나누고 있는데, 그 순간 일이 발생했다. 갑자기 저 뒤에서 반장님이 타고 있었던 승용차가 '부웅~' 하면서 출발하는 것이 아닌가!

"아니, 반장님, 저거 반장님 차 아니에요?"

"어, 저게…… 저 차가 왜 움직여?"

알고 봤더니 반장님은 반원들을 만난다는 반가운 마음에 체포한 범인들만 차에 남겨놓은 채 시동도 끄지 않고 우리에게 달려온 것이다. 사라진 경찰관, 시동이 걸려 있는 차. 뒤에 타고 있던 두 놈은 마치 미리 짜기라도 했던 것처럼 잽싸게 앞자리로 건너와서 그대로 차를 운전해 달아나버렸다. 그 두 놈은 수갑을 찬 채 각자 운전대와 기어를 조작하면서 재빠르게 운전을 했다. 우리는 두말할 것도 없이 차에 올라타고 녀석들을 쫓기 시작했지만, 새벽 시간인 데다 안개까지 긴 상태라 도저히 추적하기가 힘들었다.

아, 정말이지 달콤한 희망이 악몽으로 바뀌는 순간이었다. 형사의 직업이 범인 잡는 일인데, 이미 잡은 범인을 놓치다니! 그것도 그저 우리끼리 출장을 와서 이런 일이 생겼다면 나중에 "범인을 못 잡았습니다"라고 둘러댈 수 있으나, 그때는 공범을 잡기 위해 검사에게 승인 건의까지 받아서 유치장에 있던 녀석까지 데리고 나왔다. 그런데도 범인 둘을 놓쳤으니 이건 사건도 '대형 사건'에 속한다. 특진은 고사하고 모두 줄줄이 중징계를 당할 판이니 도대체 윗사람들에게 뭐라고 보고해야 한단 말인가. 눈앞이 캄캄할 따름이었다.

일단 과장님이 출근하는 시각인 오전 9시까지 두 눈을 부릅뜨고 찾아다닐 뿐이었다. 하지만 아무리 뒤져도 범인들을 잡을 수 없었다. 결국 시간이 흘러서 9시가 되고, 우리는 보고를 위해 전화할 수밖에 없었다. 아니나 다를까?

"야, 이 새끼들아, 당장 올라와!"

나머지 공범을 잡기 위해 광주로 내려가려던 계획을 접은 우리는 오히려 '죄인'이 되어 곧바로 서울로 돌아가야 했다. 그나마 검거한 다른 범인들을 유치장에 입감했다. 반장과 과장이 경찰서장에게 보고하고, 당연히 불호령이 떨어졌다.

"도망간 범인들을 다시 잡을 때까지 들어오지 마!"

그때부터는 고난의 행군이었다. 한 달 내내 다시 추적해서 한 명을 잡긴 했지만, 또 한 명은 여권을 위조해 중국으로 도망치는 바람에 다시 한국으로 입국할 때야 체포할 수 있었다. 하지만 다시 범인을 잡았다고 한들, 이미 잡았던 놈들을 놓쳤다는 사실이 그 성과를 바라기 어렵게 했다. 이런 경우는 징계를 안 받으면 다행인 수준이다.

생각과 미래의 관계

우리가 실수로 범인을 놓친 1999년은 경찰에 상당한 개혁의 바람이 불 때였다. 당시에 이무영 서울청장님은 2000년 밀레니엄을 맞아 "생각을 바꾸면 미래가 보인다"는 신조로 경찰을 변화시켰으며 훗날 '경찰 개혁의 아버지'라고 불린 인물이다. 이후에 그분은 경찰청장으로 승진하여 경찰 총수가 되었고, 또 일선 경찰관들에게도 커다란 존경을 받았다. 이런 혁신 덕분에 경찰 내부에는 많은 변화가 있었다. 그 전까지 있었던 '경찰관에 대한 떡값'이 사라졌고, 범죄 피의자에 대한 폭행도 순식간에 없어졌다.

그런데 바로 이 과정에서 우리 반이 다뤘던 차량 절도단 '부루스파' 일당 검거 작전도 도마 위에 올랐다. 차량 절도단 수사를 진행하는 과정에서 실수로 놓친 피의자 도주 사건을 과연 어떻게 처리할 것인가? 징계할 것인가? 아니면 어쨌든 다시 도망간 범죄자들을 잡아들여 차량 절도단 16명을 모두 구속했으니 그냥 넘어갈 것인가?

당시 서울청에서는 우리 모두를 깜짝 놀라게 한 결정이 내려졌다. 이무영 청장님은 "일 잘하는 사람이 접시도 깬다. 일하다가 일어난 일에 대해서는 불문에 부치겠다"라면서, 오히려 사건을 기획하고 차량 절도단 일당을 전부 일망타진한 주공자인 나를 경장에서 경사로 특진시켰던 것이다. 일반 시민들이 경찰의 이런 결정을 어떻게 볼지는 모르겠지만, 당시에는 정말로 놀라우면서도 혁신적인 결정이었다. 징계를 걱정하던 범죄 사냥꾼들을 특진시키다니! 오히려 우리 활동을 칭찬했다는 점에서 모두가 깜짝 놀란 일이었다.

더구나 이무영 청장님이 말씀하신 "생각을 바꾸면 미래가 보인다" 라는 말이 왠지 모르게 내 머릿속에 꽂혔다.

"그럼 나는 내 미래를 바꾸기 위해서 무엇을 해야 하지?"

이런 생각을 하다가 운영하기 시작한 것이 바로 인터넷 카페 '범죄 사냥꾼'이다. 당시 일선 형사가 현장 체험을 시켜주는 카페를 개설한 것은 처음이었고, 정말로 그 카페로 인해 나의 형사 생활이 많이 바뀌었으니, 이무영 청장님의 말씀은 진리였던 셈이다.

그 이후로 나는 내가 하는 실수에 대해서도 좀 더 관대해질 수 있었다. 나 자신의 잘못을 용서하는 것이 아니라, 열심히 하려는 의지가 있다면 실수를 통해 더 많은 것을 분명 배울 수 있으리라고 생각했다. 그리고 이런 생각은 지금도 마찬가지다. 후배 형사들이 좀 실수하더라도 열심히 일하는 과정에서 그랬다면 상사로서 충분히 감싸줘야 한다고 생각한다.

더불어 이는 신임 형사도 가슴에 소중하게 새겨야 할 조언이 아닐까 싶다. 실수를 두려워하지 말라! 실수를 두려워하면 형사로서의 자질도 개발되지 않고, 이는 결과적으로 시민들에게 불리한 일이다. 더 적극적으로 일하면서 더 많은 실수를 통해 자기 역량을 쌓아가는 형사만이 진정한 형사이다.

기획 수사와
공작 수사

범인을 체포하기 위해서 다양한 수사 기법이 동원된다. 그중에서도 기획 수사와 공작 수사가 있다. 그 용어만 보면 비슷한 것 같지만 약간의 차이가 있다.

기획 수사 | 애초에 어떤 특정 사건 아이템을 잡아서 처음부터 시나리오를 짜고 범인을 추적해 들어가는 수사 방식

공작 수사 | 첩보를 통해 이미 특정된 사건을 밝혀내기 위해 범인들에게 제3자를 연결시키거나, 형사 자신이 범죄자로 위장해 신분을 속

이고 잠입하여 범인을 체포하는 수사 방식

    기획 수사에서는 아직 누가 피해자인지, 누가 범죄자인지 모르는 상태이다. 예를 들어 '최근에 보이스피싱이 유행하고 있다'라는 이야기를 듣고, 그때부터 보이스피싱 범죄에 대한 단속 계획을 세운 후 시나리오를 짠 다음에 범죄 수법 등을 분석하고 단서를 추적하여 대상 범죄와 범인들을 소탕하는 수사를 말한다.

    반면 공작 수사는 기존 수사나 첩보를 통해 어느 정도는 사건이 특정되어 있다는 것을 의미한다. 특히 공범 중에서 한 명이 잡히면 그놈을 통해서 다른 공범을 연결 지어 나머지까지 소탕하는 것이 대표적이다. 아무래도 사건 초기부터 범죄나 범인이 어느 정도는 특정됐다는 점에서 공작 수사가 상대적으로 수월한 면이 있다.

시련이 인생을
더 위대하게 만든다

요즘 젊은이에게는 힘들고 어려운 일을 기피하는 경향이 있다고들 말한다. 워낙 풍요롭게 자라온 세대라 그럴 것이라 이해는 된다. 그러나 인생에서 힘들고 어려운 일을 겪지 않는다고 해서 그것이 성공적인 인생도 아니며, 오히려 스스로 더 힘들고 어려운 삶으로 걸어 들어가는 고난의 길이 될 수 있다.

그래서 나는 후배들에게도 늘 "시련이 사람을 더 강하게 만든다"라고 말하곤 한다. 그것은 그저 내 머릿속에서 추상적으로 생각하는 뜬구름이 아니다. 실제로 나는 형사가 된 지 4년 만에 힘든 시련을 겪었고, 그 일을 이겨 나오는 과정에서 더욱 단련됐다고 확신하기 때문이다. 이 과정은 형사로서의 자세도 다잡고, 경찰에 대한 애정도 오히려 더 강해진 계기가 되었다. 그런 점에서 경찰을 준비하는 과정에서 가장 중요한 것 중 하나는 바로 '시련에 맞서는 용기'일 것이다.

교도소 담장의 위태로움

형사 세계에는 이런 말이 있다.

"형사의 삶을 살아간다는 것은 교도소 담장을 걷는 것과 같다."

교도소 담장 위에서 위태롭게 걸어 다니면 어떤 결과가 생길까? 물론 계속 균형을 잡으며 걸어갈 수 있으면 다행이지만, 자칫하면 교도소 안으로 떨어질 수도 있고, 반대로 교도소 밖으로 떨어질 수도 있다. 교도소 안으로 떨어진다는 것은 형사도 범죄자가 된다는 것을 의미하고, 교도소 밖으로 떨어진다는 것은 경찰 신분을 잃고 일반인으로 돌아간다는 것을 의미한다.

형사가 범죄자가 되는 경우가 종종 생긴다. 과거에는 마약 증거물을 빼돌리거나, 성매매 단속 정보를 업주에게 알려주거나, 피의자에게 뇌물을 받기도 했다. 범죄 현장에 가장 가까이 있는 형사이기에 범죄의 유혹에 빠지기도 쉽다. 하지만 이런 일은 개인의 의지와 정의감에 관한 문제이므로 자기 마음만 잘 다스리면 언제든 피해나갈 수 있다.

진짜 문제는 이런 게 아니라 수사나 검거를 하는 과정에서 생기는 문제이다. 형사가 된 지 4년째, 나는 범죄자를 잡아들이는 일이 한창 재미있었고, 그런 만큼 수사 능력도 검거 능력도 일취월장하고 있었다. 한번은 술집에서 내사 중이던 폭력배들의 시비에 휘말리는 바람에 그들을 검거하는 과정에서 폭력배 5명 중 1명이 상해를 입은 사건이 발생했다. 거친 몸싸움을 하는 과정에서는 흔한 일이지만, 문제는 이 일이 언론에 알려졌다는 사실이다. 당시에는 일반적으로 전치 3주면 구속영장을 신청하던 시절이었는데 그 폭력배는 무려 전치 6주나 진단받았다. 나 역시 원칙적으로는 구속영장이 신청될 처지에 놓이게 된 것이다.

언론은 이 사건을 경찰 문제로 비화시켰다. "경관, 시민 집단 구타 뒤 피해자로 사건 조작", "카페에서 시민 집단 폭행 경관 4명 파면", "경찰관 술집에서 패싸움 사건 조작, 피해자 둔갑"이라는 제목으로 아직 진행되지도 않은 징계 절차에 앞서서 '파면'이라는 단어를 꺼내며 중징계를 바라는 듯 신문에 대서특필했다. 다른 일도 아니고 폭력배를 검거하는 과정에서 생긴 일이라면 경찰 조직에서도 나를 보호해줄 법하지만, 문제는 그것이 쉽지 않다는 점이다.

흔히 팔은 안으로 굽는다지만 경찰은 팔이 밖으로 굽는 조직이다. 충성하는 조직원에 대해 애정이 없기 때문은 아니다. 법을 집행하는 기관으로서의 도덕성과 청렴성 때문이다. 언론에서 문제를 삼으면 국민도 부정적으로 바라보고, 이렇게 되면 법 집행기관으로서의 체면이 떨어져 법 집행력에도 문제가 생긴다.

이런 부분을 이해한다고 해도 나는 억울하지 않을 수 없었다. 결국 교도소 담장을 걷다가 한순간에 교도소 안으로 떨어질 위기에 처했다. 다행히 구속은 면해 교도소 담장 안으로는 떨어지지 않았지만, 해임됐으니 교도소 담장 밖으로 내쳐진 셈이다. 그때의 심정은 배신감 그 자체였다. 내가 얼마나 열심히 일했는데……. 폭력배들의 시비에 맞서 그들을 검거하는 과정에서 실수했다고 해임까지 한다는 것에는 절망하지 않을 수 없었다. 나도 '이런 조직에서 더는 일하고 싶지 않다!'라는 반발심으로 경찰을 떠나 다른 직업을 찾게 됐다.

복직, 그리고 새로운 출발

그런데 다른 일을 구하려고 해도 도저히 눈에 차지 않았다. 형사 일을 너무 좋아해서 그것이 나의 천직이라고 생각했기에 내가 다른 일을 하는 모습 자체가 낯설게 느껴졌다. 그렇게 3개월을 흘려보내는 동안 '그래도 내가 있어야 할 곳은 경찰이다'라는 생각에 소청심사위원회에 해임취소처분심사청구를 하는 것을 시작으로 다시 경찰로 돌아가기 위해 힘겨운 싸움을 했다. 결과적으로 당시의 해임이 과했다는 판단하에 복직 결정이 내려져 나는 다시 형사로서 새 출발을 할 수 있었다. 사랑하는 가족과 헤어지는 것만큼 사랑하는 조직과 헤어지는 것도 힘든 일이다.

아마도 내 형사 시절의 시련이라고 한다면 그때의 사건이 제일 컸다. 그 충격의 여파는 내 삶을 뒤흔들 정도였다. 그러나 그 사건 이후에 나는 검거 현장에서 더 철저하게 원칙을 지킬 수 있었고, 형사로서의 태도도 가다듬을 수 있었다. 경찰에 복직했다는 안도의 한숨은 중요한 것을 되찾은 행복감과 함께 다시는 잃어버리지 않겠다는 다짐으로 발전했다. 그동안 내가 해왔던 일이 얼마나 소중한지, 그리고 내가 걸어왔던 길이 내 인생에서 어떤 의미를 지니는지 깊게 생각하는 계기가 되었다.

몽골의 위대한 정복자 칭기즈칸은 자신에게 시련이 닥칠 때마다 "시련아, 이번에는 나에게 어떤 선물을 주려고 왔느냐!"라며 오히려 반겼다고 한다. 내가 그 정도로 대담한 마음까지는 가질 수 없어도 시련이 우리를 얼마나 더 단단하게 만드는지는 충분히 가슴으로 느꼈다. 어쩌면 앞으로도 예상치 못한 시련이 또 나를 기다리고 있을지 모르지만, 최소한 절망과 포기만큼은 하지 않을 자신이 있다.

나의 이런 경험을 얘기하면 누군가는 당시 경찰이 너무 비정했다고 비판할 수 있다. 하지만 원칙만 지키면 그런 일을 얼마든지 피해 갈 수 있다. 경찰도 조직원을 무척 사랑하는 조직이다. 다만 무거운 책임감으로 준법정신을 실천해야 하는 기관이므로 단호하게 대처해야 하는 면도 분명히 있다. 따라서 원칙적으로 지켜야 하는 규정만 머리와 가슴에 담고 있으면 교도소 담장 안으로 그리 쉽게 떨어질 일은 별로 없다고 단언할 수 있다.

어디선가 들었던 명언이 아직도 기억에 남는다.

"세상에 위대한 사람은 없다. 단지 평범한 사람들이 일어나서 맞서는 위대한 도전이 있을 뿐이다."

우리 모두는 평범한 사람이다. 그렇다고 우리가 '평범한 도전'만 해야 할 필요는 없다. 시련에 맞서는 위대한 도전, 자기 삶을 걸 만한 일에 집중하여 장애물을 이겨나갈 때 비로소 우리는 위대한 사람이 될수 있지 않을까? 형사를 지망하는 모든 후배에게 정말 자신을 더 발전시키고 단단하게 만들고 싶다면 시련 앞에 주눅 들지 말고 당당하게 맞서라고 말하고 싶다.

공상

흔히 현실적이지 못한 생각만 하는 사람을 향해 '공상空想'에 빠진 사람이라고 부른다. 하지만 형사 용어에서 '공상公傷'이란 공무를 집행하는 중에 생긴 상해 사건을 가리킨다. 언제부터인가 '공무 중 상해'로 순화해 사용하고는 있지만, 경찰로 오래 생활한 사람이라면 이 말이 입에 붙었을 것이다.

이 공상은 범죄자가 입을 수도 있고, 반대로 형사가 입을 수도 있다. 범죄자들이 체포 과정에서 지나치게 반항하다 보면 스스로 상처를 입기도 한다. 반대로 범죄자들이 흉기를 휘두를 때는 형사가 공상을 입는다. 범죄자가 공상을 입는 경우에는 절차대로 치료를 해주면 그만이다. 더구나 체포 과정에서 형사가 과도한 폭력은 휘두르지 않기 때문에 그저 약간의 상해에 불과하다. 그런데 형사가 입는 공상은 매우 치명적인 경우가 많고, 심지어 사망에 이르기도 한다.

2019년 경찰청 자료에 따르면 2014년부터 5년간 순직한 경찰관은 73명이고, 공상 경찰관은 8,956명에 달한다. 물론 여기에서 순직한 73명이 모두 범죄자의 칼에 맞아 사망했다는 것은 아니다. 그 원인이 질병인 경우가 46명이므로 60퍼센트가 넘는다. 다만 피습에 의한 공상도 2,600건이 넘으니 결코 적은 수가 아니다.

지금 당신은
천직을 찾는 중

실업계 고등학교 졸업, 군 제대, 운전기사 3개월 후 때려치움, 염색 공장 영업사원 1개월 후 때려치움, 과일 노점상 1개월 후 때려치움……. 이 삶의 주인공은 다름 아닌 나이다. 어떤 이들은 내가 처음부터 주도면밀하게 경찰이 되려고 노력했다고 생각할지 모른다. 지금도 경찰을 천직으로 안다니, 어쩌면 중고등학교 시절부터 불타는 정의감으로 경찰을 꿈꿨다고 생각할 수도 있다. 하지만 나는 정말로 우연한 기회에 경찰이 되었고, 열심히 일하다 보니 내 천직이 되었다. 당신은 어떤가? 경찰이 자기 천직이라고는 한 번도 생각해본 적이 없어도 상관없다. 지금 어떤 직업을 가질지 몹시 방황하는 상황이라고 해도 상관없다. 무엇이든 열심히 하겠다는 생각으로 생활하다 보면 결국 자기 천직이 찾아진다고 생각한다. 딱히 자랑할 것 없는 내 과거를 얘기하는 것도 바로 그런 이유 때문이다.

도대체 뭐 해서 먹고살아야 하지?

내가 태어난 곳은 대한민국 육지의 끝, 강진의 해안가 시골이다. 당시에 시골에서 부유하게 살기는 쉽지 않은 일이었다. 부모님은 추운 겨울 바닷물에 손을 담근 채 김을 뜯어내어 말린 다음 시장에 내다 팔거나, 논밭을 일구어 생산한 곡물을 수매하여 일곱 남매를 모두 고등학교까지 졸업시키셨다. 어려서부터 부모님이 고생하시는 모습을 지켜본 나는 조금이라도 그 고생을 덜어주고 싶었다. 그래서 인문계 고등학교에 진학하라는 권유를 뿌리치고 굳이 실업계 고등학교에 들어갔다. 돈을 빨리 벌어야겠다는 생각도 강했고, 국비로 학교에 다니면 그게 효도하는 길이라고 생각했다.

그렇게 광주에 있는 광주기계공고 기계과를 지원해 합격했고, 3년간 혼자 자취방을 얻어 학교에 다녔다. 기술도 배우고 국가기술자격증도 땄지만, 막상 졸업할 즈음이 되니 이렇게 해서는 평생 기름 묻은 작업복 인생을 면할 수 없겠다는 깨달음이 왔다. 그때 처음으로 실업계를 선택한 것을 후회했지만, 이미 어쩌랴. 지난 3년의 세월을 되돌릴 수는 없었다.

결국 어차피 가야 할 군대라면 빨리 가자는 생각으로 입대를 선택했다. 그래도 군대 생활을 알차게 보내고 싶었고 약간 내성적인 나의 성격도 고치고 싶어서 특전사에 지원했다. 하지만 이 사실을 알게 된 부모님은 불같이 화를 내셨다. 위험한 군 생활을 허락할 수 없다는 것이었다. 과거에 작은아버지가 특수부대에서 임무를 수행하다가 연락이 끊겼기 때문이다. 결국 나는 특전사가 아닌 의무경찰로 군 생활을 마치게 됐다. 대학생들의 시위가 있는 날이면 화염병과 짱돌을 피해 그들을 해산하거나, 시위가 없을 때는 관할 경찰서의 파출소나 우범 지역에서 방범 순찰 활동을 했다.

그렇게 군 생활을 끝냈지만, 가정 형편상 대학에 갈 처지가 되지 못했다. 나중에 형사로 생활하면서 시간을 쪼개어 한국방송통신대 법학과를 졸업하기는 했는데, 당시에는 엄두도 내지 못할 일이었다.

"아, 도대체 뭘 하면서 먹고살아야 할까!"

지금도 많은 청년이 이런 고민을 하지만, 나 역시 이런 고민 속에서 한숨을 쉬며 살던 때가 있었다.

무한 질주를 위한 마음속 에너지

그러던 중에 한 지인이 "정식 직업을 구하기 전에 개인 사업을 하는 사장님의 외제 차 운전기사나 하면 우선 어떻겠냐?"라고 제안했다. 나도 노는 것보다는 낫겠다 싶어 사장의 개인 운전기사가 되었다. 하지만 사장은 레커차 운전면허도 없는 나에게 '레커차를 타고 사고 현장에 가서 고장 난 차를 공업사로 끌어오면 수당을 주겠다'라며 부당한 일을 강요하기도 했고, 연예인들을 만나서 돈을 펑펑 쓰기도 했다.

천성이 누군가에게 굽신거리며 살기가 힘들어 결국 그 일은 3개월 만에 끝냈다. 이후에 경기도 포천의 염색 공장에 영업사원으로 들어 갔다. 작은 의류 회사와 공장을 돌아다니면서 물량을 수주하는 일을 했지만, 역시 그에 대한 지식도 없고 적성에도 맞지 않아 1개월 만에 그만두고 말았다. 또 한번은 강동구 고덕동에 있는 지인의 치킨집 앞 에서 과일 노점상을 했는데 역시나 그것마저 내게는 흥미로운 일이 아니었다.

이 일 저 일 모두 안되었기에 많은 고민이 있었지만, 결국 경찰시험 을 봐야겠다는 생각이 들었다. 마침 의무경찰로 지내면서 경찰을 가 까이에서 봐왔고, 형사기동대 차량과 형사계장의 차량도 몰면서 형 사들에 대해 잘 알게 됐을뿐더러 범죄 현장에 자주 가보게 됐다. 결국 경찰이 돼야겠다는 생각에 시험을 준비하다가 형사기동대 무도경찰 공채시험이 있다는 공고를 보고서 응시해 합격할 수 있었다. 그렇게 나는 여러 직업을 돌아서 스물세 살에 운명처럼 경찰관이 되었다.

어떤 사람은 어릴 때부터 꿈꿔오던 직업을 갖기도 한다. 하지만 아 마도 대부분은 나처럼 운명처럼 직업을 찾곤 한다. 그러나 그것이 '운 명처럼' 다가올 수는 있어도 애초에 나에게 정해져 있던 '운명'이라고 생각하지는 않는다. 희망이 없어 보이는 생활 속에서도 주어진 현실 에 순응하지 않고 계속 자신의 적성과 자질을 잊지 않는다면 누구나 자신만의 천직을 찾을 수 있다. 다만 목표를 세우고 끝없이 질주하려 는 마음의 에너지를 잃어서는 안 된다. 이것은 경찰을 목표로 시험공부를 하는 사람도, 이미 경찰관이 된 사람도 마찬가지다. 경찰에 임용됐다고 해서 자기 앞에 아우토반 같은 장밋빛 대로가 열리지는 않는다. 매번 다시 시작이고, 새롭게 가야 하는 길이다.

누구나 자신이 잘하고 좋아하는 일은 누가 시키거나 강요하지 않아도 스스로 알아서 찾아가며 한다. 그럴 때는 슬슬 놀면서 일한다고 해도 몇 배의 능률이 오른다. 범죄자를 많이 잡아서 특진한 것은 나에게 특별한 능력이 있어서가 아니다. 좋아하는 일이어서 매번 즐거웠고 그때마다 기운이 솟았다. 그러다 보니 늘 새로운 길이 열렸고, 그 길로 나아가다 보니 바로 오늘의 내가 있었다. 오늘도 미래가 두렵고 자기 천직을 찾지 못할지도 모른다며 지레 포기하는 청년들에게 꼭 하고 싶은 말이 있다. 자기 적성을 찾는 일을 멈추지 말라고 말이다. 그것이 바로 초라했던 나의 과거에서 청년들이 배울 수 있는 하나의 교훈이라고 생각한다.

한국 경찰의 수사 능력은
어느 정도일까?

"과거보다 범죄가 많이 줄었다"라고 말하면 사람들은 선뜻 납득하지 않는다. 최근에 기억나는 강력 범죄만 꼽아도 수두룩한데 범죄가 줄었다니 믿지 못하겠다는 것이다. 그러나 이는 엄밀한 사실이다. 강력 사건이야 언론에서 많이 다루기 때문에 기억에 잘 남을 뿐 현실의 범죄 통계와는 다르다.

경찰청 범죄 통계에 따르면 2009년까지만 해도 우리나라에서 발생한 범죄 건수는 한 해 200만 건이었다. 그 이후에 점점 줄기 시작하여 2018년에는 역대 최저 건수인 158만 건까지 떨어졌다. 범죄가 줄었다는 것은 곧 '범죄를 저지르면 잡힐 가능성이 높다'는 인식이 강해졌다는 의미이기도 하다. 반면에 검거율은 높아졌다. 특히 강력 사건의 해결률은 90~100퍼센트인 경우가 많다. 살인의 경우 검거율은 평균 96퍼센트에 달할 정도이다. 이렇게 범죄가 줄어들고 검거 건수가 늘어나는 것은 범죄를 예방하거나 추적하는 기술이 발달했을 뿐만 아니라 과학수사도 과거와는 비교할 수 없이 발전한 덕분이다.

무엇보다 CCTV의 역할이 크다. 유동 인구가 많은 서울의 주요 지역이라면 누군가가 출근해서 퇴근할 때까지 모든 동선이 다 나올 정도이다. 사생활 침해의 우려도 있지만, 누군가에게 직접적인 피해를 입히는 범죄자 검거가 더 중요한 일이라고 본다. 범죄자를 추적하는 제반 여건도 갖춰져 있다. 휴대폰을 추적하거나 신용카드 이용 내역만 봐도 범죄자의 동선을 확인할 수 있을뿐더러 차량 추적이 용이해졌다. 요즘에는 구글에 검색 키워드만 넣으면 관련 내용이 검색되듯, 경찰 네트워크를 활용하면 차량 번호만으로도 전국의 어디어디에서 찍혔는지 다 검색할 수 있다. 시골 소도시나 산속, 논밭이 아니라면 범죄자들이 도망갈 곳은 없다.

과학수사의 발전은 기가 막힐 정도이다. 20억분의 1 정도의 DNA 1그램만 있어도 신원을 파악할 수 있다. 우리나라의 지문 감식 기술은 세계 최고의 수준이라고 한다. 미국 FBI가 우리나라에서 배워 갈 정도라면 더 말할 필요가 없다. 이제 치안에 관한 한 대한민국이 최고라는 자부심을 가져도 된다.

일부 국민은 경찰에 대해 불신의 목소리를 높이기도 한다. '초동수사도 제대로 못한다'면서 언론의 질타도 받는다. 하지만 이런 와중에도 대한민국 경찰은 꾸준히 발전하여 세계 최고의 수준이 되었으며 앞으로도 더욱 발전해나갈 것이다. 그러니 당장 부족한 면이 보이고 개인의 일탈이 있어도 좀 더 믿으면서 지켜봐준다면 경찰은 분명 '안전한 대한민국'으로 보답할 것이다.

4

신참 생활
반으로 줄이는
경찰 적응 노하우

알고 있으면 머리도 크고 배짱도 두둑

———

신참이 신참인 이유는 우선 자신이 속한 조직의 문화와 내부 속사정을 잘 모르기 때문이다. 시간이 흐르면서 몸으로 체험해야 알 수 있는 부분이므로 누구나 한동안은 신참일 수밖에 없다. 최근에는 인터넷에 경찰에 관해 상당히 공개되어 있어서 관심 있는 사람은 많은 내용을 찾아볼 수 있다. 그래도 속속들이 경찰의 내부 문화와 속사정까지 깊이 있게 알기는 힘들다. 이번에는 인터넷에 없는 진짜 경찰 이야기를 들려주고자 한다. 형사가 오히려 범죄자에게 사기를 당한 부끄러운 이야기도 있다. 그러나 애정을 가지고 봐준다면 경찰에 대한 이해도가 훨씬 높아질 것이며, 만약 경찰을 직업으로 삼으려는 사람이라면 어른들의 말씀대로 '뼈가 되고 살이 되는' 이야기일 것이다.

경찰로서
당신의 주특기는?

수사를 하는 형사라고 해도 결국에는 팀 단위로 움직인다. 범죄자를 혼자 잡을 수는 없기 때문에 동료의 도움을 받아야 하고, 또 동료에게 도움을 줘야 한다. 그러다 보니 여기에서 '조직 적응의 문제'가 생긴다. 누구나 처음 속하는 조직에 적응하기란 쉽지 않지만 의외로 수월하게 잘 적응하는 경우도 있고, 때로는 제대로 적응하지 못하여 이 부서, 저 부서로 떠돌아다니는 경우도 생긴다. 이럴 때는 '부적응자'가 되어 자신도 만족하지 못하는 경찰관 생활을 겨우 하게 될 수 있다. 그런데 일반적으로 조직에 대한 부적응을 성격이나 인성의 문제로 여기는 경향이 있다. 서글서글한 성격이거나 남을 잘 배려하는 인성이라면 조직에도 적응하기 쉬울 것이라고 생각한다. 하지만 조직 적응의 문제는 단순히 성격과 인성으로만 설명할 수 없는 부분도 있다.

"다른 건 몰라도…"

조직에 적응하는 최고의 방법은 조직원들이 자신을 환영해 잘 받아주고 함께 일하고 싶도록 만드는 것이다. 이럴 때는 성격이 서글서글하지 않아도, 타인에 대한 배려가 다소 부족해도 원만하게 조직에 적응할 수 있다. 그런데 문제는 그렇게 만들기 위해서는 어떻게 해야 하느냐는 것이다. 물론 조직이 요구하는 능력이 있다면 당연하겠지만, 그런 능력이 완전히 갖춰지기까지는 '주특기'를 하나 키워야 한다. 만약 선배에게서 이런 말을 들을 수 있다면 그는 당연히 함께 일하고 싶은 후배로 환영받는다.

"저 녀석은 다른 건 몰라도 달리기 하나는 정말 잘해."

현장에서 범죄자를 잡아야 하는 특성상, 달리기를 잘하는 것도 주특기가 될 수 있다. 아무리 추적을 잘해도 마지막에 도망가는 범죄자를 놓치면 모든 일은 허사가 되어버리고 만다. 또 어릴 때부터 격투기나 복싱을 배워 현장에서 범죄자를 검거하는 일에 두려움 없이 나선다면 이것도 주특기로 인정받을 수 있다.

거친 일만 꼭 대접받는 것은 아니다. 민원인과 소통하여 잘 설득하는 것, 범인의 자백을 유연하게 이끌어내는 것도 모두 주특기일 수 있다.

다방면의 능력은 없더라도 이렇듯 동료들보다 뛰어난 주특기가 최소한 하나만 있어도 조직 적응에 매우 큰 도움이 된다. 하지만 신체적인 특기만으로는 한계가 생길 수밖에 없다. 형사도 나이에 따라 신체 능력이 약해지는 사람이기 때문이다. 그래서 '형사로서의 주특기'를 갖춰야 한다. 일 잘하는 형사로 인정받기 위한 주특기는 다음의 세 가지로 요약할 수 있다.

첫 번째, 범인을 잘 잡는 형사이다.
두 번째, 범죄 첩보가 많은 형사이다.
세 번째, 조사를 잘하는 형사이다.

하루 종일 놀다가도 퇴근할 무렵에 범인을 잡아서 수갑을 채워 오면 최고의 형사로 인정받는다. 결국 형사는 검거 실적으로 인정받는 것이 현실이기 때문이다. 하지만 두 번째, 세 번째도 결코 무시하지 못하는 주특기다.

흔히 "인지 수사는 수사의 꽃이다"라는 말이 있다. 신고가 들어온 범죄보다는 알려지지 않고 은밀하게 진행되는 범죄 첩보를 많이 입수하는 능력은 매우 중요하다. 범인을 잡는 능력이 부족해도 이렇게 첩보가 많으면 팀원들과 공유하면서 사건을 해결해나갈 수 있다.

조사를 잘하는 것도 매우 중요한 능력이다. 아무리 범죄자를 잡아와도 범행을 부인하고 증거가 부족하면 구속이 어려워지고 처벌이 약해진다. 따라서 범죄자를 집요하게 추궁하고 논리적 모순을 날카

롭게 밝혀내서 자백을 끌어내고 증거를 제대로 만들 수 있다면 이것
도 형사의 주특기로 인정된다.

첩보도 결국은 사람에게서

물론 초보 형사가 어떻게 첩보를 많이 얻고 조사를 잘할 수 있느냐고
반문할 수 있다. 여기서 중요한 점은 이런 것들이 중요하다는 사실을
알고서 처음부터 자신만의 주특기를 관리해야 한다는 인식을 확고하
게 하여 준비하기 시작해야 한다는 것이다.

첩보가 많으려면 아는 사람이 우선 많아야 하고, 또 평소에 사람들
에게 신뢰를 줄 수 있어야 한다. 그러기 위해서는 작은 인연도 놓쳐서
는 안 된다. 예를 들어 관내의 어느 식당에서 문제가 발생해 출동한다
고 해보자. 사건을 해결해주면 사장도 고맙다고 말할 텐데 이때 서로
안면을 트게 된다. 그것으로 인연을 끝내지 말고 가끔 들러서 식사라
도 하며 안부를 물을 수 있다. 그러다가 그 식당 주변에서 어떤 범죄
가 일어나면 평소에 알고 있던 형사에게 제보하기 쉽다. 하지만 이렇
게 '인연의 고리'를 연결하려는 생각이 평소에 없다면 그 식당 사장과
의 인연은 일회성으로 끝날 것이다.

범죄자와의 관계도 그렇다. 무조건 '나쁜 놈'이라고 치부하지 말고,
도와줄 것이 있으면 도와주는 것도 한 방법이다. 그러면 범죄자는 형
사에게 고마운 마음을 가지게 되고 이것저것 상의하기도 한다. 나 같
은 경우에는 일종의 '컨설팅 아닌 컨설팅' 같은 것을 해주곤 한다. 평

소에 인연을 맺었던 범죄자가 전화하여 자신이 지금 경찰서에서 조사받고 있는데 구속될 것 같다면서 염려한 적이 있다. 사연을 들어보니 구속감은 아니었다. 그럴 때라면 "야, 그런 일로는 구속 안 되니까 형사님에게 사실대로 말씀드려"라고 얘기해줄 수 있다. 역시나 이런 경우에는 범죄자와 연결 고리를 가지게 되고 그가 언제 첩보를 제공할지 모를 일이다.

첩보는 결국 사람에게서 나온다. 그러니 형사라면 사람과 인연을 맺고 그 연결의 끈을 계속 이어가려는 노력을 멈춰서는 안 된다. 자기가 다룬 사건이 언론 기사로 나오면 해당 기자를 찾아서 고맙다고 인사해도 좋다. 기자도 많은 제보를 받는 사람이기 때문에 함께 공조할 방법이 있을 것이다.

'나만의 주특기'는 조직에 쉽게 적응할 수 있도록 해주는 징검다리 역할을 한다. 처음부터 대단한 주특기를 갖춰야 한다는 뜻이 아니다. 남보다 조금 나은 자신의 능력을 찾아내어 단련하면 조금씩 발전하여 결국 자신의 캐릭터를 결정할 주특기가 되어줄 것이다.

망원

형사들이 쓰는 용어 중에 '망원網員'이라는 말이 있다. 이 말을 들으면 '망원렌즈' 등이 얼핏 떠오르지만 한자도 다르고 의미도 다르다. 형사들 사이에서는 형사에게 정보를 주는 사람을 가리킨다. 그래서 이런 대화가 오가기도 한다.

팀장 : 야, 이 정보 어디서 났어? 믿을 만한 거야?

팀원 : 제가 5년 동안 관리한 망원이에요. 믿을 만해요.

사실 이 용어는 국어사전에 나오지 않는다. 여기에서 '망網'은 '전산망'에 쓰이는 말로 일종의 네트워크를 의미하고, '원員'은 '요원'에서 따온 것이 아닌가 추측해 본다. 즉 나와 '네트워크로 연결되어 있는 사람' 정도의 의미일 것이다. 첩보가 많은 형사란 당연히 망원이 많은 형사이다.

경찰이 욕먹는
진짜 이유

자기가 사랑하는 조직이 사람들에게 욕을 먹으면 기분 좋을 사람은 별로 없다. 나 역시 마찬가지다. 경찰은 많은 시민의 손발이 되어 어려운 일을 해결하고, 범인을 잡아들이고, 범죄 예방 활동을 펼친다. 또 경찰이라는 존재 자체가 범죄를 억제하는 역할도 한다. 범인들이 범죄를 주저하고 또 범죄가 발각될까 도망을 다니는 것은 모두 경찰을 두려워하기 때문이다. 그들이 경찰을 두려워하지 않는다면 그 결과는 생각만 해도 끔찍할 정도이다. 그런데도 경찰을 믿지 못하는 사람이 여전히 많고 비난도 서슴지 않는다. 그럴 때마다 "나는 이렇게 범인을 잡으러 열심히 뛰어다니는데 도대체 왜 우리 조직은 욕을 먹을까?"를 생각해보곤 했다.

내가 처벌받는 게 경찰 때문이라고?

한 해에 발생하는 약 150만 건의 범죄 중에서 경찰이 담당하는 비율은 무려 97퍼센트나 된다. 나머지는 또 다른 수사기관인 검찰이 맡는다. 물론 어느 쪽의 퍼센트가 더 많은가는 그리 중요하지 않다. 정작 중요한 점은 그만큼 경찰이 서민의 바로 옆에서 서민과 함께하고 있다는 것이다. 누구나 자신이 피해를 보거나 사건의 당사자가 되면 "경찰에 신고해야 해"라고 말하지, "검찰에 연락하자"라고 말하지 않는다. 전국의 방방곡곡에 지방경찰청, 경찰서, 지구대가 실핏줄처럼 연결되어 있어서 언제든 경찰관이 출동할 수 있다.

그런데도 경찰은 여전히 많은 시민에게 욕을 먹기 일쑤이다. 경찰이 정말로 부정과 비리를 저질러서 욕먹는 것은 당연한 일이다. 꼭 그렇지 않더라도 경찰에 대해서는 다소 부정적인 인식이 있다. 그 이유는 '경찰이 시민에게 때때로 제재를 가하는 조직'이기 때문이다.

예를 들어 소방관과 경찰관을 비교해보자. 둘 다 시민이 곤경에 처했을 때 제일 먼저 나서서 시민의 생명을 구한다. 그런데 소방관은 그다지 욕을 먹지 않는다. 소방관은 사람을 살리려고 그저 화재를 진압할 뿐 시민에게 어떤 제재를 가하는 기관이 아니기 때문이다.

경찰은 어떨까? 담배꽁초를 버려서, 혹은 교통질서를 위반해서 벌금을 문다고 가정해보자. 이럴 때 당사자는 당장 "에이, 경찰 나쁜 놈들!"이라고 말한다. 자신이 경찰 때문에 벌금을 내는 피해를 봤다고 생각하기 때문이다. 하지만 누가 봐도 그것은 경찰의 잘못이 아니다.

사실은 담배꽁초 투기와 교통법 위반이라는 본인의 잘못 때문에 벌금을 내는 것이다.

이는 일반 범죄자도 마찬가지다. 그들은 '아무리 범죄를 저질러도 안 잡히면 된다'라고 생각한다. 그런데 경찰이 그들을 추적해 잡아서 구속하니까 자신이 '경찰 때문에 감옥에 간다'라고 여긴다. 정작 범죄는 자신이 저질러놓고 경찰 탓을 하는 것이다. 이렇게 공권력을 가지고 제재를 가한다는 사실이 때로는 시민들의 불만을 불러일으킬 수 있고, 경찰에 대한 부정적 인식이 생기는 원인으로 작용한다.

오해로 인한 비난

이따금 느닷없는 오해 때문에 경찰이 욕먹는 경우도 있다. 2018년 중반에 일어났던 '홍대 남성 누드모델 나체 유포 사건'이라고 기억할 것이다. 이렇게 큰 이슈가 되는 사건이 생기면 피해 당사자도 그렇고, 국민도 '신속한 수사'를 통해 빠르게 범인을 잡기를 원하는 것은 당연하다. 당시에 경찰은 피의자를 10일 만에 긴급체포했는데, 문제는 '수사가 너무 빨랐다'는 점을 지적하는 사람들이 있었다는 것이다. 범인이 여자라서 경찰이 신속하게 수사한 것이라면 '명백한 성별 편파 수사'라는 주장이었다. 하지만 형사 생활 30년 동안 '범인이 여자니까 빨리 검거해야 한다'라는 생각은 해본 적도 없고, 누구에게서도 들어본 적이 없다.

사건을 대하는 형사의 마음은 단 하나이다. 피해자가 누구든, 피의자가 누구든 '빨리 잡아야 한다'는 하나의 신념뿐이다. 단서가 나오지 않으면 답답함을 느끼는 것은 어느 형사나 비슷하다. 물론 수사에서도 남녀평등이 이루어져야 한다는 사람들의 바람은 알겠지만, 이런 오해와 억측이 경찰을 욕하는 요인 중 하나가 되기도 한다.

어떤 경우에는 시민이 원하는 만큼 강한 공권력을 발휘하지 못했다고 경찰은 사회적인 질타를 받는다. 예를 들어 안이한 대처를 할 때이다. 피의자가 칼을 들고 설치는 동안 적절하게 대처하지 못했을 때, 가정 폭력에 적극적으로 개입하지 않았을 때도 마찬가지다. 물론 강하고 공정한 경찰을 원하는 시민들의 마음이 그 질타에 반영됐을 것이다. 하지만 정반대로 생각해보면 경찰도 어쩔 수 없는 부분이 있다. 칼을 휘두르는 사람이라도 과도하게 대처하면 인권 문제가 제기된다. 가정 문제에 개입하려고 하면 '남의 집안일에 왜 끼어드느냐'고 오히려 항의하는 일이 다반사이다.

잘못된 대처로 언론의 질타를 들을까 두려워 경찰들이 스스로 움츠러들 때도 있다. 앞에서도 얘기했지만, 나도 범인을 검거할 때 폭력을 썼다고 해임까지 되었다. 이런 일을 생생하게 지켜봤던 주변 형사들은 어떨까? 아무리 정당한 법 집행이어도 '자칫하면 폭력으로 해임될 수 있다'라는 생각에 주춤거리게 되는 것은 어쩔 수 없는 일이다. 경찰도 자신에게 가족의 생계가 달려 있는 직장인이다. 자기 직업까지 잃어버릴 위험 앞에서는 경찰뿐만 아니라 누구라도 비슷한 마음이 들 수밖에 없다.

마지막으로 경찰은 그 자체로 많은 기대를 받는 조직이다. 국민의 생명과 재산을 보호해야 하는 역할을 막중하게 맡고 있으니 더 공정하고, 더 정의롭고, 더 엄격하게 사건을 대해야 한다고 믿는다. 이 말을 부인할 경찰은 한 명도 없겠지만, 사실 기대가 높으면 실망도 큰 법이다. 일반 회사에 다니는 직장인이 뇌물을 받는 것에 비해 경찰관이 뇌물을 받으면 그 비난의 정도가 훨씬 강해진다. 그만큼 투철한 준법정신과 도덕성이 요구되기 때문이다.

사실 경찰에 대한 이런 이미지는 경찰도 대부분 알고 있으며 부정적인 이미지를 불식하기 위해 노력한다. 그러나 그 마음의 한쪽에서는 늘 국민의 이런 시각을 부담스러워한다. 하지만 나는 알고 있다. 진실이 알려지지 않아도 그 진실의 소중한 가치는 사라지지 않는다는 것을 말이다. 오늘도 경찰은 고군분투하며 자기 일을 통해 국가에 봉사하고 국민에게 헌신한다. 욕을 먹으면서도 할 일은 해야 하는 사람들, 바로 그것이 어쩌면 경찰의 숙명일지도 모르겠다.

독직폭행

형사가 매우 조심해야 할 것이 바로 독직폭행瀆職暴行이다. 이는 직권을 남용하여 사람을 체포해 감금하거나 가혹한 폭행 행위를 하는 것을 말한다. 수사 과정에서 폭행을 가하는 것도 독직폭행에 해당하고, 특히 범죄 피의자가 일단 수갑을 찬 상태에서는 절대로 그 몸에 손을 대서는 안 된다. 독직폭행에 대한 처벌도 매우 엄해서 사람을 다치게 했을 때는 1년 이상의 유기징역, 사망했을 때는 무기 또는 3년 이상의 징역에 처한다. 특히 특별한 예외가 없이 무조건 유기징역이라는 점은 그 형이 매우 무겁다는 것을 말해준다. 이 정도면 경찰관으로 옷을 벗는 것을 넘어 한순간에 범죄자 신세로 전락하는 수준이라고 봐도 무방하다.

여기에서 '독직'이라는 말은 일반인이 잘 쓰지 않는다. 처음 들으면 그 의미를 유추하기가 쉽지 않다. '독瀆'은 '더럽히다, 업신여기다, 깔보다' 등을 뜻하고 '직職'은 일반적으로 '직업'을 말할 때 쓰인다. 따라서 '독직'이라는 말은 '직책이나 직업을 모독한다'는 의미라고 할 수 있다. '독직폭행'은 '직업을 모독하는 (타인에 대한) 폭행'이라는 의미일 것이다.

경찰 조직에도
존재하는 꼰대 문화

언제부터인가 조직 생활에서 '꼰대'라는 말이 자주 쓰이기 시작했다. 내 기억으로는 예전에 학생들이 선생님을 꼰대라고 불렀던 것 같은데, 이제는 조직 생활에서 과거 방식으로 지시하고 명령하며 자기 사고방식을 강요하는 나이 많은 상사도 '꼰대'라고 불린다.

그렇다면 경찰 세계에서는 어떨까? 경찰은 일반적인 직장에 비해서는 계급이 명확하고 규율도 세기 때문에 윗사람을 '꼰대'라고 생각하는 사람들이 별로 없을 것이라 여길지도 모른다. 하지만 경찰도 결국 '조직'이라는 점에서 젊은 세대의 사고방식과 시대의 흐름을 완전히 비껴갈 수는 없다.

디지털 시대가 만든 새로운 풍경

형사들은 동료애가 매우 *끈끈할* 것 같지만, 그것도 예전에 비하면 상대적으로 그렇지 않다. 아이러니하게도 이런 *끈끈함*이 줄어든 것은 사회 전반에 불어닥친 디지털화에 기인한다. 사실 이런 *끈끈함*은 '선배에게 배울 것이 많을 때' 생긴다. 후배는 선배의 노하우를 배워야 하니 충성할 수밖에 없고, 선배는 그렇게 열정적으로 애쓰는 후배를 챙겨준다.

아주 사소하게는 조서를 작성하거나 구속영장서류를 신청할 때만 해도 그렇다. 과거에는 타자기로 작성할 수밖에 없었고 그 방법도 일일이 배워야 했다. 그런데 지금은 컴퓨터 파일로 된 조서가 수없이 많다. 비슷한 사건의 조서 파일을 열어서 육하원칙에 입각해 작성하면 금세 익힐 수 있다. 더구나 요즘 젊은이는 디지털 기기를 매우 잘 다뤄서 각종 정보를 인터넷에서 얻는 일에도 매우 익숙하다. 과거처럼 선배에게 크게 아쉬워할 일이 없다는 이야기다.

잠복의 경우도 마찬가지다. 예전에는 형사들의 정情이 잠복 현장에서 많이 쌓이곤 했다. 열악한 환경에서 빵과 우유로 끼니를 때워가며 같이 고생하면 자연스럽게 상대에 대한 연민이나 애처로움도 생긴다. 그러니 범인을 잡으려는 형사들 사이에는 *끈끈한* 의리가 싹틀 수밖에 없다.

최근에는 오랜 시간 잠복할 사건이 그리 많지 않다. 잠복하기보다는 오히려 CCTV로 범인의 동선을 파악하거나 휴대폰 추적을 통해 범인의 위치를 특정하는 일이 더 편리하고 효율적이다. 그런 데다가 이런 작업은 개인이 사무실에서 혼자서 하는 일이다. 빵과 우유로 밥을 대신할 일도 없다. 끈끈한 의리가 생겨날 기회 자체가 줄어들었다.

젊은 세대의 개인주의 라이프스타일도 반영된다. 예전에는 "사건 해결이 먼저냐, 개인 생활이 먼저냐?"라고 물어보면 누구나 두말할 것도 없이 '사건 해결이 먼저'라고 대답했다. 그때의 분위기상 그렇게 말하지 않을 수 없기도 했다. 하지만 지금은 완전히 달라졌음을 확실히 느낀다. 그렇다고 요즘 젊은 형사들이 사건을 뒷전에 두고 자신의 개인 생활만 챙긴다는 의미는 아니다. 그들도 여전히 현장에서 많은 고민으로 분투하고 있지만, 과거보다는 개인적인 것에도 충실하다는 의미다.

그러다 보니 예전처럼 책상에 앉아서 지시하며 명령만 내리고 있으면 곧바로 '꼰대' 소리를 듣기가 십상이다. 다른 조직에서도 마찬가지겠지만, 경찰에서도 이런 사람들은 후배들이 '패스'한다. 특히 이런 말을 달고 사는 사람들이 있다.

"야, 경찰이 시키면 시키는 대로 하는 거지!"

"내가 왕년에 수사해봐서 아는데……."

이런 말을 자주 한다면 경찰에서도 곧 꼰대로 취급받을 수밖에 없다.

후배를 다루는 명약, 솔선수범

어떤 면에서는 과거보다 '선배 하기도 힘들어진 세상'이라고 말할 수 있다. 하지만 아무리 요즘 젊은 형사라고 하더라도 선배가 솔선수범을 하는 데에는 어쩔 수 없다. 선배랍시고 책상에 앉은 채 지시만 하면 후배가 속으로 불만을 가질 수 있어도, 선배가 먼저 현장에서 진두지휘하는데 후배로서 여기에 함께하지 않을 수는 없는 것이다.

내가 '서대문 레전드' 팀을 이끌 때도 마찬가지였다. 다른 팀은 사건이 끝나면 그때부터 사건을 찾아다녀야 하는 입장이었지만, 우리 팀은 사건을 쌓아두고 있었다. 사건 하나가 해결됐다고 편안히 쉴 수 있는 상황이 아니었다. 그런데도 팀원들이 불평불만을 말하지 못하고 계속 수사해나간 것은 그 팀을 이끌었던 나의 솔선수범이 있었기 때문이다. 나야 천성이 범인 잡는 것을 좋아해서 그렇게 한 것이지만, 돌이켜보면 바로 그 솔선수범이 팀을 이끌어가는 원동력이었던 셈이다.

많은 선배가 이렇게 솔선수범에 나서면 경찰의 조직 문화도 지금보다 훨씬 좋아질 수 있으리라고 확신한다. 앞장서서 솔선수범하는 선배들, 여기에 따라가는 후배들이라면 팀워크를 단단하게 다지는 것은 물론이고 훨씬 많은 사건을 해결할 수 있을 것이다.

그런데 이런 솔선수범의 힘은 선배들만이 가질 수 있는 것은 아니다. 후배들도 얼마든지 솔선수범할 수 있다. 후배들의 솔선수범이란 곧 '생각하는 힘'을 가지는 것이다. 위에서 시키는 대로만 하지 말고, 자기 머리로 생각하여 선배에게 제안도 해보며 나름의 수사 기법을 만들어보라는 이야기다. '아직 형사로 생활하기 시작한 지 얼마 안 됐는데……', '선배들도 많은데 내가 뭘 나서?'라고 생각하지 말고 적극적으로 선배와 협력하며 자신만의 영역을 구축할 필요가 있다. 거기다가 이렇게 스스로 생각하고 실천하는 후배를 좋아하지 않는 선배는 단 한 명도 없다. 선배는 선배대로, 후배는 후배대로 솔선수범하는 팀이라면 대한민국 최강의 형사팀이 될 수 있을 것이다.

"달리는 말에 채찍질을 한다"라는 말을 들어봤을 것이다. 가만 생각해보면 좀 가혹한 면도 있다. 말은 나름대로 열심히 달리고 있는데 왜 그 말에 채찍질을 아프게 또 해야 한다는 것인가? 그것을 나는 한계를 뛰어넘기 위해서라고 생각한다. 위대한 스포츠맨들은 지금도 잘하고 있는 자신에게 만족하지 않고 그 한계를 계속 넘어서기 위해 스스로에게 채찍질을 가했다. 그리고 한번 한계를 넘어본 사람은 과거의 자신이 얼마나 나태했는지를 깨닫는다. 끊임없이 솔선수범하고 스스로를 채찍질할 때 형사로서뿐만 아니라 한 사람의 사회인으로서도 더욱 성장할 수 있다.

범인은 반드시
현장에 다시 나타난다?

수사와 관련해서 일반인도 아는 속설이 있다. 바로 "범인은 반드시 현장에 다시 나타난다"라는 것이다. 영화나 드라마에 자주 그렇게 나와서 많은 사람이 이것을 진실인 양 믿기도 한다. 하지만 일반적으로 범인이 현장에 나타나는 경우는 거의 없다. 이제까지 무수한 범죄자를 조사했지만 그들이 현장을 다시 찾았다는 진술은 없었다. 다만 하나의 예외는 있다. 바로 방화 사건이다. 방화 사건은 불이 활활 타오르는 모습을 보면서 범인이 희열을 느끼는 범죄이다. 방화범은 자신이 불을 지른 현장에 다시 나타나서 얼마나 복구됐는지도 살펴보며 당시의 희열을 다시 느끼는 경우가 있다.

내가 느낀
형사의 딜레마

대다수 직업에는 남들이 모르는 고충이 있을 것이다. 겉으로는 좋아 보이는 직업도 막상 그 속내의 이야기를 들어보면 힘든 점이 있기 마련이다. 형사라는 직업도 마찬가지다. 영화나 드라마에서 형사는 멋있게 나오기도 하지만, 일반적인 직업에서라면 겪지 않을 일도 겪어야 한다. 이런 고충은 겪어보지 않은 사람이라면 알기가 힘든 것이 사실이다. 30년간이나 형사 생활을 했지만 여전히 풀리지 않는 딜레마도 있다. 일반인이라면 형사가 겪는 딜레마를 굳이 알 필요가 없지만, 이 직업을 동경하거나 앞으로 직업으로 가지려는 사람은 이런 딜레마를 미리 아는 편이 낫다. 과연 그것까지 내가 감당할 수 있는지 사전에 살펴보는 것도 좋은 일이다.

세상의 평화, 가정의 평화

경찰이 되면 힘들어지는 일 중 하나가 바로 가정생활과의 균형을 맞추는 것이다. 수사 형사가 아니라면 이런 부분은 크게 문제가 되지 않는다. 정해진 시각에 출퇴근하여 가족과 약속한 계획도 무리 없이 실천할 수 있다. 하지만 현장에서 범인을 잡는 형사라면 이야기가 달라진다. 일단 범인을 잡는 것은 일종의 '타이밍'이라고 봐야 한다. 범죄를 저지른 후 증거를 인멸할 수도 있고, 심지어 외국으로 도피할 수도 있다. 일단 사건을 맡게 되면 그때부터는 시간과의 싸움이다. 또 다른 피해자가 생기는 것을 막기 위해서라도 형사는 다급하게 범인을 쫓아야 한다.

그런데 범인을 잡는다고 해서 끝이 아니다. 그때부터 36시간 이내에 조서를 작성해야 한다. 그 후에는 검사에게 구속영장을 신청해야 하고, 검사는 다시 12시간 안에 판사에게 구속영장을 청구해야 한다. 영화 속에서는 범인을 검거하는 것으로 형사의 일이 끝나는 것처럼 보이지만, 사실 진짜 일은 그때부터 시작이다. 특히 조서를 작성하면서 범죄자와 피 말리는 머리싸움을 해야 할 때가 많다. 어떤 경우에는 입속에 침이 바짝바짝 마른다.

이런 상황에서 집안일에 신경을 쓰기는 보통 어려운 게 아니다. 갑작스럽게 수사본부라도 꾸려지면 이미 예약해놓은 가족과의 해외여행이라도 취소해야 한다. 이러니 온전히 가족에게 시간을 내주기가 쉽지 않다. 가족과의 약속은 '운 좋으면' 지킬 수 있는 것이 되어버린다.

잠복도 마찬가지다. 요즘에는 각종 디지털 기술이 발전하여 휴대폰 추적이 가능하고 CCTV도 많아서 예전만큼 장시간 잠복을 하지는 않는다. 하지만 범인을 검거하는 그 순간만큼은 짧든 길든 잠복이 필요하다. 이렇게 잠복이 시작되면 도중에 아이가 보고 싶다고 집에 갈 수 있는 상황은 아니다.

더구나 특정한 범죄자를 나만이 쫓고 있다고 생각해서는 안 된다. 영화에도 어느 형사가 범인을 검거하려는 순간에 다른 형사가 와서 범인을 낚아채는 장면이 종종 나온다. 자신도 오랜 시간 동안 이 사건을 쫓았다면서 말이다. 이렇게 되면 정말로 허탈해진다. 형사에게 범죄자는 '먼저 잡는 놈이 임자'이다. 한 놈의 범인을 전국에서 형사 몇 명이 쫓고 있는지 알 수 없으므로 일단 검거 욕심이 생기면 최대한 빠르게 잡아들이기 위해 노력하게 된다. 이런 경우도 누군가와 약속을 잡거나 계획적으로 시간을 사용할 수 없게 하는 요인이 된다.

물론 수사 형사라고 해서 매일매일 이렇게 급박하게 돌아가는 것은 아니다. 또 스스로 사건을 안배할 수도 있다. 지난주에 잠복을 많이 해서 가족에게 미안하다면 이번 달에는 상대적으로 잠복이 적은 사건을 추적하는 것이다. 그동안 집에 못한 만큼 한 번에 몰아서 고마움을 표하기도 한다. 시간이 나는 대로 가족과 함께 최대한 시간을 보내는 것이다. 물론 이것이 매우 이상적인 방법이지만, 마찬가지로 사건이 터지면 이마저 쉽지 않음을 염두에 둬야 한다.

형사 생활의 가성비

어떻게 보면 이런 타이밍의 문제는 형사에게는 참으로 딜레마이다. 사실 범인을 잡는 이유가 무엇인가? 나쁜 놈을 많이 잡아서 세상이 좀 더 밝아지고 사람들이 행복하게 살도록 하려는 것이 아닌가? 그러나 형사는 세상을 밝게 만들 수는 있을지언정 자신의 아내와 아이에게는 그다지 좋은 아빠가 못 된다. 사건을 많이 해결할수록, 사건 욕심이 많을수록 더욱 그렇기 때문에 말 그대로 딜레마가 아닐 수 없다. 게다가 이제 나이가 들어 현장에 나갈 일이 적어지면 그때는 아이가 이미 커버리고 만다. 그때서야 아빠가 놀아주고 싶어도 아이가 별로 그러기를 원하지 않는 나이가 되어버린다.

물론 형사들은 억울할 수 있다. 엉뚱한 짓거리를 하면서 가정에 소홀한 것도 아니고 그저 열심히 일했을 뿐이기 때문이다. 하지만 아내의 입장에서는 조금씩 불만이 쌓이기 시작하면 결국 서운함을 표현할 수밖에 없다. 그래서 형사로서 행운아는 배우자의 일을 충분히 이해해주는 사람과 결혼하는 것이다. 이런 경우라면 마음의 부담이 한결 덜한데, 현장에서 고생하는 배우자 걱정도 해주니까 형사로서는 자기 일에 전념할 수 있다.

사실 가정생활에 대한 '가성비'만 따지고 보면 형사는 기피해야 하는 직업이다. 힘들게 일하느라 가정에 별로 신경을 쓰지 못하고, 아이와 함께 보낸 시간이 그리 많지 않아 아이가 성인이 된 뒤 아빠에 대한 정이 없을지도 모른다.

하지만 세상의 모든 일을 가성비로만 따질 수는 없는 노릇이다. 가성비도 중요하지만 그보다 더 중요한 '가치'를 따져야 하기 때문이다. 이렇게 가성비가 떨어지는 일을 오늘도 전국의 수사 형사들이 묵묵히 하는 것은 바로 자기 일이 국가의 공권력을 올곧게 바로 세우고 정의를 실현한다는 가치를 믿기 때문이다. 경찰 생활 중에서도 형사로 활약하고 싶다면 자신이 가성비를 중요시하는지, 아니면 자기 일이 어떤 가치를 지니는지 반드시 생각해봐야 한다. 어쩌면 이 지점이 형사 생활에 적응할 수 있는가, 없는가를 좌우하는 결정적 요인일 수 있기 때문이다.

구증

일반인은 거의 쓰지 않는데 형사가 자주 쓰는 말이 있다. 바로 '구증'이라는 말이다. 국어사전을 찾아보면 구증에는 다른 한자를 써서 '어려움이나 위험에 빠진 사람을 구해줌', '개고기를 쪄서 만든 음식', '약재를 아홉 번 찌는 포제법' 등 다른 의미가 있다.

그러나 경찰서에서 구증口證이 쓰일 때는 '말로써 증명함 또는 그런 증명'이다. 좀 더 실전적으로는 '증거를 입증하는 일'이라고 할 수 있다. 범인을 기소 의견으로 검찰에 송치하기 위해서는 당연히 증거가 있어야 하는데 그 증거가 확실한지, 해당 피의자에 관한 증거인지도 입증돼야 한다. 바로 이 과정을 '구증한다'라고 말한다.

일반 사회에서는 이 말이 잘 쓰이지 않기 때문에 언론 뉴스에서도 거의 등장하지 않지만, 변호사가 범죄 행위에 대해 설명하면서 가끔 쓰기도 한다. 다음은 실제로 방송된 내용이다. 어느 축구 감독의 범죄 행위에 대해 설명하고 있다.

변호사 : 사흘 전에 처음 보도가 나오기 시작했는데요. 지금 현재 ○○○ 감독 측은 사실이 아니다, 사실무근이라고 강하게 반발하고 있습니다. 특히

이 부분에 대해서 지금 정확하게 횡령 혐의 부분의 증거가 안 나오지 않느냐? 변호사 표현은 그래요. 어떤 범죄 혐의도 구증되지 않았다고 얘기합니다.

사회자 : 구증? 변호사님, 구증이 뭐예요?

변호사 : 입증을 구증이라고 그래요. 검찰 아니면 경찰 같은 수사기관이 증거를 확보하고 소명하는 과정을 구증이라고 많이 표현합니다.

때로는 경찰도
이용하는 지능범들

어떤 일을 하든 그 일을 하는 사람이 가장 간절하게 가지는 소망이 있다. 학생이라면 무엇보다 '공부를 잘하고 싶다'일 것이며 사업가라면 '돈을 많이 벌고 싶다'가 된다. 형사라면 단연 '범인은 꼭 잡고 싶다'이다. 그런데 이 마음이 너무나 간절한 나머지, 때로는 범죄자의 표적이 되기도 한다. 형사들의 내부 문화와 간절한 마음을 잘 알고서 형사를 대상으로 대담하게 사기를 치는 범죄자. 무슨 소설에나 등장할 법하지만 분명 현실에서 있었던 사건들이다.

범죄를 덮기 위한 범죄

'범죄 사냥꾼 이대우'의 이름이 제법 퍼지게 되자 다양한 사람으로부터 많은 제보가 들어온다. 나의 조그마한 유명세가 범죄자를 잡는 데도 활용될 수 있다는 점이 그저 감사할 따름이다. 수년 전에 받았던 한 통의 제보 메일도 그런 차원이라고 생각했다. 발신지는 뉴질랜드였다.

'오호? 이제 해외에서까지?'라며 이메일을 찬찬히 읽었는데 마약 범죄에 관한 내용이었다. 마약 범죄는 매우 은밀하게 저질러지기 때문에 대부분 첩보에 의존한다. 그래서 이렇게 이메일이나 메시지를 통해서도 제보가 들어올 수 있다. 그 내용은 한 치과 병원의 의사가 해외에서 대마초를 배달받아 피운다는 것이었다. 해당 치과 병원으로 대마초를 보낸 송장까지 제시하고 있었으니 그 내용이 매우 그럴듯했다. 범인과 수법이 모두 특정됐기 때문에 이제 사실관계를 확인하면 되는 일이었다.

병원을 찾아가서 긴급체포를 한다고 했더니 해당 의사는 도대체 무슨 소리냐며 눈을 동그랗게 떴다. 자신은 대마초는커녕 담배도 피우지 않는다고 했다. 집까지 수색했지만 대마초와 관련해 어떤 증거도 나오지 않았다. 도대체 어떻게 된 일일까?

자세한 저간의 사정을 들어보니 치과 의사를 제보한 사람은 치과 의사가 고소한 사람이었다. 의사는 뉴질랜드로 이민을 가기 위해 제보자에게 이미 수억 원의 돈을 건넨 상태였다. 하지만 그는 이민과 관련해 어떤 일도 진행하지 않았고, 결국 치과 의사는 뉴질랜드 법정에 그를 고소했다. 만약 치과 의사가 뉴질랜드 법정에 나와서 진술을 하면 제보자는 현지에서 구속될 위기에 처하게 된다. 제보자는 치과 의사를 대마초로 엮어 한국에서 구속시키고 자신은 고소 사건에서 벗어날 생각으로 이 모든 일을 기획한 것이었다. 뉴질랜드라면 대마초를 구하는 일도 그리 어렵지 않고 치과 의사의 한국 주소를 알았으니 자기 혼자서 그냥 병원으로 대마초를 보냈다. 집배원이야 그저 주소가 있으니 배달했을 뿐이고, 치과 의사는 자신에게 온 소포니까 그냥 받은 것이 전부였다.

이 사건을 통해서 다시 한 번 느낀 점은 바로 형사의 균형 잡힌 시각이 얼마나 중요한지와 '보이는 것이 전부가 아니다'라는 것이다. 우리는 흔히 '제보자'라고 하면 정의감으로 범죄를 신고하는 사람이라 여긴다. 형사의 입장에서도 제보자는 참 고마운 사람이다. 그런데 그 제보자가 바로 범죄를 기획한 사람일 줄이야 누가 처음부터 상상이나 하겠는가? 하지만 이런 일은 어김없이 벌어지고, 자칫 형사가 지나치게 욕심을 부리면 오히려 범죄자에게 당하는 꼴이 된다.

사실 형사의 일은 늘 이렇게 '가려진 진실'과의 싸움이다. 눈에 보이는 것을 전부라고 믿었다가는 뒤통수를 맞을 수 있으며, 그저 사소하게 스쳐 지나가는 것이 때로는 결정적인 단서가 되기도 한다. 범죄를 다루는 TV 다큐멘터리를 보노라면 처음에는 사건이 너무 명확해 보여서 곧 해결될 것 같은데 의외로 미궁에 빠지곤 한다. 이렇게 되는 이유가 바로 보이는 것이 전부라고 지나치게 믿을 때이다. 뉴질랜드 대마초 배달 사건은 초임 형사들에게 매우 유용한 교훈을 준다. 초임 때라면 하루빨리 자기 손으로 사건을 해결해보고 싶어진다. 이런 상태에서 제보 내용만 일방적으로 믿고 섣불리 수사하거나 용의자를 체포하면 문제는 더욱 커질 수 있기 때문이다.

경찰 역사상 전무후무한 사건

두 번째는 형사에게 돈을 뜯어낸 사기꾼 이야기다. 중요한 점은 단순하게 돈을 갈취당했다는 것이 아니다. 그 이면에는 형사가 사건에 욕심부리면 일어날 수 있는 일에 대한 교훈이 담겨 있다. 물론 형사가 사건에 욕심을 낸다는 것은 좋은 일이다. 형사가 많은 사건을 해결할수록 우리 사회도 더 밝아지기 때문이다. 하지만 지나친 욕심은 화를 부르게 마련이다.

그 사기꾼은 형사의 심리를 아주 잘 꿰뚫고 있었다. 그는 경찰서 형사과 데스크로 전화하여 뭔가 중요한 사건을 제보할 생각이니 강력반에서 제일가는 형사를 바꿔달라고 했다. 제보를 한다는데 이를 거절할 형사는 없다. 일단 그의 이야기만 들어도 귀가 번쩍 뜨이는 제보였다. 재벌이 연루되어 언론에도 많이 등장했던 사건과 관내에서 발생한 금은방털이 미제 사건의 실제 범죄자를 자신이 알고 있다는 내용이었다. 그를 직접 만나서 사건의 범인을 알게 된 경위와 제보하게 된 경위를 물어보자 이렇게 대답했다.

"그 녀석들은 함께 일하다가 구속된 적이 있는 공범들인데, 출소해 마음잡고 살아가는 저를 찾아와 또다시 함께 일하자며 범행을 제의

하더라고요. 저는 하기 싫은데 계속 그러니까 그 녀석들한테서 탈출하고 싶어졌습니다."

그렇지만 그들이 범행했다는 결정적 단서나 증거는 내놓지 않았다. 그러고서는 하는 말이 돈을 좀 달라는 이야기였다.

"그 녀석들의 범행 사실을 입증하려면 아직 처분하지 못한 장물이랑 범행 도구도 알아야 하는데, 그러려면 좀 어울리면서 생활해야 하잖아요. 함께 움직일 때 들어가는 경비도 필요하고…… 약간만 지원해주시면 확실히 알아낼게요."

이때 많은 형사가 순간적으로 흔들린다. 큰돈도 아니고 몇 십만 원정도를 용돈으로 쥐여주면 세간을 떠들썩하게 한 사건을 해결할 수 있다는데 꽤 유혹적인 일이다. 어쩌면 "뭐 하러 내 돈까지 주면서 사건을 맡아?"라고 생각할지도 모르지만, 사건 욕심이 많은 형사라면 좀 다른 반응이 나올 수 있다. 나도 그 사기꾼의 말에 흔들려 용돈을 주고 좀 더 구체적인 제보를 부탁했다. 그리고 서로의 연락처를 주고받은 다음에 녀석과 헤어져 경찰서로 돌아오는데 승용차 안에서 왠지 불길한 느낌이 뇌리를 스쳤다. 그가 불러준 휴대폰 번호로 전화했더니…….

"지금 거신 전화는 없는 번호이오니~."

그 순간 '당했다'는 생각이 들었다. 돈이 아까운 것도 그렇지만, 감히 형사를 속여먹는 녀석이 있다는 데 화가 치밀었다. 그리고 이런 간단한 수법에 '범죄 사냥꾼'이 당하다니 자존심에도 엄청난 상처가

났다.

"내가 이놈을 꼭 잡고 말아야지!"

전의를 불태우면서 사기꾼의 인적 사항을 특정하기 위해 비슷한 수법을 쓴 과거의 범죄자 사진 수만 장을 밤새도록 눈이 빠져라 뒤졌지만 실패하고 말았다. 거기다가 도무지 그 사기꾼의 흔적을 찾기가 쉽지 않았다. 시간은 계속 흐르고, 그 사기꾼을 생각할 때마다 분이 솟구쳐 살 수가 없었다. 혹시나 하는 마음에 경찰관들이 모인 인터넷 커뮤니티에 글을 올려봤다. 반드시 잡아야겠다는 생각에 형사가 범죄꾼에게 당했다는 창피도 잊었다. 그랬더니 웬걸, 내 글을 읽은 대전 지역의 형사에게서 연락이 왔다. 그 형사가 녀석의 인상착의를 설명하는데 그놈이었다! 그토록 잡고 싶었던 그 사기꾼의 인적 사항이 특정된 것이다. 또한 그렇게 당한 형사가 나만은 아니었다. 알고 보니 서울 관내 31개 경찰서에서 녀석에게 안 당한 형사가 거의 없을 정도였다.

사기꾼은 사건 욕심이 많아 보이는 형사에게 접근하여 세간을 떠들썩하게 한 유명 사건을 언급하면서 떡밥을 던지고 형사가 그 떡밥을 물기를 기다렸다. 그렇게 한 번 성공하자 자신감이 생겼는지, 서울 시내 곳곳의 강력계 형사들을 상대로 사기를 쳤다. 이렇게 범죄 사냥꾼들을 상대로 '눈탱이'를 한 방 친 뒤로도 그는 자기 가족이 사는 제주도를 떠나와 서울에서 태연하게 오토바이 배달기사를 하고 있었다.

결국 그를 검거하면서 구겨질 대로 구겨진 형사의 자존심과 범죄 사냥꾼의 체면을 살릴 수 있었지만, 마지막 난관이 있었다. 피해자들의 진술을 받아야 하는데 그 피해자들이 전부 사기에 넘어간 강력계 형사가 아닌가! 나 역시 범죄자에게 당했다는 부끄러움에 몸 둘 바를 몰랐는데 왜 다른 형사라고 안 그렇겠는가? 또 피해자 진술을 하게 되면 조서에 소속과 이름이 밝혀지기 때문에 형사들로서도 꺼림칙한 일이 아닐 수 없다. 나와 뜻을 같이하는 형사들의 도움으로 조서를 꾸미면서 구속영장을 신청했지만, 검찰에서는 자기 일이 아니라 그랬는지 사안을 가볍게 여기고 구속영장을 불청구했다. 그 녀석을 검거했던 것으로 만족해야 했다. 아마도 이렇게 많은 형사가 이렇게 한꺼번에 사기를 당한 일은 전무후무할 것이다.

이 일은 '형사도 사기꾼한테 당할 수 있다'라는 단순한 사실을 보여주지만, 사건에 대한 형사의 지나친 욕심을 경계하라는 일종의 계기이기도 하다. 사건 욕심을 가지되, 그렇다고 그것이 지나치면 일을 그르칠 수 있다는 점을 알아야 한다. 경험이 없고 의욕만 넘치는 신임 형사일 경우에는 이런 사기에 당할 가능성이 더욱 높다. 사건에 대한 열정이 넘쳐도 늘 냉정을 유지하면서 정상적으로 사건을 추적해야 한다는 원칙을 다시 한 번 깨닫게 한 일이었다.

사이즈

사이즈size는 '크기'를 뜻하는 영어 단어로, 일반인도 여러 맥락에서 많이 활용하는 말이다. 형사들도 이 단어를 자주 사용하는데, 예를 들면 다음과 같은 대화에서다.

팀원 : 팀장님, 이번 사건은 사이즈가 크다면서요?

팀장 : 그래, 오래간만에 사이즈가 좀 크다.

형사 용어에서 '사이즈'란 사회적으로 주목받을 만한 대형 사건을 의미한다. 언론에서 얼마나 크게 다뤄줄 것인가가 사이즈의 기준이 되기도 한다. 사실 형사들은 이렇게 사회적으로 이슈가 되는 사건을 좋아한다. 잘 해결하면 승진하는데 도움이 되고 특진에도 영향을 미치기 때문이다. 특히 사이즈가 크면서도 여기에 미제 사건이라면 더더욱 욕심이 난다. 내가 사기꾼에게 당한 것도 그 녀석이 언급한 사건의 '사이즈'가 매우 컸기 때문이다.

유명한 경찰을
지향해야 하는 이유

그동안 적지 않은 방송 출연을 했다. 지난해에 종영된 〈도시 경찰〉부터 〈사냥꾼 이대우〉, 〈시티 헌터〉, 〈경찰청 사람들〉 등에 출연했고 유튜브 방송에도 나갔으며 다양한 강연도 했다. 때로는 혼자 출연하기도 하고, 같이 근무하는 형사들과 함께하기도 했다. 주변에서는 '형사가 얼굴이 알려지면 어떻게 범인을 잡느냐'라고 우려하는 목소리가 있었다. 물론 잠복근무를 할 때는 지장이 생길 수 있다. 하지만 방송 출연이 수사에 방해가 되기는커녕 오히려 도움이 된 부분도 많았다. 가장 활발하게 방송하던 와중에도 '강도 베스트 수사팀', '조직폭력 베스트 수사팀' 등을 수상했다. 그러나 정작 내가 방송에 출연하기로 결심한 것은 경찰에 대한 시민들의 편견을 깨야겠다는 생각이 매우 강했기 때문이다.

형사의 진정성만 보여줘도…

방송 출연을 하게 된 것은 나 자신이 유명해지기 위해서가 아니었다. 경찰에 대한 편견을 깨고 싶었을 뿐이다. 경찰 업무는 외부로 드러나는 것이 아니다. 수사 과정은 정보 공개 대상이 아니고, 인터넷으로 실시간 중계될 수도 없다. 그런 점에서 피해자들은 수사가 어떻게 진행되는지 답답할 따름이고, 그럴수록 오해와 편견이 쌓이게 된다.

사실 경찰은 국민의 지지를 받지 않으면 힘을 쓸 수 없는 조직이다. 국가의 정의를 세운다는 조직이 국가 구성원에게 지지받지 못하면 원활하게 업무를 수행할 수 없는 것은 당연하다. 따지고 보면 시민의 역할은 매우 중요하다. 각자 생업의 현장에 있는 그들은 상시적인 범죄에 대한 감시자이자 목격자이자 증언자이다. 그들의 한마디가 수사에 중요한 단서가 되고 사건 해결의 결정적인 실마리가 되어야 한다.

국민에게 더 지지받는 경찰이 되기 위해서는 다양한 오해와 편견을 깨야 한다. 이를 위한 최고의 무기가 바로 방송이었다. 그렇다고 없는 모습을 억지로 보여줘서는 안 된다. 그저 하루하루 범죄를 해결하려고 최선을 다해 노력하는 형사들의 진정성 어린 모습만 보여줘도 시민들에게 조금 더 신뢰받으면서 '장하다', '잘했다'는 칭찬을 들을 수 있으리라고 생각했다.

나는 앞으로도 더 많은 경찰과 수사 형사가 유명해졌으면 좋겠다.

형사들이 얼마나 열심히 일하는지를 범죄자들이 보게 된다면 그들의 간담이 서늘해질 테니 범죄를 억제하는 효과도 어느 정도 있을 것이다.

현재 내가 근무하는 춘천경찰서에서 있었던 일이다. 3주짜리 기본 교육을 이수하기 위해 충남 아산에 있는 경찰교육원에 들어가기로 계획되어 있었다. 이 교육을 위해 춘천에서 서울로 올라가는 중인데 밤 11시쯤 낯선 번호로 전화가 걸려왔다.

"이대우 형사님이세요?"

"아, 네, 그렇습니다."

"저…… 제가 사실 대마 공장에서 대마를 재배하고 있는데…… 형사님에게 자수하려고 합니다."

"네~에?"

그 이야기가 진실인지 아닌지는 알 수 없었지만, 일단 목소리의 미묘한 떨림이나 말투에서 거짓말이 아니라는 것이 느껴졌다. 특히 대마를 하는 사람들은 기분이 수시로 바뀌고 마음의 변덕도 심하다. 그래서 갑작스럽게 울적한 마음이나 죄책감이 들어 그런 전화를 했을 수 있다. 변덕이 심하므로 즉시 대응하지 않으면 언제 그 마음이 또 바뀔지 모를 일이다. 우선 강력계장에게 전화하여 강력 당직 형사 몇 명을 보내라고 지시하고, 차를 돌려서 교육 장소가 아니라 대마 재배 공장이 있다는 일산으로 향했다.

그가 용산에서 대마를 팔지 않은 이유

전화한 사람을 만나서 이야기를 들어보니 그는 단 하루도 대마를 하지 않으면 정상적인 생활을 할 수 없을 정도로 중독된 상태였다. 대마 공장의 규모도 입이 떡 벌어지는 수준이었다. 2층으로 지어져 있는데 상당한 넓이로 보였다. 일산에 이런 공장이 있다는 것 자체가 놀라운 일이었다. 판매망을 물어보니 다크앱을 통해서 접선을 하고, 메신저를 이용하여 지정 장소로 대마를 보냈다고 한다. 자신의 대마 판매 카페에 있는 회원 수만 해도 5천 명이 넘는다고 했다. 자기가 이제까지 너무 나쁜 짓을 많이 한 것 같아 자책감이 심하다면서 이제는 자수를 해야겠다는 심경을 밝혔다. 그런데 그가 하는 말이 걸작(?)이었다.

"형사님, 제가 말입니다, 서울과 경기도 전체에 대마를 팔았습니다. 그런데 딱 한 군데, 용산에는 안 팔았어요. 용산에 있는 사람들한테는 왜 대마를 안 팔았는지 아세요? 그랬다가는 정말로 이대우 형사님에게 잡힐 것 같았거든요!"

자수범은 내가 춘천경찰서로 옮겨 가서 근무하고 있다는 것을 모른 채 그때까지 용산경찰서에서 근무하는 것으로 알았던지, 이미 용산경찰서에 유선전화로도 걸었다고 한다. 그 말을 듣고서 웃음이 "허허" 나왔지만 완전히 농담으로 취급하기도 힘들었다. 이제 곧 감방에 갈 사람이 형사를 상대로 농담이나 하는 경우는 생각하기 어렵기 때문이다. 그에게 한 가지 물어봤다.

"형사들이 한둘이 아닌데 왜 나한테 꼭 자수하려고 했어요?"

"TV에 많이 나오니까 최소한 없는 죄까지 만들어서 나한테 씌울 것 같지는 않아서요. 얼굴을 자주 봤으니 친근하기도 하고……."

그 녀석의 말을 반만 믿는다고 해도 나의 방송 출연에는 범죄 억제 효과가 어느 정도 있었다고나 할까? 게다가 방송은 비교적 공정하다는 이미지가 있으니, 그런 방송에 출연한 형사만큼은 공정하게 자기 죄를 처리해줄 것이라는 믿음까지 가졌던 것 같다.

이후에 방송 출연이 잦아지자 범죄자가 모여 있는 카페에서는 내 사진이 돌기도 했다.

"이놈은 한번 물면 안 놓는 놈이라 특히 조심해라. 바로 이대우라는 놈이다."

나의 수사 능력을 범죄자들마저 인정해주니 기분 나쁠 것은 없었다. 어쩌면 그것도 유명세 덕분이다.

이 사건을 겪으면서 나는 앞으로도 유명한 경찰이 더 많이 나와야 한다고 확신하게 됐다. 경찰의 활동이 알려질수록 범죄자는 '나도 잡힐지 몰라' 하며 계속 각성하고, 그것이 조금이라도 범죄 예방 효과로 이어진다고 믿는다. 시민들에게도 '경찰이 열심히 하고 있다'는 인식이 생겨서 과도한 불안감을 억제할 수 있다. 그렇다고 억지로 유명해지기 위해 큰 사건에만 욕심을 부린다든지 해서는 안 될 일이다. 다만 유명해질 기회가 있다면, 또 경찰의 활동을 더 많이 알리기 위한 기회가 있다면 마다하지 말고 반드시 동참해야 한다는 이야기다.

경찰을 새롭게
바라보다

배우 조재윤

MBC every1 프로그램 〈도시 경찰〉에서 이대우 형사님을 처음 만났을 때는 날카롭고 매서운 눈빛과 차가운 말투가 인상적인 것을 넘어서 긴장되고 무서울 정도였습니다. 역시 듣던 그대로 '범죄 사냥꾼이구나' 싶었습니다. 물론 수사하는 데 있어서는 '역시 베테랑이구나'라는 사실도 새삼 느꼈고요.

하지만 촬영이 계속 진행되면서 정반대의 모습도 보게 됐습니다. 점점 가까워지면서 이대우 형사님이 친형 같고 따뜻한 마음이 많은 분이라는 사실을 알았습니다. 어떨 때는 마치 개구쟁이라고 해야 할까요, 참 귀여운 분이셨습니다. 그래서 함께 촬영하는 내내 무척 행복했던 기억이 있습니다.

〈도시 경찰〉을 촬영하면서 경찰에 대한 생각도 많이 바뀌었습니다. 경찰이라는 것은 직업일 뿐이지, 그들도 나와 같은 누군가의 아들 딸이자 부모이자 친구였습니다. 그런 점에서 경찰관들을 대할 때 별다르다는 편견을 넘어서 내 가족처럼 바라볼 필요가 있을 것 같습니다. 매일 이어지는 그들의 노력이 나의 편하고 안전한 일상을 가능케 한다는 점도 느꼈습니다. 마치 공기의 역할을 잘 느끼지 못하듯이, 우리가 그 고마움을 자꾸만 잊게 되는 경찰의 숨은 노력이 국민의 평안한 하루하루를 만들어내는 것 같습니다.

〈도시 경찰〉을 촬영하는 중에는 보이스피싱 중간책 검거 장면이 가장 기억에 남습니다. 당시에 이대우 형사님과 함께 잠복하고 추격 신을 찍으면서 '와, 정말 위험을 무릅쓰고 달리시는구나, 멋진 형사다!'라며 반했다고나 할까요?

그러나 촬영은 정말로 힘겨웠습니다. 밤을 새워야 했고, 남들은 다 누리는 일상생활이 없어졌다는 사실도 힘들었습니다. 동시에 정반대로 형사님들의 그런 모습을 방송으로 알린다는 사실이 기뻤습니다.

하나 당부를 드리고 싶은 것이 있습니다. 촬영 도중에 장애인을 사

칭하는 범죄를 목격했습니다. 그런 사람들 때문에 우리 세금이 허투루 쓰인다는 느낌도 조금 들었습니다. 국가에서 잘 정비해서 세금이 꼭 필요한 분들에게 지원됐으면 하는 마음입니다.

　이대우 형사님, 나중에 정년을 다한 후에는 대한민국의 민주적 발전을 위해, 그리고 국민의 안전을 위해 '영원한 경찰 지킴이'가 되어 주셨으면 합니다.

　사랑합니다. 그리고 감사합니다!

잡고자 하는 마음이
절실하면

배우 이태환

처음 〈도시 경찰〉에서 섭외해 왔을 때 제게는 경찰이라는 새로운 세
상에 입문해볼 기회여서 큰 기대를 하게 됐습니다. 경찰서 사무실에
들어갔을 때 수사관들을 보고 늑대 무리 속으로 들어간 것 같아 긴장
됐습니다. 그러다가 이대우 과장님을 딱! 뵙는 순간, 늑대 무리에서
우두커니 버티고 있는 호랑이 같은 느낌이 들어서 무섭기도 했습니
다. 하지만 촬영을 진행하는 동안 이대우 과장님을 만날수록 '츤데레'
이시면서 수줍음도 많으시고 마음이 정말 따뜻한 분이라는 걸 알게
됐습니다.

촬영하면서는 이제까지 몰랐던 경찰의 면면을 많이 들여다볼 수 있었습니다. 저를 비롯해 보통 사람들이 일상에서 가장 접하기 쉬운 경찰의 모습은 아무래도 파출소와 순찰차 정도에 불과합니다. 그런데 경찰 내부에 굉장히 많은 부서가 있고 각각의 부서도 팀으로 세세히 나누어지는 것을 보고서 영화나 드라마에 나오는 경찰 이야기는 정말 빙산의 일각이구나 싶었습니다. 이래서 우리나라 치안이 좋고 검거율이 굉장히 높을 수밖에 없겠다는 생각이 절로 들더군요.

촬영하는 동안 가장 인상에 남는 장면이 있습니다. 한 기업의 세제를 불법으로 제조해 유통한 사건이었습니다. 두 피의자를 검거하기 위해 무박 2일로 밤새우며 잠복하고, 피의자 차량 번호만 가지고 해당 지역 전체를 돌면서 탐문하여 결국 그들을 찾아냈습니다! 그때 이대우 과장님이 이렇게 말씀했습니다.

"잡고자 하는 마음이 절실하면 꼭 마주치게 된다!"

그 말씀을 듣고서 저는 정말로 꼭 검거하고 싶어졌습니다. 마침내 바라던 대로 피의자를 검거했을 때 그 느낌, 그 후련함은 평생 잊지 못할 것입니다.

사실 〈도시 경찰〉을 촬영하기 전에는 경찰관들을 보면 선뜻 다가가기가 어려웠습니다. 그러나 촬영을 통해 많은 경찰관을 만나고 이야기를 나누면서 '이분들도 사람이구나. 그리고 정말 힘드시겠다'라는 생각이 부쩍 들었습니다. 매일 접수되는 사건이 예상보다 아주 많았고, 그 사건들을 해결하기 위해 직접 몸으로 뛰어다니며 처리하는 모습을 가까이에서 지켜보노라니 더욱더 존경스러웠습니다.

경찰 경험을 하면서 특히 힘들었던 것은 바로 체력이었습니다. 사건을 해결하기 위해 사소한 일에도 몸으로 뛰어야 하고 식사 시간과 취침 시간도 불규칙적이었습니다. 하지만 그 보람만큼은 정말로 컸습니다. 모든 경찰관이 항상 말씀하시는 대로 "힘들어도 재밌으니까 합니다"라는 말이 조금이나마 이해됐습니다.

이대우 과장님은 정말로 다시 태어나셔도 또 경찰을 하실 것 같습니다. 옆에서 본 모습이 말 그대로 '천직'입니다. 그만큼 시민들을 생각하는 마음이 크시기 때문일 것입니다. 이대우 과장님을 비롯해 대한민국 모든 경찰관에게 항상 감사하고 응원하고 존경한다는 말씀을 전하고 싶습니다. 건강하게 몸 조심히 사건을 해결해나가시길 바라겠습니다.

대한민국 경찰 파이팅!

5

빠른 시간에
베테랑 경찰이 되는
일 축지법

긴긴 경찰 생활, 처음부터 탄탄하게 준비하는 법

어떤 분야에서 일하든 베테랑이 되고 싶은 마음은 매한 가지다. 멋진 제복에 이끌려서든, 혹은 영화 속 형사의 모습이 매력적이어서든 경찰을 지향하는 사람이라면 누구나 가슴속에 '베테랑 경찰'이 되고 싶은 마음을 꽉꽉 채운다. 그러나 경찰 업무란 상대가 있는 게임이다. 혼자서만 열심히 한다고 되는 일이 아니다. 그런 점에서 베테랑이 되기 위해서는 적지 않은 시간과 시행착오와 좌충우돌이 자양분이 되어야 한다. 그러나 모든 일에는 노하우가 있다. 이를 알고 현장에서 부딪치는 것과 그렇지 않은 것에는 적지 않은 차이가 있다. 길고 긴 경찰 생활을 처음부터 탄탄하게 시작하는 '일 축지법'에 대해 알아보자.

빠져들수록 흥미진진한
형사 탐구 생활

범죄자들에게는 '범죄 입문의 계기'가 있다. 주변 친구를 통해서, 혹은 우연히 아는 사람과 엮여서 범죄의 세계에 발을 들이게 된다. 그런데 형사들에게도 똑같이 '범죄 입문의 계기'가 있다. 특정 범죄를 우연히 접하고 계속해서 그 방향으로 범죄를 파게 되면 결국 그 분야에서 수사의 일인자가 될 수 있다.

처음 형사가 되면 선배와 함께 팀 단위로 움직이겠지만, 자신만의 수사 영역을 스스로 개척해보는 일은 매우 중요하다. 이렇게 새로운 도전을 하는 과정에서 '와, 이런 범죄의 세계도 정말 있었구나' 하며 '형사 탐구 생활'을 흥미진진하게 써나갈 수 있을 것이다.

땀나도록 뛰어다닌다는 것

범죄의 세계는 깊게 파고들수록 더욱 흥미진진한 경우가 많다. 또 범죄와 범죄는 서로 연결되어 있기 일쑤여서 하나의 수사 분야를 중심으로 자신의 수사 영역을 점차 넓혀갈 수 있다. 내 경우에는 처음 부축빼기를 수사하다가 화려한 손기술을 자랑하는 소매치기로 그 영역을 확장할 수 있었다. 한 분야에서 개별 범죄꾼을 잡다 보면 그 조직 전체를 소탕할 기회도 생긴다. 이렇게 하나의 영역에서 여러 영역으로, 한두 명 검거하는 방식에서 조직 자체를 소탕하는 방식으로 자기 역량이 점점 커진다.

나도 초짜 형사일 때는 범인들의 조서를 멋지게 받아내는 선배들의 모습이 부러웠고, '언론에 날 만한 사건이라도 수사하면 얼마나 좋을까'라고 생각했다. 하지만 처음부터 그럴 수 있을 리는 만무한 법. 결국 범죄자를 잡아서 자신만의 수사 영역을 개척하기 위해서는 땀나도록 뛰어다니는 방법밖에 없다. 그리고 나에게도 이런 기회가 우연히, 혹은 필연적으로 다가왔다.

지금은 경찰이 되려면 형법, 형사소송법, 경찰법은 물론 관련 판례까지 미리 공부해 경찰시험을 봐야 하지만 내가 경찰이 될 때만 해도 경찰학교에 입교해 기본 교육을 받는 것이 전부였다. 임용 후에 배속된 형사기동대에서 반장과 제대장을 통해 그날그날 단속해야 할 범죄에 관한 법 조항을 습득하여 바로 현장에 투입되는 방식이었다. 지금으로서는 꽤 허술해 보이는 방법이지만, 당시에는 '무조건 발로 뛰어 범죄자들을 잡아 와라'라는 분위기가 팽배했다.

1990년대 초반 3월의 어느 날, 그날도 어김없이 조원과 하나가 되어 거리로 나섰다. 우리가 우선 해볼 수 있는 일은 불심검문 정도였다. 지나가는 사람들을 지켜보다가 거동이 좀 이상하다 싶을 때는 검문을 해본다. 운이 좋으면 장물이나 흉기 같은 것을 발견하겠지만, 그렇게 하기까지는 지루한 검문이 계속돼야 하고 능률도 떨어진다. 그래서 하루는 조원에게 이런 제안을 했다.

"야, 우리도 나름 경찰인데 이렇게 거리에서 들쑤시지 말고 쪽방 같은 데 가볼까? 아무래도 그런 곳에 범죄자가 많지 않겠어?"

종로3가에 있는 피카디리 극장 뒤편의 돈의동 주택가에는 '쪽방' 혹은 '벌집'이라 불리는 무허가 하숙집이 많았다. 2평 정도의 크기에 한 사람이 겨우 생활할 수 있는 공간으로 한 칸씩 쪼개서 쪽방을 여러 개 만들어 벌집 형태로 다닥다닥 붙여놓은 곳을 말한다. 대부분 허가받지 않은 곳이다 보니 죄를 짓고 도망 중인 범죄꾼이나 기소 중지된 수배자가 숨어들어 은신해 있다가 종종 검거되곤 했다. 이런 쪽방에서 검문을 이어가는 중에 매우 의아한 일이 하나 일어났고, 그 일이 바로 내가 부축빼기의 세계에 입문하게 된 계기가 되었다.

쌍둥이 부축빼기범들과의 만남

"잠시 검문 좀 하겠습니다."

정중하게 인사하고 한 명씩 검문을 해나가는 중에 조금 전에 검문했던 20대 초반의 남자와 똑같이 생긴 남자가 또 나타난 것이 아닌가!

"아니, 왜 이 방에 와 있는 거야?"

그 남자는 아무 말도 하지 못하고 멀뚱멀뚱 나를 쳐다보고만 있었다. 원래 검문했던 방으로 다시 가봤더니 똑같이 생긴 녀석이 또 앉아 있었다. 둘은 쌍둥이였던 것이다. 이런 요상한 상황에 처하자 '뭔가 있지 않을까?'라는 생각이 들었다.

쌍둥이 형제의 방 안에 대해 정밀수색에 들어갔다. 방 안의 서랍장 구석에서 다른 사람 신분증이 들어 있는 남자용 장지갑과 반지갑 여러 개가 발견됐다. 그 순간, 말로만 들어왔던 소매치기범이 지갑을 훔쳐 현금은 모두 사용한 후에 빈 지갑만 모아둔 것으로 판단하고, 즉시 쌍둥이 형제를 분리하여 지갑의 출처와 소매치기 장소를 추궁하기 시작했다. 그런데 쌍둥이 형제는 자기들은 소매치기가 아니고 길에서 주운 지갑을 보관한 것이라고 범행을 부인했다. 얼마 지나지 않아 쌍둥이 형제는 추궁과 설득에 넘어가 진실을 말하기 시작했는데, 밤에 유흥가 주변을 돌아다니면서 술 취한 사람들을 상대로 지갑을 훔쳤다고 실토했다.

이렇게 한번 열린 쌍둥이 형제의 입은 부축빼기범에 대한 정보를 계속 쏟아냈다. 자신들과 비슷한 일을 하는 사람이 이 일대에만 10여 명이 넘을 뿐만 아니라 그들은 단독 혹은 두세 명으로 조를 짜서 밤거리를 휘저으며 상습적으로 범행을 일삼는다는 내용이었다. 쌍둥이 형제가 쏟아내는 정보가 사실이라면 주변 일당을 한꺼번에 소탕할 기회가 찾아온 것이다.

나는 소속 제대장과 반장에게 쌍둥이 형제로부터 확인한 내용을 지체 없이 보고하고, 그들을 검거하기 위한 작전 회의에 들어갔다. 그 결과, 하룻밤 사이에 무려 부축빼기범 12명을 한꺼번에 소탕하는 성과를 올리게 됐다. 이들 일당의 범행 횟수는 32회로 총 800여만 원의 금품을 절취한 것으로 확인됐고, 검거된 일당 중 한 명이 중국집 주방장으로 일한 경력이 있어서 이들에게는 '소림사파'라는 별명을 붙여주기도 했다. 바로 이 사건 덕분에 나는 부축빼기의 세계에 입문했다. 그 후에 수백 명의 부축빼기범을 검거하여 '부축빼기 검거 일인자'로 등극했으며 소매치기의 세계로 입문하여 또다시 대대적인 소탕 작전을 펼칠 수 있었다. 수사도 결국에는 이렇게 꼬리에 꼬리를 물고 그 영역을 확장해가는 것이다.

물론 이런 결과를 '쌍둥이 형제를 우연히 만난 결과'라고 할 수도 있다. 그러나 이는 필연일지도 모른다. 매일 거리로 나서서 검문을 하고, 검거율을 올리기 위해 쪽방을 찾아보자는 의견을 제시하고, 사소한 단서도 놓치지 않고 끈질기게 추궁한 일이 만들어낸 필연 말이다.

수사 과정에서 지름길이란 없다. 고민을 통해 더 나은 수사 방법을 찾을 수는 있겠지만, 어느 단계를 건너뛰어 갑자기 범인을 잡을 수 있는 '행운의 기회'라는 것은 없다. 꾹꾹 눌러 밟듯이 상황과 사람을 관찰하고, 증거를 수집하고, 집요하게 추적할 때만 '나만의 수사 영역'을 확실하게 만들어낼 수 있다.

치다

일반적으로 '치다'에는 '손이나 손에 든 물건으로 세게 부딪게 하다'라는 의미가 있으며 '화투를 치다', '헤엄을 치다', '목을 치다' 등 여러 맥락에서 쓰인다. 그런데 형사들은 다음의 세 가지 의미에서 일반인과 다르게 '치다'를 사용한다.

첫 번째, 구속영장과 압수수색영장을 검찰에 신청하는 일을 두고서 '영장을 친다'라고 말한다. 검찰의 경우에는 판사에게 영장을 신청하는 것을 동일하게 말한다. 두 번째, '보안을 친다'라고도 자주 사용한다. '보안을 철저하게 유지하다'라는 의미다.

팀장 : 야, 오늘 우리 회의한 거 보안 잘 쳐야 한다. 보안이 생명이야!

팀원 : 네!

마지막으로 검거 현장에서 '치다'를 사용한다. 검거 작전을 신속하게 실행하라는 뜻이다.

팀장 : 야! 지금이야, 쳐!

흔히 강력범죄자들을 현장에서 검거할 때는 형사들의 손에도 무기가 들려 있는 경우가 많다. 영화에도 흔히 나오듯이 각목이나 야구방망이를 소지한다. 범죄자들에게 어떤 무기가 있을지 모르기도 하고, 그들이 차량으로 도주하려 하면 일단 앞 차창부터 깨뜨려야 한다. 그래야 그들의 시야가 방해되어 효율적으로 검거할 수 있다. 이런 상황을 본 시민들이 '조폭들 사이의 결투'로 오해하여 경찰서에 신고하는 일이 종종 있다.

'형사의 촉'을
키우는 방법

범죄를 해결했다는 뉴스에 '형사의 촉'이라는 말이 가끔 등장한다. 아주 사소하거나 별로 의심스럽지 않은 물건, 상황, 말 한마디 등에서 형사의 예민한 느낌이 작동하고 그것으로 범인을 검거했을 때 쓰이곤 한다.

이 '촉'이라는 것은 과학적으로 설명하기도 참 어렵고, 설사 그것을 느꼈을지라도 뭐라고 제대로 설명하기가 쉽지 않다. 그런데도 형사의 촉은 분명 있다고 생각한다. 다만 이런 형사의 촉도 무슨 특별한 제3의 능력이라기보다는 오랜 현장 수사에서 몸에 배어든 예민함일 것이다. 그 촉을 만드는 요인은 지난한 땀과 노력, 그리고 범인을 잡고 싶다는 간절함이다.

"범인 잡는 노하우가 어딨어?"

형사팀의 일원이 되면 다른 선후배들과 다양한 사건을 접한다. 사건 배당은 자신이 받고 싶다고 해서 받는 것이 아니기 때문에 여러 분야의 범죄를 다루게 된다. 자신이 배당받고 싶었던 사건이 아니어도 각각의 범죄를 대할 때는 관심을 기울여 그 범죄 영역을 반드시 정복해 보겠다는 자세를 가질 필요가 있다. '이런 유형의 범죄에 관한 한 내가 최고의 지식과 경험을 가져보겠다'는 강한 의지로 접근하면 형사로서의 능력이 더욱 빨리 키워진다. 내가 부축빼기범에서 소매치기범으로 옮겨 간 것도 이런 욕심이 강했기 때문이다.

부축빼기범의 영역을 개척하다시피 해서 어느 정도 경지에 오르자 소매치기범이 내 눈에 들어왔다. 그런데 소매치기범은 같은 형사라도 누구나 쉽게 접근할 수 있는 분야가 아니다. 전담 형사가 아니라면 매우 도전하기 힘든 분야가 바로 소매치기범이다. 전설적인 선배 형사가 많지만, 어떤 분은 퇴직할 때까지 유독 소매치기범을 한 번도 잡아본 적이 없는 경우도 있다. 나는 '범죄 사냥꾼이라면 그래도 우리 주변에서 흔히 발생하는 범죄들은 한 번쯤 다 인지해서 범인들을 조사하고 검거해보는 것이 진정한 형사의 길이 아닐까?'라는 생각을 해본 적이 있다.

우선 새로운 범죄의 세계로 진입하려면 일단 복잡한 심경이 된다. 이제까지 접해본 영역이 아니기 때문에 지식과 경험이 부족하다는 생각에 내가 정말로 이 사건을 자신 있게 해결할 수 있을까 약간 불안해진다. 그래서 관련 범죄를 많이 해결해본 형사에게 노하우를 물어보고 싶은 생각도 끼어든다. 나도 소매치기범 검거 1위인 어느 형사에게 물어본 적이 있다.

"김 형사, 소매치기범 잡는 방법 좀 알려줄 수 있을까?"

"뭐? 그런 방법이 어딨어? 그냥 소매치기 범죄가 자주 발생하는 곳에 가봐. 그럼 잡을 수 있어."

사실 그의 대답은 하나 마나 한 말이다. 사람이 많은 장소에 가면 강도를 잡을 수 있고, 빈집이 많은 지역에 가면 빈집털이범을 잡을 수 있다는 말이 아닌가?

물론 그의 말을 이해하지 못하는 것은 아니다. 자신이 어렵게 터득한 수사 노하우를 다른 형사에게 선뜻 알려주기가 쉽지 않을 수 있다. 어쨌든 누군가에게서 노하우를 전수하지 못했으니 오기가 더 생겼다.

'그래! 내가 혼자 힘으로 소매치기범을 잡는 모습을 꼭 보여주마!'

먼저 팀원들과 함께 소매치기가 빈번하게 발생하는 장소로 무조건 나갔다. 대형 백화점 주변의 지하상가 계단, 지하철 환승역과 계단, 지하철 객차 내의 출입구, 백화점 할인 매장 코너, 사람들이 붐비는 노점과 시장, 쇼핑몰, 버스 정류장 등을 돌아다녔다. 그렇게 일주일…… 정말 발에 땀이 나도록 뛰어다녔지만 단 한 명의 소매치기범도 검거하지 못했다.

'아, 내 능력이 겨우 이것밖에 되지 않는다는 말인가!'

서서히 포기 단계로 들어설 때였다.

말할 수 없는 그 느낌

그날도 한 명도 잡지 못한 채 철수하기 위해 남대문시장에서 시청 방향으로 인도를 따라 터벅터벅 걸어갈 때였다. 맞은편에서 걸어오던 20대 후반의 남자 3명이 내 옆으로 스쳐 지나가는데 뭔가 이상한 느낌이 들었다. 그것이 바로 형사의 촉이었을까? 곧바로 팀원에게 눈짓한 뒤 그들을 서서히 쫓기 시작했다. 그때 그 남자들이 앞서 걷고 있는 20대 중반 여성의 핸드백을 손으로 건드리면서 열려고 했다. 그는 무의식적으로 자기 핸드백을 가슴 안쪽으로 끌어당겼지만, 그것이 소매치기 때문이라고는 생각하지 못한 듯했다. 그 남자들은 범행을 멈추고 다시 기회를 노리기 위해 그를 계속 뒤따라갔다. 그 모습을 지켜보자니 드디어 소매치기범을 만났다는 생각에 갑자기 심장 박동이 빨라져 쿵쾅거리면서 긴장이 되고 손바닥에 땀이 나기 시작했다. 당시의 느낌이 얼마나 강렬했는지 지금도 생생하게 기억날 정도이다.

우리 팀원들은 순식간에 흩어져 현장을 계속 미행했다. 여성이 걸어가다가 시내버스 정류장에 멈춰 서서 버스를 기다리며 서 있자 소매치기범들도 그의 핸드백을 호시탐탐 노리는 모습이 눈에 보였다. 버스가 도착하여 20대 중반의 여성이 정차한 시내버스에 올라타려고 앞문으로 걸어가자 소매치기범들 중 하나가 재빨리 그 여성의 앞으로 나서며 버스 승강대 두 번째 계단 위로 올라섰다. 그러고는 양손을 벌려서 버스 안에 설치된 쇠기둥을 잡고 뒷사람이 승차할 수 없도록 막아서면서 "아저씨, 이 차 서울역 가요?"라고 물었다. 1분도 안 되는 그 짧은 시간에 소매치기범들 중 다른 한 명이 핸드백 측면을 손으로 잡고 면도칼로 위로 올려서 찢었다. 속칭 '올려치기'라는 수법이었다. 나머지 한 명은 그 뒤에서 다른 사람들이 보지 못하도록 바람막이 역할을 했다. 지갑이 탈취되는 그 순간, "잡아!"라는 소리와 함께 우리는 소매치기범을 검거할 수 있었다. 지난 일주일 동안 허탕을 치고 내 능력을 탓하며 좌절했던 생활이 단 한 방에 보상받는 것 같았다.

이때부터 드디어 소매치기들의 행동과 특성이 눈에 들어오기 시작했다. 왠지 모르게 부자연스레 다른 사람을 따라가면서 주변을 힐끗거리는 모습, 그들이 범행을 저지를 때의 주변 분위기 등을 익힐 수 있었다. 그다음부터는 일사천리였다. 후배 형사와 커피숍에서 커피를 마시면서 창밖을 바라보다가도 소매치기범을 잡으러 뛰어나갔고, 쇼핑하다가도 소매치기의 모습이 눈에 들어와 잡았다.

소매치기 범죄로의 입문 과정은 나에게 많은 교훈을 줬으며, 이제 형사 생활을 막 시작하려는 사람들에게도 소매치기에 관한 한 조언자 역할을 제대로 할 수 있을 것이다. 중요한 것은 범인이 내 곁을 스쳐 지나갈 때 그 '쎄한 느낌'이다. 그게 무엇에 의한 것인지는 설명하기 어려운데, 말 그대로 '형사의 촉'이 발동된 것이리라. 어쩌면 범인을 잡는 노하우보다 더 중요한 것이 바로 형사의 이 촉일지도 모른다. 느낌만으로 범인을 잡을 수는 없지만 전체 방향을 알려주는 매우 중요한 역할을 한다.

돌아보면 이런 형사의 촉도 내 노력을 투자한 결과이다. 허탕 친 일주일이 결코 무의미한 과정은 아니었다. 머리로는 끊임없이 소매치기를 생각하고 발로는 걸어가면서 계속 사람들을 관찰했던 시간이 축적되어 만들어진 결과니까 말이다. 남들한테 뭐라고 딱 부러지게 설명할 수 없는 이런 능력들이 결국 '베테랑 형사의 범인 잡는 노하우'가 될 것이다.

범인을 잡을 때도
돈이 필요하다

가끔 형사에 관한 언론 보도를 보면 '수사할 때 돈이 모자라 사비를 쓴다'는 내용이 나온다. 영화에도 형사들이 수사비가 부족해 곤란을 겪는 장면이 나오곤 한다. 그러다 보니 일반인도 '형사의 수사비는 도대체 얼마야?'라는 궁금증을 가진다.

일단 수사비는 크게 기본 수사비와 사건 수사비로 나뉜다. 기본 수사비의 경우 대도시에서는 한 달에 30만 원, 지방에서는 27만 원이다. 사건 수사비의 경우에는 일단 사비로 사용한 후 청구하면 지급해주지만, 예산이 모자라면 청구 금액에서 깎이는 일이 다반사이다. 그래도 한 달에 평균적으로 18만 원 정도는 사건 수사비로 받을 수 있다. 이 두 종류의 한 달 수사비를 합치면 대도시에서는 48만 원, 지방에서는 45만 원 정도가 된다.

하지만 이 정도의 비용은 실제 수사에 들어가는 비용에 비하면 턱없이 부족하다. 수사비에 관해 형사 1,300여 명에게 설문한 결과를 신문에서 읽은 적이 있다. 실제 수사비는 지급되는 수사비의 3배가 넘는 수준이었다. 이런 문제 때문에 형사들은 결국 사비를 쓰게 된다. 가정이 있는 형사의 경우에는 그렇게 사비를 털지도 못한다.

안타까운 점은 수사비가 모자라면 수사가 중단되기도 한다는 것이다. 인지 수사의 경우 첩보를 얻는 과정에서도 돈이 든다. 때로는 밥도 사고 술도 사야 한다. 그러나 현저하게 부족한 수사비로 감당되지 않으니 더 이상 인지 수사가 진행될 수 없는 것이다. 우리나라 경제도 많이 발전했고 세금도 많이 걷힌다는데 형사들의 수사비도 좀 더 올려줬으면 하는 바람을 가져본다.

형사에게도
연기력이 필요하다고?

형사는 범인만 잘 잡으면 된다고 생각하지만, 그렇게 하기 위해서라도 다방면의 능력이 필요하다. 추리력이 좋고 배짱과 근성만 있다고 해서 베테랑 형사가 되는 것은 아니다. 흔히 형사를 가리켜 좋은 말로는 '팔방미인'이라 하고, 나쁜 말로는 '잡놈'이라 한다. 그만큼 다양한 능력을 지녀야 한다는 의미다.

그중에서 '연기력'도 필요하다. 형사에게 무슨 연기력까지 필요하냐고 의아해할지도 모르지만, 실제로 경험해보면 연기력은 중요한 요소 중 하나이다. 범인들 속으로 잠입해 검거하는 작전이라면 연기력이 결과를 좌우할 수 있다. 진짜 범죄자처럼 말하고 행동해야 인정받을 수 있기 때문이다.

형사, 강도 피의자가 될 뻔하다

웹사이트에는 전과자들이 만든 카페가 꽤 있다. 서로 함께 범행할 사람을 모으고 범행 방법에 관한 이야기도 나눈다. 형사는 늘 이런 부분까지 모니터링할 필요가 있다. 2003년 2월의 어느 날에도 모 포털 사이트의 전과자 카페에서 나는 신분을 숨긴 채 모니터링하고 있었다. 그때 '별'이라는 닉네임을 가진 녀석이 "현금 1억 원을 털 수 있는 곳을 알고 있다. 함께 일할 사람이 필요하다"라고 나에게 쪽지를 보내왔다. 나도 얼른 "일할 때 쓸 수 있는 대포 차량이 있다"라고 답장하면서 그가 미끼를 물기를 기다렸다. 역시나. 그는 '당장 만나자'고 연락해 왔다.

일단 팀원들과 작전 계획을 짠 후 현장에 나갔다. 팀원들은 주변에서 잠복근무를 하기 시작했다. 나는 우선 범죄를 모의하던 그들을 만나서 믿음을 줘야 했다. 그때 필요한 것이 바로 연기력이었다. 나는 "얼마 전에 주먹을 잘못 썼다가 폭력으로 구속됐는데 집행유예로 풀려났다. 돈이 급히 필요해서 합류하게 됐다"라고 범행 동기를 전했다. 그동안 무수히 만났던 범죄자를 생각하면서 표정과 어투에 대한 도움을 받았다.

그렇게 의기투합이 되자 그들은 현장 답사를 하자고 제안했고, 내 차를 탄 범인들과 함께 간 곳은 용인의 어느 야산 쪽이었다. 그들은 그곳 아파트에 단둘이 사는 60대 중반의 노인 부부를 노리고 있었다. 현금이 많아서 요즘 여기저기 땅을 사려고 돌아다닌다는 이야기였다. 그런데 일행 중 한 명이 '떡 본 김에 제사 지내자'면서 지금 당장 범행을 하자고 재촉했다. 오늘은 현장만 답사할 줄 알았던 나는 순간 얼음이 되어버렸다. 만약 이 녀석들이 정말로 범행한다면? 형사인 나도 특수강도 피의자가 되는 셈이다. 내가 신분을 밝히더라도 한꺼번에 3명을 감당할 수 없고, 범죄에 단련된 그들은 곧장 칼을 꺼낼지도 모를 일이었다. 어쩔 수 없이 나는 다소 약한 모습을 보이면서 제동을 걸기 시작했다.

"아니, 근데 지금 당장…… 준비도 안 됐는데 어떻게 하자고. 뭐 방법이라도 있어요?"

그러자 '별'이라는 녀석이 자신 있다는 표정으로 씨익 웃더니 차량 시트 아래를 들추며 방위병 복장을 꺼내 들었다.

"방위병으로 위장하려고 해요. 그러면 대부분 안심하고 문을 열어주거든요. 동사무소에서 왔다고 하면서 들어가는 거죠. 낮에 그 집으로 들어갔다가 새벽에 노인네들을 끌고 내려와 차에 싣고는 은행을 돌면서 돈을 찾게 하면 돼요."

그런데 '별'은 나를 쳐다보면서 한마디 더 했다.

"그리고 노인네한테 비밀번호를 불라고 할 때는 형씨가 인상 한번 쓰면 도움이 될 거고……."

그래도 형사인 내가 그토록 인상이 더러웠단 말인가! 거기다가 범죄자를 연기하며 따라온 나에게 인상 쓰는 연기를 또 하라니. 울지도 웃지도 못하는 상황이 아닐 수 없었다. 분위기는 거의 곧바로 범행으로 옮길 태세였다. 여기에서 제동을 걸 마지막 승부수를 던지는 수밖에 없었다.

범죄자와의 기싸움에서 연기력은 필수

"그런데 너무 갑작스러워서…… 오늘은 지하 주차장 구조를 좀 더 확인하고 CCTV 위치와 개수를 파악해야 하지 않을까요? 그래야 나중에 경찰한테 안 붙잡힐 텐데 말이죠."

마치 그들의 완전범죄를 꾸며주기라도 하는 듯 형사의 전문 지식으로 그들을 도와주는 척했다. 그들도 경찰에 쫓기는 것은 싫었던지 더 이상 불만을 가지지 않고 일단 그날은 철수하기로 했다.

안도의 한숨을 내쉬며 사무실로 돌아온 나는 검거 작전 회의에 들어갔다. 노부부의 집에 미리 숨어 있다가 그들이 들어오면 검거하자는 의견부터 그곳으로 이동할 때 적당한 장소에서 그 앞뒤를 차로 막자는 의견도 있었다. 하지만 그런 상황들이라면 모두 범행 도구를 들고 있는 상태에서 충돌을 피하기가 힘들다. 자칫 시민들이 다치는 상황이 벌어질지도 모른다. 따라서 범죄자들이 범죄를 저지르려고 출발하기 직전에 검거하자는 쪽으로 의견이 모였다.

드디어 디데이. 잠복하고 있던 형사들이 속속 모여드는 범죄자들을 한꺼번에 덮쳐서 모두 강도예비죄 현행범으로 체포했다. 그들을 조사하다 보니 '별'은 또 다른 공범 3명과 손님으로 가장하여 카페에 침입해서는 여사장을 인질로 잡아 350만 원을 빼앗은 강도 사건의 주인공이기도 했다. 물론 그 범행에 함께 가담했던 공범 3명도 추가로 검거하여 모두 7명을 구속하는 쾌거를 이뤄냈다.

이렇게 형사가 직접 범죄자가 되어 범죄 조직으로 잠입하는 경우는 그리 많지 않다. 사건에 대한 욕심이 많고 당장 눈앞에 보이는 위험도 별로 두려워하지 않는 나의 천성이 작동한 결과이다. 하지만 자신이 정말로 원한다면 이처럼 온몸을 던져서도 수사를 할 수 있다. 이렇게 얻은 검거 실적이 총 7명의 강도 사건 범죄자이니 만만치 않은 실적이다.

꼭 이렇듯 범죄 조직에 잠입하는 경우에만 연기력이 필요한 것은 아니다. 범죄자를 잡아 온 후 조서를 꾸미면서 기싸움을 할 때도 제대로 연기할 필요가 있다. 일단 범죄자가 잡혀 오면 그때부터는 치열한 머리싸움이다. 범죄자는 형사가 얼마나 알고 있는지, 혹은 경력이 어느 정도 되는지 '간'을 보기 시작한다. 형사가 초짜라고 생각되면 아무래도 범죄자도 자신감이 생기면서 주눅이 잘 들지 않는다. 이때 형사가 연기력을 통해 자신이 얼마나 베테랑인지, 혹은 해당 범죄에 대한 전문 지식이 얼마나 많은지를 충분히 보여줘야 한다. 물론 그러기 위해서는 충분한 지식이 사전에 갖춰져야 하지만, 아무리 많은 것을 알아도 제대로 된 연기력으로 보여주지 않으면 범죄자가 형사와 기싸움을 하려 들게 마련이다. 얼굴이 동안이라거나 착하게 생겼다면 연기력으로라도 범죄자와의 기싸움에서 기선을 잡아야 한다.

형사님이 하신 잠입 수사,
그거 불법 함정수사 아닙니까?

함정수사라는 말을 들어봤을 것이다. 일반적인 방식으로 수사하기 어려울 때 형사가 함정을 파놓고 범인이 걸려들면 이를 통해 범인을 색출하는 수사 방식이다. 어떤 사람들은 이런 함정수사 자체를 모두 불법이라고 생각하기도 한다. 하지만 꼭 그런 것은 아니다. 함정수사는 두 가지로 분류된다.

범의제공형 함정수사 | 여기에서 '범의犯意'는 '범행 의지'를 말한다. 이는 상대에게 범행을 하겠다는 의지가 없는 상태에서 이를 불러일으키는 함정수사이다. 예를 들어 마약에 호기심이 많은 사람이기는 하

지만 마약을 투약할 의사나 그것을 판매할 의사가 없는 사람인데 그에게 접근해 마약을 건네주며 '야, 마약 한번 해봐' 혹은 '마약을 팔면 너도 돈 벌 수 있어'라고 꼬드겨서 그가 마약을 투약하거나 판매하면 이를 체포하는 방식이다. 이는 불법적인 수사 방식이다.

기회제공형 함정수사 | 애초에 범행 의지가 없는 경우와는 달리 범행 의지는 있지만 범행 기회가 없는 경우가 있다. 마약을 팔려고 소지한 사람이 있을 때 형사가 마약 구매자로 위장해 마약을 사겠다고 접근하거나 제3자를 내세워 같은 방법으로 접근하여 그가 마약을 팔 때 검거하는 수사 방식이다. 이런 방식은 합법적인 수사이다.

앞에서 내가 잠입한 사건의 경우, 애초에 '별'을 비롯해 나머지 공범들에게는 범행 의지가 충분히 있었다. 현장 답사 명목으로 갔을 때도 곧바로 범행하려고 했으니 오죽했겠는가. 따라서 내가 잠입했던 수사는 '범의제공형'이 아니라 '기회제공형'이기 때문에 합법적인 수사라고 볼 수 있다.

설득과 위로,
범죄자를 대하는 태도

죄는 미워하되 사람은 미워하지 말라는 말이 있다. 하지만 처음 사건을 접하고 수사해보면 죄도 밉지만 사람은 더욱 미워진다. 뻔뻔하게 거짓말로 자기 무죄를 주장하거나 잔머리를 쓰면서 형사의 말을 부인하는 그들의 모습을 보고 있자면 미워지지 않을 도리가 없다. 나 같은 경우는 17시간이나 화장실에도 가지 않고 조서를 꾸민 적이 있다. 내가 화장실에 다녀오면 범죄자는 아무리 짧은 시간이라도 생각할 틈을 가지게 되고 마음의 여유도 번다. 이를 차단하기 위해서라도 '적과의 한판 승부'를 벌여야 한다. 그러나 이런 강한 힘만이 범죄자를 압도하는 것은 아니다. 때로는 설득도 필요하고 위로도 있어야 한다. 그들도 결국 인간이기에 이런 접근이 그들의 마음을 녹일 수 있다.

인간적인 공감의 힘

경찰서에 잡혀 왔다고 자기 범행을 순순히 자백하는 범죄자는 거의 없다. 현행범으로 잡혀도 최대한 자기 잘못을 줄이기 위해 노력한다. 물론 최고의 설득은 당연히 증거이다. 증거 앞에서도 이를 부인하는 경우가 있지만, 어쨌든 범죄자의 논리적 모순을 드러내고 증거를 내밀면 상당수는 자기 범죄를 인정하게 된다. 하지만 끝끝내 인정하지 않을 경우에는 별도의 설득법도 필요하다. 이때의 설득법은 해당 사건과는 전혀 무관하게 오히려 '인간적인 설득'에 가깝다고 할 수 있다.

만약 범죄자가 남자라면 '남자답게 속 시원하게 말하고 빨리 끝내자'라는 설득도 한다. 일상 속에서도 '남자답게'라는 말이 자주 쓰인다. 요즘 같은 남녀평등 시대에 '남자답게'라는 말이 고루하게 들릴지 모르겠다. 하지만 조서를 위한 설득의 과정에서는 꽤 잘 먹히는 말이다. '남자답지 못하다'는 말은 쩨쩨하고 치졸하고 졸렬하다는 의미다. 어떤 면에서 범죄자의 자존심을 긁는 말이기도 하다. '남자답게'는 '당당하다'는 이미지와도 연결된다. 그래서 비록 죄는 지었지만 그에 대한 벌을 받을 때는 당당해야 하지 않겠냐면서 '남자니까 대범하게 말해보라'고 설득한다.

부모님에 대한 안타까움도 범죄자들의 마음을 움직일 수 있는 방법 중 하나이다. 어린 시절을 어떻게 보냈는지 전부 알 수는 없어도, 누구나 가슴 한쪽에는 부모님을 애틋하게 여기는 연민과 사랑이 남아 있다. 특히 자신을 위해 고생하신 부모님이 있다면 부모님 생각만으로도 마음이 짠해진다. 범죄자 자식을 둔 부모님의 마음, 그리고 정 정당당하게 벌을 받고 새사람으로 거듭나기를 바라는 부모님의 희망 을 말하는 것은 그들이 경계심을 누그러뜨리고 진실을 고백하는 힘 이 되어준다.

함께 공감해주는 것도 매우 좋은 방법이다. 사람은 무조건 몰아붙 인다고 다 굴복하지 않는다. 하다못해 쥐도 궁지에 몰리면 고양이를 문다지 않는가. 어느 정도의 증거를 가지고 궁지로 몰아가다가도 풀 어줄 때는 풀어줘야 수사에 잘 협조한다. 이렇게 풀어주는 방법 중 하 나가 바로 공감이다. "사람을 죽일 정도로 미워하게 되는 당신의 마음 도 인간적으로 이해된다"라고 말하면 범인은 자신을 이해해주는 사 람이 있다는 생각에 위로를 받는다.

꼭 강력 사건이 아니라 당직을 서면서 술에 취해 싸운 사람들의 마 음을 진정시킬 때도 이 공감은 큰 효력을 발휘한다. 새벽 시간에 경찰 서로 걸려오는 신고 전화의 상당수는 술을 마시고 폭력을 휘두른 경 우이다. 가해자를 경찰서에 데려와도 흥분 상태에 있기 때문에 조사 자체가 잘 진행되지 않는다. 이럴 때 "당신의 기분을 충분히 이해한 다"라고 말해주면 역시 가해자는 있는 그대로의 사실을 털어놓곤 한 다. 또 범죄자들은 어릴 때 어려운 가정환경에서 자란 경우가 많다. 그들 자신의 어린 시절 이야기가 나올 때 "그래, 너도 어릴 때 힘들었 겠구나"라며 동정 아닌 동정을 해주면 형사의 마음 씀씀이에 고마워 한다.

그 쓸쓸한 송치 전날의 밤

그러나 범죄자들이 어느 때보다 위로받아야 할 때는 송치 전날 밤이다. 송치는 형사가 모든 조사를 끝낸 후 구속된 피의자와 함께 조서와 증거 등을 모두 검찰에 보내는 것을 말한다. 이 단계에 이르면 형사는 일이 끝나서 시원하지만, 범죄자는 이제부터 본격적인 재판이 시작되어 험한 수감 생활을 해야 한다는 점에서 매우 큰 절망에 빠진다. 그리고 자신을 잡은 형사에 대해서도 화가 치밀 수 있다. 그런 앙심은 형사에게도, 또 피의자 본인에게도 좋지 않다. 그래서 송치 전날 밤에는 늘 그 마음을 풀어주려고 한다. 먹고 싶은 것이 있다고 하면 사주기도 하고 "나 때문에 네가 벌을 받는 게 아니고, 네가 죄를 지어서 벌을 받는 거야"라는 말을 한다.

이렇게 범죄자를 위로하는 것은 구속 후에도 계속되곤 한다. 강도질로 빼앗은 장물을 유통하려다가 검거되어 5년의 형기를 살던 어느 범죄자에게서 계속 편지가 왔다. 한번 만나고 싶으니 자신을 꼭 면회해달라는 이야기였다. 그를 면회했더니 헤어진 어머니를 찾아달라는 부탁과 함께 자기 마음이 너무 힘드니 상담사를 좀 데려와달라고 말했다. 상담사는 따로 구할 수 없어 프로파일러와 함께 가서 그의 마음을 위로해주고, 또 어머니도 찾아줬다. 그 후에 그는 내가 자신을 갱생의 길로 이끌었다면서 얼굴 모자이크 처리도 없이 방송에 함께 출연했다. 이렇게 나쁜 관계도 다독여놓으면 범죄자가 형기를 끝마치고 난 뒤부터는 좋은 관계로 계속 이어지기도 한다.

어떻게 보면 형사의 일이 그저 냉철하게 범죄자를 잡아들여 처벌하는 것만은 아니다. 그들의 마음을 이해하고 위로하며 공감해주면 그들은 형사와 특별한 관계를 맺게 된다. 물론 언제 끊어질지 모르는 사이여서 깊은 관계로까지 나아가지 못한다고 해도, 형사는 그들이 다시 희망을 품은 채 올바른 길로 향하도록 도와주는 조력자 역할을 할 수 있다.

강해야 할 때는 강하고, 부드러워져야 할 때는 부드러워질 수 있는 형사가 일도 잘한다. 그런 점에서 형사는 심리 전문가이기도 하다. 상대의 표정, 몸짓, 말투 하나에서 심경의 변화를 읽어야 하고 그 입에서 나오는 말이 거짓인지 참인지, 혹은 참이더라도 거짓이 어느 정도 섞였는지 예민하게 살펴야 한다. 그 과정에서 강하게 압박할지, 부드럽게 설득할지를 판단할 수 있다. 형사라는 직업, 참으로 매일매일이 역동적이고 흥미진진하지 않은가?

뻗다

일반적으로 '뻗다'는 말은 가지나 덩굴이 길게 자라나는 것, 혹은 발이나 팔을 길게 뻗는 것 등을 의미한다. 또 술에 많이 취하거나 고되게 일하고 나서 무아지경으로 침대에 드러누워 있는 상태를 '뻗었다'라고 표현하기도 한다. 형사 용어로 '뻗다'는 피의자가 증거를 마주하고도 무조건 부인하는 것을 의미한다.

형사1 : 어떻게 조사는 잘되고 있어? 증거도 많다며?

형사2 : 아니, 완전히 막무가내로 뻗어버리는데!

이렇게 피의자가 뻗어버리는 상황이면 형사는 난감할 수밖에 없다. 그래도 어쩌랴. 또 다른 증거, 또 다른 논리로 치열하게 범죄자와 싸우면서 진실을 밝혀나가는 수밖에!

인터넷에서 찾아내는
범죄자의 흔적

실적에 대한 부담감을 가지지 않는 형사는 단 한 명도 없다. 관내에서 발생해 신고가 들어온 사건은 그 자체로 해결해야 하고, 또 실적을 챙기는 인지 및 첩보 수사도 해야 하기 때문에 작은 부담감이라고는 말할 수 없다. 고급 범죄 첩보를 제공하는 정보원이나 지인이 많아서 사회적으로 이슈가 되는 굵직굵직한 사건만 입맛대로 골라 인지하여 해결할 수 있다면 더할 나위 없이 좋겠지만 그게 어디 쉬운 일이겠는가. 정보원과 지인이 갑자기 하루이틀 만에 뚝딱 생겨나거나 만들어지는 것도 아니고, 모두 충분한 시간을 들여야만 가능해지는 것들이라 막막한 면이 있다.

하지만 형사 개인의 노력에 따라 얼마든지 쉽게 정보원을 구성해

관리하고, 일 좀 하는 형사라는 말을 들을 수 있다. 그것은 바로 인터넷을 최대한 활용하는 방법이다. 이렇게 하면 범죄에 대한 인지가 좀 더 쉽고 빠를뿐더러 범죄자와 직접 연결되는 행운까지 누릴 수 있다.

범죄자들만의 키워드

지금과 같은 디지털 세상이 펼쳐지기 전에 형사와 범죄자는 '다른 세상'에 살았다. 범죄자들은 그들만의 어두운 세상에서 그들끼리 정보를 교환하고 범죄를 모의했다. 반면에 형사는 그들과 완전히 유리된 상태에서 그들을 잡으러 다녀야 했다. 최선의 방법이 정보원을 심어두거나 자신이 직접 잠입하는 것이다. 형사와 범죄자 사이에 직접 소통하거나 접촉하는 일은 결코 쉽지 않았다. 그런데 세상이 변하면서 이제까지 분리되어 있던 둘이 '함께 노는 물'이 생겨났다. 바로 인터넷 세상이다.

과거에 인터넷은 '정보의 바다'라고 불렸지만, 이제는 정보를 넘어 일상의 거의 모든 일을 해결할 수 있는 '만능의 바다'가 되어가고 있다. 소비를 하는 것도, 새로운 사람을 만나는 것도, 사람과의 관계를 쌓아가는 것도 모두 인터넷으로 가능하다. 인터넷을 사용하지 않는 일반인이 없다는 말은 곧 범죄자들도 인터넷에서 각종 범죄를 모의하고, 범행 도구를 입수하고, 범죄 방법을 검색한다는 사실을 의미한다. 특히 SNS는 공범을 구하는 최적의 수단이다. 서로 모르는 사람끼리 만나야 꼬리를 잡힐 일이 줄어든다는 점에서 오히려 이런 방법을 선호하는 범인들도 있다.

바로 이런 점을 역이용하여 범죄자들이 드나드는 SNS의 길목 곳곳에 덫을 놓아 함정을 팔 수 있다. 덫을 놓으려면 우선 범죄자들이 자주 들락거리는 웹사이트를 찾아야 한다. 익히 알고 있듯이 네이버 카페, 다음 카페, 페이스북, 인스타그램, 카카오톡과 카카오스토리를 비롯한 여러 채팅 사이트를 뒤져야 한다. 그때 이런 유형의 제목이나 키워드를 발견할 수 있다.

- 한탕하실 분
- 돈 필요하신 분
- 강하게 일하실 분
- 좋은 계획 있는 분
- 전과자
- 장물

이런 것들이 보이면 실제로 범죄에 관심이 있는 듯 댓글을 달거나 그 게시글에 남겨진 연락처, 메시지, 메일 등으로 먼저 연락하여 정말로 범죄를 저지르려는지 간을 볼 수 있다. 상대가 전문 범죄꾼이라면 바로 입질해 오기 때문에 이를 잘 요리하다 보면 그가 모의하는 범행 계획과 이미 행해진 범죄 경험담 등을 확인할 수 있다.

범죄자도 인터넷을 사용한다

범죄 혐의가 짙은 상대와 접선하는 데 일단 성공했다면 범인 검거는 절반 이상 성공한 것이나 다름없다. 전화로 통화하거나 직접 만나면 그는 자기 무용담을 술술 풀어놓기도 한다. 그러면 이를 잘 기억했다가 사무실로 돌아와 경찰 전산망 데이터베이스에 접속해 검색한다. 그와 연루된 미제 사건을 찾을 수도 있고, 그러지 못하더라도 크게 실망할 필요는 없다. 강도를 모의하고 계획하는 단계에서도 강도음모 죄로, 범행에 필요한 흉기까지 준비되어 있다면 강도예비죄로 처벌이 가능하다.

형사 자신이 범죄를 실행하려는 카페를 직접 개설해서 활동하는 것도 괜찮다. 나는 직접 개설한 '장물왕OK'라는 카페를 통해 강도살인 2건에 3명, 강도 8건에 15명, 절도 21건에 35명 등 총 31건에 53명을 검거했다. 이 정도면 상당한 실적이다. 다만 이 카페는 범죄자에 대한 수사에 '불구속 수사 원칙'이 적용되면서 폐쇄할 수밖에 없었다. 특히 초범일 경우에는 구속이 잘되지 않았고, 이 카페에서 단속된 범죄자들이 "장물왕OK는 서대문경찰서 강력팀장이 운영하는 곳이다"라고 소문을 내면서 범죄자들의 발길이 끊겼다. 더구나 누군지 알 수 없으나 '범죄 카페'라고 신고해서 블라인드 처리가 되었다.

하지만 이렇게 어려운 점이 있더라도 인터넷을 통한 범죄자 물색은 매우 효과적인 수단이다. 다음과 같은 몇 가지 원칙을 지키면 범죄 카페를 효율적으로 운영할 수 있다.

- 카페 접속 중인 사람과의 대화를 시도하여 범죄 혐의점에 대해 간 보기
- 한줄메모창에 휴대폰 번호를 남겨서 유인하기
- 범의제공형 함정수사에 휘말리지 않도록 유의하기
- 장물아비 위장 시에 경찰 신분이 노출되지 않도록 철저한 보안 유지(불구속 수사 시에 입단속 철저)
- 자신이 개설한 카페에서 실제로 범죄 모의가 일어나지 않도록 메인 화면에 범죄자들이 연락해 올 휴대폰 번호나 이메일 주소만 남긴 채 모든 기능을 정지하고 모니터링하기

물론 인터넷을 활용하여 범죄자들을 유인하고 그들의 어두운 발걸음이 머무는 곳으로 들어가는 방법은 훨씬 많다. 나보다 젊은 형사들이 오히려 더 인터넷에 익숙할 것이다. 중요한 점은 범죄자들도 인터넷을 매우 효과적으로 활용해 범죄를 저지른다는 것이다. 이런 점을 염두에 둔다면 그들의 행적을 분명 추적해낼 수 있을 것이다.

범죄의 진화와
형사의 자기계발

범죄의 특징 중 하나를 말하라면 아마도 '끊임없는 진화'를 손꼽을 수 있을 것이다. 사회 시스템이 변하고, 과학 기술이 발전하고, 돈의 흐름이 바뀌기 때문이다. 흔히 '신종 범죄'라고 일컬어지는 것들이 이런 종류이다. 중요한 점은 이런 신종 범죄가 바로 범죄자들의 머릿속에서 탄생한다는 것이다. 일반인은 범죄자들을 흔히 '나쁜 놈'이라고만 생각하지만, 사실 그들은 나름대로 '머리 좋은 놈'이기도 하다. 이 사회의 시스템에서 교묘하게 허점과 틈새를 찾아내고 그 안에서 범죄를 기획하려면 머리가 좋아야 한다. 다만 그 좋은 머리를 나쁘게 쓸 뿐이다.

바로 여기에서 형사들도 새롭게 거듭나려는 노력을 끊임없이 해나가야 한다. 신종 범죄 수법을 연구하는 것은 물론이고 보다 효율적으로 수사하는 방법을 스스로 개척해야 한다. 그러면 자기 실적도 빠르게 쌓을 수 있을 뿐만 아니라, 결과적으로 그로 인한 이득은 모두 국민의 안전으로 이어진다.

드론이 대신하는 잠복근무

최근에 드론은 여러 분야에서 많이 사용되는 첨단 기기다. 경찰도 드론을 수사에 활용한다. 산악에서 실종된 사람을 드론으로 찾기도 하고, 유골 주변을 샅샅이 뒤져보기 위해 드론을 띄우기도 한다. 나는 이렇게 드론이 보편적으로 사용되기 훨씬 이전부터 수사에 활용될 가능성을 파악하고 드론 자격증을 딴 후 본격적으로 활용했다. 가장 대표적인 것이 바로 가짜 표백제 사건이었다.

정식 표백제를 만드는 어느 회사에서 "시중에 우리 제품과 비슷한 가짜 제품이 돌고 있다"라는 사실을 경찰에 신고했던 모양이다. 이런 사건이 쉬워 보여도 사실 어려운 사건일 수 있다. 유통 단계를 따라가다 보면 제일 윗선을 잡을 수 있을 것이라고 예상하지만, 중간책들이 "나도 가짜 표백제인 줄 모르고 들여와서 소매점에 뿌렸다"라고 하거나, "공장이 어디 있는지는 모르고 물건만 공급받았다"라고 해버리면 더 이상 추적하기가 쉽지 않아진다. 아니나 다를까. 이 사건을 제보받은 경찰서에서 윗선까지는 추적하지 못한 채 사건이 마무리됐다.

그 후에 우리 팀에서 이 사건을 맡고 나서 다시 추적하기 시작했다.

우리 관내에도 가짜 표백제가 있다는 사실이 밝혀져 후속 수사를 진행하는 데는 문제가 없었다. 면밀하게 추적해 들어가다가 의심스러운 지역에 공장이 있다는 사실을 알게 됐다. 물론 이런 경우에는 잠복을 할 수 있다. 공장에서 가짜 표백제가 운반되는 상황을 목격하면 더 많은 단서를 얻을 수 있기 때문이다. 그러나 공장 지대는 사람이 많이 오가는 곳이 아니라 한적한 곳에 있다는 점이 문제였다. 이곳에서 낯선 차량이 잠복한다면 이를 발견한 범죄자들이 당분간 공장 운영을 멈추고 잠적할 가능성이 있었다.

그래서 떠올린 아이디어가 바로 드론이었다. 형사가 잠복하지 않고도 잠복 효과를 충분히 얻으려면 드론이 제격이었다. 150미터 상공까지 넘나들며 들키지 않고 차량 번호판을 정확히 찍어내므로 아무런 의심도 받지 않고 현장 상황을 확인할 수 있다. 이렇게 현장을 오가는 차량 번호를 조회하며 계속 추적을 이어가다가 결국에는 가짜 표백제를 만드는 공장 2곳을 연달아 발견하고 관련자들을 색출할 수 있었다. 알고 봤더니 이미 경찰 조사를 받은 '중간책'이라는 녀석이 실제로 공장을 운영한 윗선이었다.

가짜 표백제 사건에서 큰 공을 이룬 주인공은 드론이었다. 주변의 눈을 피해 범죄자들을 안심시키면서 차량 번호까지 정확하게 확인해 줬기 때문이다. 특히 차량 번호판을 따는 일은 사실 사람보다 드론이 더욱 정확하다. 차가 획 지나가면 번호가 잘 보이지 않을뿐더러, 그렇다고 번호판을 확인하자고 그 차의 앞을 가로막을 수도 없는 노릇이다. 드론에는 촬영 기능이 내장되어 있기 때문에 그 화면을 정지해 확대하면 손쉽게 확인할 수 있다.

드론은 다른 잠복근무에도 활용된다. 최근에는 잠복이라고 해도 예전처럼 한 장소에서 주야장천 기다리는 방식이 아니다. 통화 기록이나 카드 내역 등으로 범죄자의 행동반경이 주로 어디인지를 알 수 있기 때문에 이런 사실이 특정된 이후에는 범죄자가 나타날 만한 시간에 드론을 띄우면 손쉽게 검거할 수 있다. 이렇게 수사 과정에서 형사의 피로감을 줄여준다는 큰 장점이 있다.

캠코더의 다양한 쓰임새

캠코더도 그 활용도가 매우 높은 수사 장비다. 내가 처음으로 캠코더를 수사에 활용하기 시작한 것은 1990년대 초반이다. SBS 방송국이 개국할 당시였다. 그때 캠코더는 전문가들만 사용했을 뿐 형사가 수사에 활용하는 예는 없었다. 특히 가격이 무척 비쌌기 때문에 경찰서에 공금으로 사달라고 요구하는 것도, 사비로 구입하는 것도 너무 무리였다. 지금으로부터 30년 전에 100만 원 정도였으니 형사 월급으로 산다는 것은 매우 곤란했다. 결국 초기에는 용산전자상가에 있는 지인에게 빌린 캠코더로 촬영하기 시작했다. 캠코더를 수사에 활용하려고 처음 생각했던 것은 그때 부축빼기범을 한창 잡으러 다니고 있었으므로 증거 입수를 위해서였다. 부축빼기 범죄는 현장 이외에는 딱히 증거가 없다. 범인들이 술 취한 사람의 지갑을 훔쳐 가기 때문에 피해자는 자기가 피해를 당하는지도 모르고, 나중에 보면 지갑이 없어졌을 뿐이다. 게다가 그들은 현금만 빼고 지갑을 버리므로 거의 증거를 남기지 않는다. 이런 상황에서 캠코더는 매우 유리한 증거 수집 방법이었다.

그런데 이렇게 하다 보니 캠코더의 전혀 다른 쓰임새(?)를 하나 발견하게 됐다. 바로 캠코더에 의한 범인 검거 현장 촬영분이 언론 홍보에 매우 좋은 자료가 된다는 사실이다. 한번은 팀원들과 함께 범인을 검거하는 장면이 TV 뉴스를 탄 적이 있다. 그 장면을 본 사람이 "언론사랑 같이 출동했나 봐?"라고 물어봤다. 사실 그렇게 물어보는 것이 당연하다. 마치 방송기자가 찍은 것처럼 생생한 범인 검거 장면이 보도를 통해 나갔기 때문이다. 하지만 사실은 전혀 아니었다. 그 촬영분 자체를 우리가 찍어서 방송국에 준 것이었다.

특히 방송기자들은 이런 생생한 장면을 매우 좋아한다는 사실을 깨달았다. 그다음부터는 방송기자들이 아예 "그 사건, 혹시 촬영해놓은 것 없어요?"라고 물어봤다. 그러면 나는 얼른 "예, 당연히 있죠"라면서 건네줬고, 그러면 그 사건을 집중적으로 더욱 자세하게 보도해줬다. 수사에 활용하려 했던 캠코더가 언론의 생리를 알게 해주고, 또 국민에게도 경찰의 활약상을 알리는 부가적 이득을 얻게 한 셈이다.

세상도 변하고 사람도 변한다. 그래서 많은 직장인에게 그토록 자기계발이 강조되는 것이다. 변화하는 세상을 효율적으로 따라가야 하기 때문이다. 형사도 마찬가지다. 범죄가 진화하고 범죄자도 머리를 쓰는 마당에 형사라고 과거의 방법으로만 수사할 수는 없다. 수사 시간을 줄이고 피로도 덜하도록, 그리고 더 많은 국민에게 우리 활동을 알릴 수 있도록 형사에게도 끊임없는 자기계발이 요구된다.

은퇴 후를 위한 형사의 자기계발

형사는 현직에서의 자기계발만이 아니라 은퇴 후 노년을 위한 자기계발을 미리 해놓을 필요도 있다. 어떤 직업이든 은퇴한 후에는 다소 비슷한 삶의 경로를 거친다. 자기 경력을 살려서 제2의 직업을 갖거나, 혹은 연금에 의존하기도 한다. 어떤 경우에는 몸은 건강해서 편의점에서 일하는 등 힘든 일도 마다하지 않는다. 그런데 일선에서 형사로 일했던 사람들은 다소 다른 길을 걷곤 한다. 이것도 하나의 '직업병'이라고 하면 그럴 수 있다.

형사들은 오전 9시에 출근해 오후 6시에 퇴근하는 내근직 경찰과는 달리 다소 불규칙한 생활을 하게 된다. 그래도 국민의 생명과 신체와 재산을 보호하고 공공의 안녕과 질서를 유지하는 데 공헌한다는 사명감 하나 때문에 강인한 정신력으로 잘 버텨낸다. 하지만 경찰관 제복을 벗고서 시민으로 되돌아가면 그렇게 건강해 보이던 형사들도 5년 안에 세상을 등지는 일이 종종 생긴다.

경찰관으로서의 사명감을 지고 있을 때는 체력보다 정신력으로 버틴다. 시민으로 돌아오면 그동안 멍에처럼 짊어졌던 사명감도 함께 내려놓게 되고, 그와 동시에 자신을 지탱해줬던 정신력이 순식간에 약해진다. 그러다가 호시탐탐 기회를 노리던 병마가 한꺼번에 몰려와서 무너지고 마는 것이다. 이렇듯 국가와 국민을 위해 자신을 희생하는 삶을 살았지만 평온한 노년을 맞이하는 분이 그리 많지 않다는 것은 슬픈 현실이 아닐 수 없다.

이런 슬픈 현실을 허무하게 겪지 않으려면 경찰관 스스로 건강하고 아름다운 노년을 미리 설계하는 자세가 필요하다. 초임 형사일지라도 자신의 먼 미래에 대해서 한번 생각해봐야 한다. 나 역시도 초임 형사 시절이 엊그제 같지만 벌써 30년이라는 세월이 흘렀다. 언제나 돌아보면 쏜살같이 지나가는 것이 시간이다. 또한 국가와 사회가 자기 삶을 희생해 헌신한 경찰관들이 노년에 슬픈 현실을 맞닥뜨리지 않도록 충분한 복지와 많은 배려를 아끼지 말았으면 하는 바람을 가져본다.

검경 수사권
조정의 필요성

검찰과 경찰의 수사권 조정에 대한 논란은 몇 해의 짧은 일이 아니다. 이미 9년 전인 2011년에도 '청와대 주도 형사소송법 개정 합의안' 논의 과정에서 '검사가 모든 수사를 지휘'하고, '검사의사법경찰관리에대한수사지휘및사법경찰관리의수사준칙에관한규정(이하 '수사준칙')은 법무부령으로 제정'하려는 움직임이 있었고, 당시에 전국의 현장 경찰관들은 독소 조항이 가득한 법안을 바로잡아야 한다고 목소리를 높였다. 현장 경찰 토론회를 거쳐 '수사경과 반납 운동'을 전개하여 나를 비롯해 수사 경찰관의 70퍼센트 이상에 해당하는 전국 16,000여 명의 경찰관이 '수사경과 포기'를 선언했을 정도이다.

더 나아가서 수사준칙 대통령령 강제조정안 발표와 관련하여 다시 현장 경찰 토론회가 개최됐고, 수많은 경찰관이 형사의 상징인 수갑까지 반납하는 퍼포먼스를 진행하여 당시에 여러 신문에 큰 이슈가 되었다. 이뿐만이 아니었다. 현장 경찰관들이 국무총리실 공식 SNS에 '국무총리님! 현장 경찰 의견을 들어주세요'라는 요청 게시글을 올려서 일선 경찰 8명과 국무총리의 간담회 자리도 마련됐다. 그자리에 뜻을 같이하는 경찰관들과 함께 참여해 국무총리를 만나서 대통령에게 받은 근정포장까지 반납하며 국무총리실의 수사권 강제조정안에 문제점이 많다는 것을 설명했다.

그러나 이런 노력에도 불구하고 수사준칙 대통령령 강제조정안은 개선되지 않은 채 그대로 시행됐다. 검찰의 수사 지휘를 받는 경찰은 한마디로 발이 묶인 상태나 마찬가지다. 마음대로 내사를 할 수도 없고, 수사를 할 수도 없고, 설사 검사의 지휘로 수사를 했더라도 수사를 종결할 권리도 없다. 나는 '세무서장·룸살롱 업주·조직폭력배'의 삼각 커넥션을 추적하던 중에 검사가 어떻게 수사를 방해할 수 있는지를 여실히 느꼈고, 그때부터 검경 수사권 조정이 반드시 이루어져야 한다고 생각했다.

수배자가 검찰에 가서 자수한 이유

2011년 초반부터 검경 수사권 조정을 둘러싸고 첨예한 대립이 이어져오다가 결국 국무총리실에서 이를 강제조정하는 것으로 결론이 났다. 경찰은 거의 모든 수사 과정을 검사에게 보고하고 수사 지휘를 받도록 되어 있지만, 관행적으로 검사의 지휘가 없어도 내사를 진행하면서 수사하다가 혐의가 없을 경우에는 사건을 자체적으로 종결하고, 그 사건 기록 일체를 검찰에 송치해왔다. 하지만 검찰은 이 부분에서 경찰이 수사 활동을 자유롭게 하지 못하도록 족쇄를 채우며 모든 수사에 대해 검사의 지휘를 받아야 한다고 반발했다. 경찰의 수사마다 사사건건 검사의 지휘를 받아야 한다면 한마디로 자유로운 수사의 권리가 완전히 사라진다고 해도 과언이 아니다. 구속영장 청구권도 검사가 가지고 있으니 경찰은 검사의 말만 기다릴 수밖에 없는 처지다. 더구나 변호사가 된 전직 판검사에 대한 전관예우는 범죄를 덮어주고 범죄자를 옹호하는 최악의 상황까지 만들어낸다.

한번은 세무서장과 룸살롱 업주, 그리고 조폭이 연루된 사건을 인지했다. 룸살롱 업주는 세금을 포탈했다가 10억 원의 추징금으로 두들겨 맞았지만, 세무서장은 소멸시효를 넘겨서 결손처분으로 추징금을 내지 않는 방법을 알려주는가 하면, 세무서장이 룸살롱 업주에게 1억 5천만 원을 빌려주고 1년 6개월 동안 8,700만 원의 이자를 받았다. 사채라고 해도 상상할 수 없는 이자이다. 그러니 이는 정상적인 이자가 아닌 뇌물에 가깝다고 판단하여 수사를 시작했다. 이 사실을 알게 된 룸살롱 업주와 여기에 관련된 조폭은 도망을 다니기 시작했고, 우리는 법원 판사로부터 체포영장을 발부받아 그들을 기소중지로 지명수배하고 신병을 확보하기 위해 추적 수사에 나섰다.

하지만 그들이 우리가 쫓는다는 것을 어떻게 알았는지 상황이 묘하게 돌아가기 시작했다. 도망을 다니던 룸살롱 업주가 갑자기 검찰에 가서 자수해버린 것이다. 그리고 변호사를 선임했는데, 알고 보니 전관예우를 받는 지청장 출신의 변호사였다. 그날로 룸살롱 업주의 수배는 해제됐고, 담당 검사는 수사 지휘권 행사라는 구실로 불구속 상태에서 자진 출석을 시켜서 조사하라는 수사지휘서를 붙여 사건 기록을 보내왔다. 이 같은 수법으로 나머지 도망자 2명도 줄줄이 검찰에 가서 자수를 하는 것이 아닌가?

그 뒤에는 우리 수사팀에 대한 범죄자들의 반격이 시작됐다. 룸살롱 업주와 조폭들은 나와 팀원을 국가인권위원회에 제소하고 청탁 수사와 인권 유린 등으로 고발했다. 장장 7개월 동안 어렵게 진행해온 수사가 범죄자들의 구속이 아니라 우리 자신이 고발되는 결과를 낳다니.

그러던 중 검찰에서 수사 지휘가 내려왔다.

"불구속 송치할 것."

이미 도망간 이력이 있고 증거 인멸 가능성도 충분한데 아무리 구속영장을 신청해도 번번이 법원에 청구되지 않았다. 검찰에서 결국 피의자들을 불구속으로 송치하라는 지휘를 보내왔지만, 도저히 이를 받아들일 수 없었다. 왜냐하면 한창 수사할 당시에도 세무서장과 지청장 출신인 담당 변호사와 현직 검사 세 사람이 함께 강남의 한 음식점에서 식사했다는 첩보를 입수했기 때문이다.

"이것 봐라? 수사 대상인 세무서장이 검찰 관계자와 밥을 먹어?"

우리는 세무서장의 휴대폰과 카드 사용 내역을 압수하는 영장을 신청했다. 그런데 담당 검사는 도리어 나에게 이렇게 얘기했다.

"감정을 가지고 수사하면 안 됩니다! 좀 더 수사해서 법원의 판단을 받아보죠."

우리가 특정인에 대해서 의도적으로 나쁜 감정을 가지고 '사람을 죽이려는 수사'를 하고 있다는 의미다. 애초에 일면식도 없는 그들에게 우리가 무슨 감정을 가질 것인가? 적법한 절차로 명확한 혐의에 대해 영장을 신청하는데 '감정'이 들어 있느냐고 반문하는 자체가 이미 검사에게는 '감정'이 생겼다는 뜻이 아닐까?

더구나 카드 사용 내역과 휴대폰 통화 기록만 열어봐도 모든 것이 명쾌하게 드러나는 일이었다. 그것조차 하지 못하고 우리는 전관예우, 검사의 불구속 수사 지휘, 영장 불청구에 모든 손발이 묶인 것이나 마찬가지였다. 범죄자를 잡는 과정에서 서로 도와주고 협업해야 할 검사가 경찰의 각종 영장신청을 한낱 쓸모없는 종이 쪼가리로 만들어버리는 무소불위의 권력을 휘두르며 수사를 방해하기까지 했다. 이는 내가 직접 경험한 일이었다.

만약 경찰이 룸살롱 업주에게 1억 5천만 원을 빌려주고 1년 6개월간 8,700만 원을 이자로 받았다면 어땠을까? 경찰은 100만 원, 아니 10만 원만 받아도 뇌물 성격으로 의심되면 구속과 파면이다. 그런데 세무서장은 그 수백 배에 달하는 돈을 받고도 검찰의 비호 아래에 여유롭게 법망을 빠져나갔다.

경찰과 검찰 사이의 견제와 균형

민주주의의 가장 기본적인 원리는 '견제와 균형'이다. 누군가에게 권력이 집중되면 필히 문제가 생겨난다. 그래서 경찰도 검찰의 감시와 견제를 받아야 하지만, 검찰도 경찰의 감시와 견제를 받아야 한다. 그래야 비로소 '균형'이 이루어진다.

하지만 현재까지도 구속영장과 압수수색영장 등 모든 영장은 검찰을 거쳐서 판사에게로 가야 한다. 이런 현실은 범죄자들, 특히 힘 있고 돈 있는 범죄자들이 검찰로 가서 얼마든지 경찰의 구속을 피하고 처벌도 면할 가능성을 열어놓고 있다. 물론 극히 일부의 비리 검사들 이야기일 수 있다. 그러나 이런 일이 내게도 일어났고, 여전히 버젓이 벌어지고 있다면 분명코 이를 막을 방법이 있어야 한다.

검경 수사권 조정 문제는 단순히 검찰과 경찰의 자존심 싸움이 아니다. '누구의 권한이 더 세냐?'는 파워 게임도 아니다. 이것은 민주주의의 문제이다. 민생 현장에서 국민과 함께하는 사람이 바로 경찰이다. 그런 경찰이 자유로운 수사 활동을 하지 못하고 판사에게 직접 영장을 신청하는 것조차 불가능하면 그 피해를 보는 사람은 결국 국민일 뿐이다.

여성을 위한
범죄 예방 상식

요즘 여성 대상의 범죄가 사회적인 이슈로 적지 않게 보도되고 있다. 일반 범죄도 최대한 생겨서는 안 되지만, 특히 여성은 신체적으로 남성보다 약하다는 점에서 더욱 범죄의 표적이 되기 쉽다. 경찰대 치안정책연구소가 발간한 『치안 전망 2020』 보고서에 따르면 2020년에도 가정 폭력과 데이트 폭력 등 여성 대상 범죄가 증가 추세를 보일 것이다. 특히 데이트 폭력의 경우 지난해 1~9월 1만 5,150건이 신고됐는데 전년 동기와 대비하면 8.4퍼센트나 늘어난 것이다. 이외에 여성을 대상으로 하는 강도와 강간 사건도 매우 많다. 강력 범죄 피해자 10명 중 8명이 여성이라는 통계도 있다. 형사 생활을 하면서 알게 된 여성 범죄 수법을 설명하려고 한다. 잘 숙지한다면 자신을 더 안전하게 지킬 수 있을 것이다. 이것이 범죄의 손아귀에서 완전히 벗어나게 해주지는 못할지라도 그 피해를 최대한 줄일 수 있다면 다행이다.

| 후미 추돌을 당했다고 차에서 무작정 내리지 마라 |

먼저 자동차 사고와 관련된 것이다. 범죄자들은 지하 주차장이나 후미진 곳에서 여성을 대상으로 범죄를 저지르는 경우가 종종 있다. 예를 들어 한적한 곳에서 후미 추돌로 교통사고를 낸다. 이렇게 하면 여성이 차량 밖으로 나오게 되는데, 바로 이때가 범죄를 저지르기에 좋은 기회가 되어준다. 자기 차가 피해를 입었다고 생각하면 누구든지 차 밖으로 나오지 않을 수 없다. 그들은 바로 이런 상황을 악용하는 것이다.

따라서 '한적한 곳에서 다른 차가 자기 차의 후미를 추돌하는' 상황이 생기면 무작정 내려서는 절대 안 된다. 일단 차량의 문을 잠근 상태에서 주변을 둘러보라. 공범들이 서서히 제 모습을 드러낼 준비를 하고 있을지도 모른다. 아예 내리지 않고 차창을 조금만 내린 상태에서 대화해도 된다. 어차피 차량 밖에서 대화를 하나, 차량 안에서 대화를 하나 그 내용은 동일하다. 보험으로 처리하겠다는 등을 말하거나 명함을 주고받는 행동이 전부이다. 굳이 차량에서 내리지 않아도 충분히 가능한 일이다.

여성 전용 주차장은 여성에게 매우 안전하다는 느낌을 주지만 오히려 '여성 전용'이기에 범죄 표적이 될 수 있다. 당연히 남성은 주차하지 않을 것이라고 생각하기 때문이다. 비록 여성 전용 주차장이라고 해도 완전히 안심해서는 안 된다. 차량에 탑승하면 시동부터 걸지 말고, 일단 문부터 잠근 후에 시동 거는 일을 습관화해야 한다. 여성이 차량에 탑승한 후 다소 안전하게 느끼는 그 순간, 범죄자가 문을 열고 침입할 수 있기 때문이다.

택시도 안전을 위협받을 수 있는 공간이다. 특히 택시 안에서 성범죄가 일어날 수도 있고, 손님이 원하는 곳이 아니라 전혀 다른 곳으로 이동할 수도 있다. 일단 택시를 탈 때는 반드시 뒷자리에 타고, 대시보드에 부착된 택시면허 속 사진과 실제 운전자가 동일 인물인지 확인해야 한다. 혹시나 있을지 모를 범죄 의지 자체를 꺾어버리는 방법도 있다. 택시에 타자마자 "휴대폰을 사무실에 두고 왔는데 기다리는 부모님에게 전화를 하고 싶다"면서 운전자의 휴대폰을 빌려달라고 부탁하는 것이다. 이렇게 하면 택시 기사의 휴대폰 번호가 부모님의 휴대폰에 남기 때문에 범죄를 계획했다가도 아예 포기하게 된다.

│ 반드시 공인중개사와의 동석을 요구하라 │

이사를 전후해서 여성의 집을 보러 왔다가도 범죄를 저지를 수 있다. 심지어 그 여성의 집에서 강도강간 사건이 일어난다. 예를 들어 '집을 보러 왔다'면서 집에 들어와 둘러보다가 갑자기 강도로 돌변하여 미리 준비한 흉기로 위협하는 것이다. 또 손발을 묶거나 성폭행을 한 후 카드 비밀번호를 알아내어 돈을 뽑아서 도주하기도 한다.

설사 공인중개사와 함께 찾아왔던 사람이라도 완전히 안심해서는 안 된다. 공인중개사와 같이 집으로 들어와서 여성이 혼자 있다는 사실을 확인한 뒤, 잠시 후에 다시 돌아와 "가구 때문에 방 크기를 정확하게 재보고 싶다"라면서 침입할 수 있기 때문이다.

따라서 집을 보여줄 때는 반드시 며칠 전에 예약을 받아야 하고, 집에는 2인 이상이 있어야 한다. 그래야 저항이 두려워 범죄를 저지르지 않기 때문이다. 물론 공인중개사도 없이 혼자서 찾아왔다면 당연히 공인중개사와 동석할 것을 요구해야 한다.

│ 폭력을 쓰는 남자는 범죄자이다 │

데이트 폭력은 여성을 심각하게 위협하는 범죄이다. 일부 여성은 그 자체를 '폭력'으로 인식하지 않고 '남녀 다툼'으로 생각하기도 한다.

폭력을 쓴 남성이 첫 번째로 문제이지만, 이를 용인하는 여성의 인식도 문제를 크게 키운다. 폭력을 휘두르는 남자를 '범죄자'가 아닌 '나쁜 남자'로 바라보는 것도 문제이다. 나쁜 남자는 말 그대로 나쁜 남자일 뿐 멋진 남자가 결코 아니다. 일단 폭력을 당했다면 반드시 경찰서에 신고하여 상담을 받고, 서로 감정의 골이 깊어진 상태에서 만나야 한다면 많은 사람이 모여 있는 곳을 선택해야 한다. 서로 대화하다 보면 남자가 폭력을 쓰려 할 수 있는데 사람이 많은 곳이라면 자제할 수밖에 없기 때문이다.

여성은 어차피 앞으로도 범행의 주요 대상일 것이다. 범죄자들은 대개 자신보다 약한 상대에게 범죄를 저지르기 때문이다. 그런 점에서는 아동과 노인도 마찬가지다. 경찰이 앞장서서 최대한 안전한 사회를 만들어야 하지만, 그 전에 스스로를 지키는 힘을 기른다면 그나마 좀 더 안전한 생활을 할 수 있을 것이다.

이제, 피해자에게
희망을 드리겠습니다

어떻게 보면 두서없는 나의 긴 글을 읽어주신 독자 여러분에게 진심으로 감사를 드린다. 30년 형사 생활을 한 권으로 정리한다는 것이 이렇게 어려운 일인 줄 처음 알았다. 경찰 지망생들에게도 도움이 되어야 한다고 생각하니 더욱 부담스러웠던 것이 사실이다. 하지만 경찰 생활의 면면을 가감 없이 듣고 싶어 하는 분들도 분명 있다는 점에서 힘들어도 책 한 권은 꼭 내야겠다고 생각했다.

출간 작업을 하면서 그동안 잊었던 피해자의 얼굴이 무수히 떠올랐다. 그때 내가 느꼈던 감정도 함께 되살아났다. 사실 범인을 잡으려는 형사의 열정은 피해자의 눈물에서 생겨난다. 사랑하는 가족을 억울하게 잃은 사람들의 애통한 눈물, 잘 먹지도 못한 채 누군가를 위해 소중하게 모은 돈을 억울하게 날린 사람들의 절망적인 눈물은 형사의 두 다리를 뛰게 만든다. 30년간 나의 활동으로 그분들의 아픔과 슬픔을 조금이라도 덜어드릴 수 있었다는 것은 내 자부심이다.

그런데 안타깝게도 세상이 존재하는 한 범죄는 사라지지 않는다. 지금 이 순간에도 세상 어딘가에서는 범죄가 일어나고 있다. 그런 점에서 피해자도 끊임없이 생겨날 수밖에 없다.

경찰 생활의 정년이 다가올수록 '앞으로 내가 피해자들을 위해 무엇을 할 것인가?'라는 생각이 많이 든다. 현장에 있을 때야 내가 열심히 뛰는 것으로 그들을 도울 수 있지만, 이제 현장을 떠나면 더는 돕고 싶어도 도울 방법이 없기 때문이다. 30년 동안 나름대로 쌓아온 나의 수사 노하우가 제대로 활용되지 못하는 것도 안타까운 사실이다. 현장을 떠난 선배 형사들의 길은 제각각이다. 사업을 하기도 하고, 아파트 경비원으로 일하기도 하며, 택시를 운전하기도 한다. 그들의 모습을 보면서 나도 미래를 곰곰이 생각해보게 된다.

사건 피해자들이 가장 아쉬워하는 점은 적절한 대응 방법을 모른다는 것이다. 물론 경찰에 신고야 하지만, 이후에 경찰관이 어떻게 수사하는지 몰라서 궁금증이 도지고, 또 자기가 할 수 있는 일은 무엇인지 몰라서 더 안타깝다. 혹시 형사가 증거를 놓치는 것은 아닌가, 그래서 범죄자를 밝혀내지 못하여 묻혀버리는 것은 아닌가 걱정이 밀려오기도 한다. 물론 모든 형사가 열심히 수사하지만 현실적으로 자신이 맡는 수사가 한두 건이 아니라면 자칫 소홀해져 더 적극적으로 파고들지 못하는 경우도 생긴다. 그럴수록 피해자들의 마음은 타들 수밖에 없다.

현장을 떠나면 나는 이런 피해자들을 돕고 싶다. 그들의 마음을 잘 알고 있으며, 그 슬픔이 얼마나 깊을 수 있는지 봐왔기 때문이다. 그동안 형사 생활을 통해 피해자들의 눈물을 닦아드렸다면, 훗날에는 피해자들에게 희망을 주는 일을 새로 시작하고 싶다. 물론 나 혼자서 할 수 있는 일이 아니라고 생각한다. 그러나 피해자들에게 도움을 주려는 사람이 많기에 이런 나의 작은 소망도 분명 이루어지리라 믿는다.

앞으로 더 많은 경찰이 열심히 활동하여 범죄가 줄어들고, 또 신속하게 해결되어 우리 사회가 조금이라도 더 밝아지길 바라며 이 책을 끝맺는다.

'서대문 레전드' 그 후…

오늘도 현장에서 뛰는 형사들에게 직접 듣는다

'서대문 레전드' 7년간은 내 인생 최고의 전성기였다. 팀원들과 함께 밤낮없이 범인을 잡아들이고, 쉴 새 없이 조서를 꾸미고, 끊임없이 구속했다. 지금 다시 반복하라고 하면 '정말 그렇게 할 수 있을까?' 의문스러울 정도이다. 하지만 일이 신나고 열정이 솟구치면 피곤한지도 모른다. 서대문 레전드 시절이 그랬다. 물론 팀원들은 몹시 힘들었을 것이다. 서대문 레전드 팀과 술을 한잔하면서 그시절을 회고했을 때 한 팀원이 이런 이야기를 했다. "아니, 형님이 그렇게 미친 듯이 하는데 우리가 어떻게 안 합니까!" 서대문 레전드 팀과는 지금도 꾸준히 연락하면서 1년에 한 번 정도는 모여서 회포를 푼다. 여전히 멋지고, 사랑스럽고, 행복을 빌어주고 싶은 후배들이다. 서대문 레전드 팀 이후에 그들은 이제 각자 다른 곳에서 다른 길을 걷고 있다. 그들의 이야기를 이 책의 마지막 부분에 담는다. 현장에서 살아가는 형사들의 또 다른 이야기를 듣고 싶은 독자들에게 도움이 되길 바란다. 더불어 〈도시경찰〉 시즌 1에 함께 참여했던 후배들의 이야기까지 담았다.

스스로 괴물이 되지 않도록

• 김범래 경감(현 서울청 지능범죄수사대 지능범죄수사팀장, 전 용산경찰서 보이스피싱 전담팀장)

내가 하는 일은… | 보이스피싱은 최근에 사회적으로 매우 심각해진 범죄로, 범죄자나 피해자뿐만 아니라 그 중간에 있는 관계자들까지 모두 물질적으로도 정신적으로도 피폐해지는 범죄가 아닐 수 없습니다. 보이스피싱 범죄에 대해서는 "나는 안 당하겠지", "누가 보이스피싱을 당하냐? 바보같이"라고 안일하게 생각하곤 하지만 선생님도, 의사도, 간호사도, 대학생도, 대학교수도, 군 장교도, 심지어 검찰 수사관과 경찰관까지 당하는 범죄입니다. 교육 수준, 나이, 성별 등 아무런 구분 없이 범행 대상이 되고 그 피해자가 연간 수만 명인 상황입니다.

특히 주변인 중 많은 사람이 보이스피싱을 당해도 창피하다는 생각에 알리지 않아 단순한 수법인데도 그 피해가 확대되는 상황입니다. 보이스피싱은 1인당 피해 금액이 수천만 원에서 수억 원에 달하기 때문에 한 집안의 구성원 모두를 좌절하게 만듭니다. 나는 외근과 내근으로 지능범과 단순범을 함께 수사하는 팀에서 이런 범죄를 전담해 수사하고 있습니다.

형사로서의 성취감과 상실감 | 잡고 싶은 범인을 잡아 구속해 최고형을 받게 할 때는 성취감이 크지만, 정말 나쁜 사기범들을 잡아서 입증해도 '빽'과 '돈'으로 풀려날 때는 적지 않은 상실감이 밀려듭니다.

정의, 그리고 열정 | 형사에게 가장 중요한 것은 가슴 한곳에 조그맣게 계속 타오르는 불씨, 바로 정의감이라고 생각합니다. 그리고 악의 무리를 접했을 때 그 불씨가 활활 타오르도록 해주는 열정이 필요하고, 그 열정을 토대로 자기 자신을 무장하는 자질을 갖춰야 합니다. 사건에 대한 이해, 법률적 지식, 체력, 의지도 있어야겠죠.

범인과의 싸움에서 이긴 후 소박한 소주 한잔 | 어느 사회나 조직이든 지탄을 받는 무리가 있기 마련입니다. 경찰도 마찬가지일 것입니다. 우리 경찰에서 그런 무리를 볼 때는 나조차 내가 낸 세금이 저들한테 쓰인다는 게 아깝기만 합니다. 하지만 그것으로 모든 경찰을 비슷하게 여길 수는 없겠죠. 형사는 가족과 함께하는 시간보다 범죄자를 뒤쫓는 시간이 더 많은 사람으로, 항상 앞서서 발전하는 범죄를 넘어서기

위해 월급을 쪼개어 장비를 구입하고 새로운 세계를 공부합니다. 범인과의 싸움에서 이기기 위해 구속영장 신청 시한인 48시간 동안 뜬 눈으로 밤을 지새웁니다. 범인과의 싸움에서 이기는 것으로 피해자의 한을 풀어주고서 소박한 소주 한잔에 만족하는 형사가 대부분입니다. 사회의 지탄을 받는 경찰보다 국민이 자신을 알아주리라는 생각에 오늘도 열심히 일하는 경찰이 훨씬 많을 것이라고 믿습니다.

악의 무리 앞에서 물러서지도 타협하지도 말라 | 자동차운전자보험금을 노리고 자동차로 사람을 연쇄살인한 희대의 살인마를 조사할 때 이대우 형사님의 결기 넘치던 긴장감과 그날의 분위기는 결코 잊히지 않는 형사 생활의 명장면입니다. 은신처에서 살인마를 검거한 이대우 형사님은 저녁 무렵에 서대문경찰서에 도착하여 형사과 1층 진술녹화실에서 그를 대면했습니다. 당시에 나는 수사 보조로 참여했는데, 그 둘의 상황을 숨죽이며 바라보고 있었습니다. 살인마가 입을 열었죠.

"제가 시인하면 얼마나 살겠습니까?"

저 살인마가 나에게 질문했다면 나는 이렇게 대답했을 것입니다.

"너 같은 새끼는 뒈져야 돼!"

하지만 피의자를 자극하지 않으려는 듯 이대우 형사님의 대응은 매우 차분했습니다.

"뭐…… 10년은 받지 않겠어?"

살인마는 기다렸다는 듯이 말했습니다.

"그럼 이제부터 저는 진술을 거부하겠습니다."

그때부터 시작된 무려 17시간의 피 말리는 기싸움. 새벽을 가르는 이대우 형사님의 날카로운 질문과 살인마의 태연한 대답. 식사 시간이 되어 음식을 배달시켰지만, 두 사람은 서로 음식에는 눈길도 주지 않은 채 긴장된 순간을 이어갔습니다.

전날 저녁에 시작된 이 싸움은 다음 날 오전과 오후를 지나서 다시 저녁이 되어서야 끝났고, 결국 조서도 작성됐습니다. 당시에 한창 수사를 배워가던 나는 이대우 형사님의 집념, 그 집념을 기반으로 하나하나 쌓아 올린 두꺼운 수사 기록, 냉철한 분석과 증거 수집, 괴물을 만나도 결코 물러서는 법 없이 타협하지 않는 모습에 감탄했습니다. 그날 이후 내 가슴에는 이 한 문장이 새겨졌습니다.

"정의는 우리가 만들어간다."

괴물이 되지 말자 ㅣ 철학자 프리드리히 니체는 "괴물과 싸우는 사람은 그 싸움 속에서 스스로도 괴물이 되지 않도록 조심해야 한다"라는 말을 남겼습니다. 형사는 연쇄살인범, 성폭행범, 한집안을 쑥대밭으로 만드는 사기범 등을 수사하고 조사하면서 그들과 싸우는 과정에서 때로는 범죄자와 피해자의 감정이 얽히고 전이되어 내적 고통으로 자신과도 싸우게 됩니다. 최소한의 도덕조차 없는 인간 말종들과 싸우다 보면 형사는 스스로 괴물이 되어가기도 합니다. 그때 형사 자신을 지켜주는 것은 사랑하는 가족, 수사관으로서의 명예, 정의로 악을 응징하는 성취감, 피해자를 대신한 복수 등입니다. 이런 초심을 통해 형사는 스스로 괴물이 되는 길에서 벗어나 정의로운 사람으로 거듭 날 수 있을 것이라 생각합니다.

수사는 무에서 유를 창조하는 일

• 홍종현 경사(현 서울청 지능범죄수사대 형사, 전 광역과학수사대 팀원)

내가 하는 일은… | 현재 서울지방경찰청 지능범죄수사대에서 근무하고 있습니다. 얼마 전까지는 같은 경찰청의 광역과학수사대에서 일했는데, 관할 지역은 서대문경찰서, 서부경찰서, 은평경찰서였습니다. 광역과학수사대에서는 피혐의자가 모든 범행 현장에서 범행 후에 남겨놓은 보이지 않는 지문, 유전자, 족흔 등의 증거를 채취하여 피혐의자를 특정하거나 범죄 혐의를 입증하도록 합니다. 변사 현장이나 살인 현장에 출동하여 사망자가 병으로 사망했는지, 외력에 의한 상처가 있는지 등도 검시합니다.

나쁜 놈 잡는 보람 | 형사 생활을 하면서 가장 보람 있는 때라면 단연코 월급을 받을 때와 나쁜 놈을 잡을 때입니다. 한번은 여자가 혼사 사는

집에 침입한 범죄자가 있었는데 무려 한 달 동안의 잠복 끝에 검거했습니다. 그놈에게 사회에 정의가 살아 있다는 것을 알렸을 때 너무나 보람찼습니다. 아무것도 없는 상황에서 피의자를 특정하고 수사망을 좁혀가는 과정에서는 "무無에서 유有를 창조한다"라는 말이 떠오르면서 경찰 하기를 잘했다는 생각이 듭니다. 물론 한 달 정도의 장기간 잠복은 분명 힘든 일입니다. 이삼 일에 한 번씩 집에 가서 잠깐 잠자고 옷만 갈아입는 생활을 하다 보면 지치는 것도 사실입니다.

언론이 만들어낸 오해 | 가끔은 언론 때문에 오해가 생기는 경우도 있습니다. 예전에 존속살해 피의사건을 수사하는데 방송국에서 그 피의자를 촬영하러 경찰서를 찾아온 적이 있습니다. 물론 본 방송은 피의자의 범죄 사실에 관한 내용이었습니다. 본 방송 전에 예고 방송이 나갔는데 그 예고편에 경찰이 무슨 잘못을 한 듯 보이도록 편집되어 있었던 것입니다. 그러다 보니 주변 사람에게도 경찰이 잘못했다는 식으로 알려졌습니다. 본 방송이 나가면서 그런 오해는 사라졌지만, 언론으로 인해 오해를 샀을 때는 다소 힘들었습니다.

수사 형사라면 당연히 인내심 | 형사라면 수사 능력도 물론 중요하지만 단연 인내심이 필요하다고 생각합니다. 잠복도 그렇고, 당시의 범죄 상황을 정확하게 이해하고 검거하기까지 인내심이 없으면 어떤 일도 제대로 해낼 수 없습니다. 더불어 동료들과 신뢰감을 쌓는 능력도 필

수입니다. 나중에 다른 팀, 다른 경찰서로 발령이 나더라도 거기에 적응해야 하고, 다시 일하고 싶은 '서대문 레전드'와 같은 팀워크도 만들 수 있을 테니까요.

형사를 이해해주는 멋진 아내 | 많은 사람이 '멋진 형사'를 꿈꾸지만, 형사 생활은 꼭 그렇지 않습니다. 그래서 며칠씩 이어지는 잠복과 피곤함을 이길 수 있는 체력이 반드시 필요합니다. 또 형사를 이해해주는 멋진 아내가 있다면 더 좋을 것 같습니다. 서대문 레전드 팀에서는 범래 형이 그런 경우였습니다. 잠복을 할 때면 형수님이 늘 속옷을 가져다주곤 했습니다. 나는 결혼을 못 해서 속옷을 가져다줄 사람이 없어서인지 그런 모습이 무척 부러웠습니다. 그런 멋진 아내를 얻으려면 일단 나부터 멋진 형사가 되어야겠죠?

그저 개인의 일탈일 뿐 조직의 일탈은 아니다 | 내가 만나본 많은 경찰이 정말로 깨끗하게 생활하고 피해자의 입장에서 일했습니다. 언론에서 경찰의 잘못된 행태를 얘기하면 국민들은 오해를 합니다. 또 경찰의 업무를 진행하다 보면 여러 일이 생기곤 하는데, 이를 꼭 비판적으로만 바라보는 분들도 있습니다. 그럴 때면 '괜히 힘들게 일했다'라는 생각도 드는 것이 사실입니다. 경찰도 다른 국민과 마찬가지로 조직에 있지 않을 때는 그저 개인입니다. 개인의 일탈 행위까지 경찰 조직의 일로 여기지 말고, 그냥 한 사람의 잘못이라고 생각하는 것이 맞지

않나 싶습니다.

탱크 같은 우직함 | 이대우 형사님은 별명에 걸맞게 '탱크 같은 추진력'을 가지고 있습니다. 일단 첩보를 입수해 범죄라고 판단되면 앞뒤 가리지 않고 우직하게 탱크처럼 밀고 나갑니다. 더구나 이대우 형사님이 인터넷 카페 등을 통해 국민과 소통할 때 당시에 거의 대부분의 경찰이 그런 일은 생각조차 하지 못했습니다. 그런 점에서 아이디어도 뛰어난 형사라는 생각이 듭니다. TV 출연 등을 통해 경찰에 대한 국민의 신뢰감을 향상한 부분도 분명 존경받아야 할 지점입니다.

혹독한 훈련 시간이 만드는 뛰어난 형사 자질

• 정유석 경위(서대문경찰서 방범순찰대 3소대장)

내가 하는 일은… | 각종 시위 현장에 의경 대원들을 출동시키고 그 대원들의 신상을 관리하는 등을 하고 있습니다.

짧은 비명과 구출 | 가장 기억에 남는 것은 2016년 8월 어느 여름밤에 발생한 사건이었습니다. 경찰서로 신고 전화가 걸려왔는데 아무런 신고 내용도 없이 그저 여자의 날카로운 비명만 들렸습니다. 그 소리로만 봤을 때는 매우 다급한 상황이라고 판단했지만, 문제는 추적 단서가 전혀 없었다는 사실입니다. 이럴 때 형사는 포기할 수도 있지만, 왠지 그래서는 안 될 것 같은 생각이 강렬하게 들었습니다. 피해자의 과거 신고 내역과 기지국 이동 내역을 살펴서 현재 피해자가 있는 장소를 특정하고 대원들과 들이닥쳤습니다. 그때 비명 소리의 주인공

인 여자가 남자 친구의 칼에 찔리던 상황이었습니다. 그녀를 구출해 내면서 '아, 이렇게 사람들을 도와주는 것이 진정한 경찰의 맛이자 멋이다'라고 생각했습니다. 특히 이 사건에는 이대우 형사님과 근무할 때 배웠던 수사 방식을 다양하게 접목했기에 더욱 의미가 있었습니다. 모두가 "이건 단서가 너무 없잖아?"라고 말할 때 '혹시 과거에도 신고하지 않았을까?'라는 생각을 떠올렸기에 해결할 수 있었습니다.

내가 서울청 역대 최고의 뇌물 수뢰자? | 경찰을 하면서 가장 힘들 때가 있었습니다. 어느 남성 피해자에게 12억 6천만 원을 환수해준 적이 있는데, 그 피해자가 잘못된 허영심으로 여자 친구에게 "담당 형사에게 사례금으로 4억 원을 줬다"라고 말했습니다. 그러자 여자 친구는 서울지방경찰청에 이를 제보했고, 나는 졸지에 '서울청 역대 최고 금액의 뇌물 수뢰자'가 되어 수사를 받아야 했습니다. 당시 1년 동안이나 수사를 받으면서 많은 모욕감을 느꼈던 경험이 있습니다.

형사가 갖춰야 할 '근성'에 대해 | 스승님이라 할 수 있는 이대우 형사님은 평소에도 '근성'을 많이 강조합니다. 당시에는 그저 끈질기게 수사하는 것이 근성의 전부라고 생각했지만, 근성은 단순한 끈질김 이상입니다. 특히 사건이 발생하면 단서가 없는 경우가 대부분이어서 피의자를 특정하지 못하는 일이 많습니다. 설사 피의자가 특정돼도 그의 생각과 행동반경을 추정해야 하고, 그가 나타날 곳을 선점해 기다

려야 합니다. 하지만 그 과정에서도 끊임없이 의문이 듭니다. 과연 이 사람이 피의자가 맞을까? 과연 피의자가 이 장소에 나타날까? 과연 우리가 준비한 증거에 피의자가 범죄 사실을 시인할까? 이런 과정에서 실수도 생기고, 허무해지는 경우도 있습니다. 하지만 이럴 때 포기하는 형사는 정말로 형사의 자질, 즉 근성이 없는 것입니다. 이대우 형사님이 근성을 강조할 때 당시에는 크게 귀에 들어오지 않았지만, 지금은 근성이야말로 형사가 반드시 갖춰야 할 소양이라고 생각합니다.

경찰이 없는 죄를 만든다? | 빅토르 위고의 『레미제라블』에는 장 발장을 추적하는 자베르 형사가 나옵니다. 어떤 사람들은 그 형사가 너무 가혹하지 않느냐고 비난하기도 합니다. 개인적으로 제일 못마땅하게 읽은 책이 바로 시내암의 『수호지』입니다. 여기에 등장하는 인물들은 살인, 납치, 도둑질을 일삼지만 당시의 시대 배경을 이유로 '영웅호걸'이라 불리는 반면, 그들을 뒤쫓는 관군들이 오히려 악의 무리로 묘사됩니다. 하지만 형사는 다른 사람의 평가에 휘둘리지 않고 법을 어기는 이가 있다면 분명하게 단죄해야 하는 존재입니다. 경찰 업무에 이해되지 않는 부분도 있겠지만, '없는 죄'를 만들어내어 사람을 처벌하는 것이 아니라 엄연한 위법 사항을 단속하려 한다는 것을 국민들도 이해해주셨으면 합니다.

나를 만든 혹독함 | 경찰 생활 중에서 이대우 형사님과 함께 일할 때가

가장 힘들었습니다. 원망도 많이 하고 이해가 되지 않을 때도 있었습니다. 하지만 당시의 혹독했던 생활을 극복한 지금, 어느 부서에 가더라도 인정받을 수 있는 실력을 갖췄다고 생각합니다. 경찰 생활이 힘든 만큼 자기 실력이 점점 나아지고 있다는 사실을 받아들였으면 합니다.

경찰이 조심해야 할 세 가지 | 경찰관에게는 세 가지 조심해야 할 것이 있습니다. 입조심, 성性 조심, 손 조심입니다. '입조심'은 함부로 말해서는 안 된다는 것이고, '성 조심'은 이성 문제를 경계해야 한다는 것이며, '손 조심'은 피의자에 대한 폭행을 주의해야 한다는 것입니다. 남성 경찰이 여성 피해자와 너무 친밀해져 가정이 파탄 나는 경우도 봤습니다. 더불어 경찰은 사건을 해결했을 뿐인데 돈을 건네려는 사람이 있습니다. 집요하게 돈을 안기려 하면 이것도 하나의 큰 유혹이 됩니다. 이런 유혹들을 이겨낼 수 있을 때 경찰은 진정한 '민중의 지팡이'가 되리라고 생각합니다.

경찰이 되고 싶다면 바른 인성과 인내심부터

• 손경무 경사(서울청 기동단 3기동대, 전 중앙경찰학교 지도교수)

내가 하는 일은… | 현재 서울지방경찰청 기동단 3기동대에 있지만, 그 이전에는 중앙경찰학교 학생과 지도계에서 근무했습니다. 신임 순경들은 일선에 배치되기 전에 중앙경찰학교에서 경찰관으로서 지녀야 할 투철한 사명감과 경찰 정신을 함양하고, 강인한 체력을 연마하며, 경찰 예절 및 경찰관의 기본 자세와 기본 소양을 배웁니다.

조직에서 이탈되는 자들에 대한 안타까움 | 경찰의 약 90퍼센트는 신임 순경 출신인데 이들을 교육하는 곳은 전국에서 중앙경찰학교가 유일합니다. 이곳에서 후배들에게 경찰관으로서 갖춰야 할 지식의 토대를 쌓아주는 학습 조력자로서 일하는 것은 보람찼습니다. 다만 교육을 마치고 일선에 배치되어 경찰로 생활하는 후배 중에서 음주 운전

등으로 인해 조직에서 이탈되는 상황을 지켜볼 때는 가슴이 너무 아팠습니다. 경찰 정신 및 인성 등에 대해 최선을 다하여 후배들을 교육한다고 하지만, 경찰관도 사람인지라 술에 취해 실수하곤 합니다. 그런 실수가 크면 조직에서 이탈될 수밖에 없습니다.

인성은 팀워크의 기본 | 형사가 되어서 수사하고 싶어 하는 교육생과 면담하면 나는 항상 인성을 강조했습니다. 아무리 똑똑하고 유능해도 형사 업무 자체는 혼자서 할 수 없습니다. 거의 모든 업무에서 팀워크를 바탕으로 움직이기 때문에 어느 개인이 팀에 녹아들지 않고 혼자 돌출된 행동을 하면 팀워크가 무너지게 됩니다. 그래서 언제 어디서든 '원팀One Team'이 될 수 있는 인성을 갖추도록 교육했습니다.

인내심의 중요성 | 영화에 멋있게 등장하는 형사만 떠올리고 형사를 지원하는 후배가 많은데 실제와는 다르다는 것을 말해주고 싶습니다. 예를 들면 영화에서는 잠복해서 잡기만 하면 모든 것이 다 끝나지만, 현실에서는 실제로 체포해 오면 그때부터 조서 작성과 구속영장 신청 등 또 다른 사무 업무가 산더미처럼 쌓여 있습니다. 이를 수행하기 위해서는 절대적으로 인내심이 필요합니다. 꾸준하게 자기 일을 차근차근 진행해가는 인내심이 형사에게는 무엇보다 중요한 덕목 중 하나입니다.

언론에 등장하는 경찰의 비위 | 언론에 경찰관들의 비위非違 문제 등이 보도되면 '경찰관은 모두 나쁜 놈'이라고 치부하곤 합니다. 하지만 그런 비위 경찰관과 달리 일선에서 묵묵히 치안을 유지하고 피해자의 아픔과 눈물을 헤아리면서 최선을 다해 일하는 경찰관도 많이 있다는 것을 알아줬으면 좋겠습니다.

이대우 형사란? | 그분은 딱 이 한마디면 충분하다고 봅니다. '형사 중의 형사!'

외계인인가, 사이보그인가

• 배종찬 경위(일산동부경찰서 형사과 폭력팀)

내가 하는 일은… | 신임 형사 시절에는 이대우 팀장님과 함께하면서 갖은 고생을 통해 정말로 많은 것을 배웠고, 현재는 일산동부경찰서 형사과 폭력팀에서 근무하고 있습니다.

사건이 클수록 의욕이 팍팍 | 강력팀에 근무할 때는 아무리 힘들어도 범인에게 수갑을 채울 때 그 희열, 그리고 국민을 위해 뭔가를 했다는 보람이 있었습니다. 큰 사건일수록 보이지 않는 범인을 추적하며 실체를 파악하는 것이 짜릿했습니다. 그래서 사건이 클수록 의욕이 더욱 솟았던 기억이 있습니다.

형사에게 필요한 열정 | 수사 형사라면 '피해자의 심정'이 되는 것이 중

요합니다. 그렇지 않으면 범인을 끝까지 추적할 수 있는 열정이 생기지 않습니다. 자신이 피해를 입었다고 생각하면 끝까지 추적하여 반드시 법의 심판을 받게 하겠다는 열정이 생겨납니다.

지나친 정의감? | 형사라면 당연히 정의감이 있어야 합니다. 하지만 역설적으로 말씀드린다면 그 정의감이 '지나치다(?)'면 다소 힘들어질 수 있습니다. 사건 욕심이 많아서 수사에 몰입하다 보면 자신의 개인 생활도 없어지고 가정에도 소홀해지기 마련이니까요. 물론 이런 형사가 많다면 국민은 더욱 행복해지지 않을까요? 다만 자기 것만 챙기려 하거나 타인에 대한 배려가 없는 사람이라면 아예 경찰관이 될 생각을 하지 않았으면 합니다. 정말로 경찰관이 되고 싶다면 진정으로 내가 국민을 위해 무엇을 할 수 있는지를 생각해야 합니다.

에피소드 1 이대우 형사님과의 첫 만남 | 경찰에 대해 아는 것이라고는 TV 드라마 〈수사반장〉이 전부였던 나는 경찰에 입문한 뒤 파출소에서 근무하기 시작했습니다. 하지만 술에 만취한 주취자와 씨름하고 교통 스티커를 발부하는 데 회의감이 들었습니다. 물론 그 일도 무척 중요하지만, 나는 좀 더 '현장 체질'이라고 생각하여 결국 형사과에 지원했습니다. 당시 서울서부경찰서 강력4팀에 발령받은 첫날, 내 형사 생활의 첫 조장인 이대우 형사님을 만났는데 그 첫인상은 생각보다 부드러워 보였습니다. 그러나 언제나 그렇듯 '알고 보면 나쁜

사람 하나 없다'라는 말처럼 '알고 보면 마음에 드는 사람 하나 없다'라는 점을 느끼고, 그것이 세상의 진리(?)라는 사실을 깨달았습니다 (웃음).

에피소드 2 "이제 들어가서 푹 쉬어" | 형사 업무에 대해서 아는 것이 없었던 나는 그저 시키는 대로 열심히 한다고 했지만 고참들이 보기에는 한참 모자라고 어리바리한 놈이었던 것 같습니다. 물론 내 머리가 좀 빨리 안 굴러가는 편인 것을 나도 인정하지만, 언제나 마음속에 열정만큼은 한가득이었습니다.

우리 팀은 낮에 잡무를 처리한 뒤 밤 10시쯤 되어서야 본격적으로 일하기 위해 경찰서 정문을 나섰습니다. 술에 취해 길거리에 쓰러진 사람들의 지갑을 노리는 부축빼기범을 잡기 위해 하루도 빠짐없이 밤이면 밤마다 길 위에 섰습니다. 보통 새벽 3시까지 거리를 헤매다가 범인을 잡아서 조서를 꾸미고 구속영장신청 서류를 만들면 대개는 아침 7시에서 8시 무렵이 됩니다. 그러면 이대우 형사님은 늘 이렇게 말했습니다.

"자, 이제 일 끝났으면 집에 가서 푹 쉬고……."

여기까지는 좋지만, 그 뒤에 꼬리표처럼 어김없이 따라오는 말이 있었습니다.

"……2시까지 다시 나와."

마음속으로는 "그게 푹 쉬는 겁니까!"라고 항의하고 싶었지만 그럴 수 없었습니다. 그렇게 다시 출근하면 또 밤을 새우고 아침에 잠깐 집에 갔다가 금세 나오는 고달픈 생활에 때로는 많이 지치기도 했습니다. 그런데 이대우 형사님은 그런 생활을 무척 즐기고 만족하는 것처럼 느껴졌습니다. 그때 처음으로 이대우 형사님이 인간이 아니라 외계인일 수도 있겠다는 생각을 했습니다.

에피소드 3 나에게 지병이 생긴 이유 | 어느 날 형사과장님이 나와 조장을 불러서 점심을 사줬습니다. 실적에 대한 약간의 보상 차원이라고 볼 수도 있었죠. 대화 중에 형사과장님이 이렇게 물었습니다.

"이대우 형사랑 근무하기가 힘들지 않나?"

나는 순간 멈칫했지만 당당하게 대답해야 한다고 생각했습니다.

"예, 과장님. 이대우 형사님은 밥을 안 먹이고 일을 시키십니다!"

그랬습니다. 가끔 이대우 형사님은 일이 끝날 때까지 본인도 밥을 안 먹고, 후배들을 먹이지도 않았습니다. 내 기억으로는 최장 12시간 동안 아무것도 먹지 못한 적도 있습니다. 내가 하는 일이 마음에 들지 않아 일부러 밥을 먹이지 않은 것이라는 생각까지 해봤습니다. 그때 얻은 지병으로 지금도 한 끼만 굶어도 눈이 푹 꺼져서 당최 나오지 않습니다. 그럴 때면 꼭 이대우 형사님이 생각납니다. 당시에 막내였던 나에게 이대우 형사님은 먹이지도, 재우지도 않고 일만 시켰기 때문입니다. 그런데도 나보다 체력이 좋은 것이 신기하기만 했습니다. 그때는 이대우 형사님이 인간이 아니라 '사이보그'가 아닌가 하는 생각이 들었습니다.

에피소드 4 그놈의 불평에 열 받은 이대우 형사님 | 매일같이 얼굴을 보며 지낸 강력팀 형사 두 사람이 절도범의 칼에 맞아 순직하는 일이 있었습니다. 그때를 생각하면 지금도 가슴이 아픕니다. 그놈을 잡기 위해 우리는 물론이고 나라 전체가 시끌벅적했습니다. 언론에서는 마치 그놈에게 꼭꼭 숨으라는 듯이 실시간으로 수사 상황을 유출하는 중이었고요. 민간인의 집에 숨어 있던 범인은 결국 출동한 경찰관과 대치하다가 자해를 한 후에 검거됐습니다. 스스로 복부를 찔렀기에 범인은 수술을 받고 병원에 입원했습니다. 그때 형사과에서 팀원들이 돌아가며 그놈을 감시했는데 마침 이대우 형사님과 함께였습니다. 시간에 맞춰 의사가 와서 상처 부위를 소독해주는데, 그놈은 의사가 살살 안 하고 아프게 한다고 불평하는 것이 아니겠습니까? 그때 이대우 형사님이 그놈의 불평을 듣고 열이 받았습니다.

"야, 너는 칼로 경찰관을 수없이 찔러놓고서는 소독을 받는데 아프다고 해? 야, 이 ×××, 이런 ○○○! 정말……."

피해자 모두가 내 가족이라는 생각으로

• 홍준석 경위(서대문경찰서 형사과 강력5팀)

내가 하는 일은… | 살인, 강도, 방화, 절도, 마약, 조직폭력 등 형사범들을 수사, 조사, 검거하는 서대문경찰서 형사과 강력팀에 근무하고 있습니다.

나를 행복하게 만드는 피해자의 문자 한 통 | 형사라면 누구나 끈질긴 수사를 통해 피의자를 특정하고 추적하여 검거하고, 그 범인을 조사하여 구속한 뒤 사건을 송치할 때 가장 큰 보람을 느낍니다. 하지만 피해자의 입장에서는 범인의 검거도 중요하지만 피해 보상도 중요한 일입니다. 그래서 피해자의 피해가 최대한 복구될 수 있도록 노력하는데, 실제로 피해를 보상받은 피해자가 너무나 기뻐하며 진심이 담긴 문자 한 통을 보내오면 거기에 더없이 행복하고 뿌듯해집니다.

반대로 정말 잡고 싶고 또 잡아야 하는 범인을 단서가 없어 잡지 못할 때, 수사의 한계점에 부딪혀 더는 마음처럼 진도가 나가지 않을 때, 그리고 경찰에 대한 일부 언론의 악의적 비판과 비난과 조롱을 맞닥뜨릴 때 경찰관들은 의욕이 떨어지고 자괴감이 듭니다.

모든 사건에 임하는 태도는 딱 한 가지입니다. 사건을 통해 진급하고 표창을 받고 사회적으로 유명해지겠다는 개인적 욕심보다는, 피해자가 남이 아닌 나의 가족이라는 생각으로 같이 걱정하고 고민하며 반드시 해결해야겠다는 의지를 갖는 것입니다. 그리고 그런 마음으로 함께할 수 있을 때 더 좋은 결과로 보상을 받는다고 믿습니다.

형사라면 반드시 갖춰야 할 능력 | '반드시' 갖춰야 하는 능력이라면······ 법률 지식, 수사 감각, 많은 사건을 통한 노련함, 팀 선후배 사이의 두터운 믿음을 꼽을 수 있지 않을까 싶습니다. 기나긴 잠복근무, 며칠 밤 CCTV 영상을 수십 번 돌려보면서 범인을 찾고 쫓으며 유추하는 과정, 풀릴 듯했는데 막다른 길에서 꼬여가는 진술과 현장과 증거······ 이런 순간에 느끼는 답답함을 이겨내려면 인내력도 매우 중요합니다.

빠르게 변하는 범죄 수법 | 이대우 형사님은 사건에 대한 열정과 추진력이 엄청나서 '탱크'라는 별명이 있습니다. 그로 인해 함께 근무하는 팀원들이 조금(?) 힘들어하는 것도 사실이지만, 사건을 해결하여 피

해자가 기뻐하는 모습을 보면 말로 다 표현 못 할 보람이 느껴집니다. 또한 최근에 범죄자들의 범죄 수법이 놀랍도록 빠르게 변화하는 추세인데, 이대우 형사님은 거기에 대처하기 위해 부지런히 연구하고 공부하여 후배들의 모범이 되는 선배님입니다.

이대우 형사님에게 섭섭한 아내의 한마디 | 팀장님, 안녕하세요! 저는 준석 씨 와이프입니다.^^ 놀라셨나요? 팀장님을 뵌 지가 너무 오래됐어요. 저도 팀장님에게 드릴 말씀이 있어서요.

예전에 준석 씨가 팀장님과 함께 일할 때 저도 많이 힘들었어요. 이미 두 아이의 엄마인데 뱃속에는 하나가 더 자리 잡았고, 그렇게 아이 셋을 낳는 동안 산부인과 진료는 항상 저 혼자만의 몫이었으며, 출퇴근 시각이 정해져 있어도 언제 돌아올지 모르는 남편만 기다리면서 아이들과 씨름해야 했습니다(그 덕분에 성격이 많이 포악해졌지요^^).

시도 때도 없는 잠복으로 외박은 밥 먹듯 하지 전화하면 바쁘다고 야속하게 끊으라고만 하는 남편(그런데 피곤에 지쳐 잠든 남편 얼굴을 보면 화도 내지 못하겠더라고요. 다들 그러셨겠죠?), 사실 인사 발령 기간에 팀에서 나오면 안 되냐고 제가 몹시 투정을 부렸는데 꿈쩍도 하지 않았어요. 그런데 돌이켜보면 그렇게 인고의 시간을 보내는 동안 서로 얻은 것도 참 많은 것 같아요.

제 남편은 더욱 강력반 형사다워졌고, 사명감과 책임감도 더 깊어진 것 같습니다. 팀장님에게서 배운 것도 많고요. 제가 곁에서 보기에 좋았던 것은 무엇보다 팀원들 사이의 의리였습니다. 참 환상적이다, 서로에게 참 든든하겠다는 생각이 들었으니까요. 이런 팀이 천년만년 유지될 줄 알았고, 정말로 그러기를 바랐는데 어느 순간 한 사람씩 떠나가면 제가 더 아쉬운 것은 왜였을까요? 그래도 지금까지 모임을 통해 변함없이 서로를 아끼고 응원하며 결속력을 다지는 것은 언젠가 다시 한 번 함께할 수 있다는 뜻이 아닐까요? '독수리 오 형제'처럼요.

저는 힘들었지만 제 남편이 성장하는 데 디딤돌이 되어주신 팀장님에게 진심으로 감사를 드립니다. 제가 셋째를 낳았을 때 보내주신 과일 바구니는 8년이 지난 지금도 감동으로 남아 있습니다. 팀장님, 늘 건강하시고 다시 서대문으로 돌아오셔서 서대문 레전드 팀이 부활하기를 기대해봅니다.

강력반 형사라면 가족 얼굴도 한 달에 한두 번만

• 이주한 경사(서울경찰특공대 폭발물처리대)

내가 하는 일은… | 현재 나는 국내에서 발생하는 폭발물 사건에 출동하여 폭발물을 수색하고 제거하는 업무를 합니다. 대통령 행사 등 국빈 방한 행사 시에 폭발물 위험에 대하여 사전 검측 및 경호 업무를 하는 것도 내 일입니다. 폭발물처리대에 근무하는 EODExplosive Ordnance Disposal 요원은 대한민국 1퍼센트라는 자부심으로, 폭발물 신고를 받고 출동할 때는 목숨을 걸고 임무를 수행하는 사명감을 지닙니다. 그만큼 강인한 체력과 정신력을 요구하는 일입니다.

범인을 잡지 못하고 있다는 미안함 | 형사 생활을 하면서 가장 보람찼던 일은 피해자의 아픔에 공감하며 불상의 피의자를 잡기 위해 아무 단서도 없는 백지 상황에서 조금씩 범인의 윤곽을 그려가다가 마침내

범인을 특정해 검거하는 것이었습니다. 물론 그 과정에서 끝없이 잠복하고 탐문하며 범인의 실마리를 찾기 위해 단서를 쫓아가는 것은 엄청난 노력과 인내가 없으면 안 되는 일입니다. 며칠씩 집에도 못 들어가고 외근을 할 때도 있었습니다. 집에도 가고 싶고 가족도 보고 싶지만, 피해자를 생각하면 범인을 잡지 못하고 있는 나 자신이 초라하게 느껴져서 힘들어도 참고 버틴 것 같습니다.

형사의 열정 앞에 장애물은 없다 | 형사도 다재다능하면 좋겠지만, 실무적으로는 수많은 자료 속에서 범인의 단서를 찾을 줄 아는 분석 능력이 주로 필요합니다. 따라서 통신 수사, 계좌 추적, CCTV 분석 등을 위해 컴퓨터를 잘 다루는 능력은 필수적입니다. 하지만 그러지 못하더라도 그 모든 것은 범인을 잡으려는 형사의 열정 앞에서 작은 장애물에 불과합니다. 불타는 열정만 있다면 자신에게 부족한 것을 스스로 배워가며 새로운 수사 기법을 찾는 노력으로 전부 극복할 수 있습니다.

폼 나는 형사? | 대한민국에서 경찰로, 그중에서 강력반 형사로 살아가는 것은 폼 나는 일이지만, 단순히 영화나 드라마를 통해 느껴오던 감정만으로 형사를 시작하면 6개월도 버티지 못하고 도망가기 일쑤입니다. 나도 8년 동안 형사로 생활했는데 영화처럼 폼 나는 장면은 몇 장면 안 됩니다. 살인범도 잡아보고 칼 든 놈도 잡아봤지만, 90퍼

센트 이상은 범인을 쫓아서 단서를 찾아가는 지루하고도 기나긴 추적의 여정입니다. 그러니 형사를 지망하는 사람은 피해자의 아픔에 공감하는 능력과 자기 일에 대한 사명감 없이는 버티기 어려운 생활이라는 점을 알아야 합니다. 형사로 일하면서 필연적으로 쓰레기 같은 놈들과 상대하게 되는데 그 과정에서 자신도 모르게 범죄의 유혹에 서서히 젖어들 수 있으므로 극도의 도덕성도 요구됩니다.

"제발 저 좀 강력반에 뽑아주세요" | 어려서부터 강력반 형사가 꿈이었던 나는 대학교 졸업반 시절에 노량진에서 눈물 젖은 빵을 먹으며 경찰의 꿈을 키워가고 있었습니다. 저녁 늦게 집으로 돌아와서 TV를 켰는데 형사들이 범인을 추적하는 이야기가 나왔고, 그때 이대우 팀장님을 처음 봤습니다.

날카로운 눈빛에 매서운 콧날, 그리고 뭔가를 찾고 있는 듯 온통 근심으로 가득한 얼굴, 내가 생각하던 형사의 모습 자체였습니다. 퍼즐을 맞춰가며 범인을 추적하는 그 모습은 한 편의 영화를 보는 듯했습니다. 나중에야 그 프로그램이 케이블 TV에서 방송하는 〈사냥꾼 이대우〉라는 것을 알았는데, 경찰 준비를 하던 나에게는 시험공부에 더욱 전념할 수 있는 결정적 계기가 되어줬습니다.

인고의 노력 끝에 경찰에 합격한 나는 이대우 팀장님이 근무하는 서대문경찰서에 지원했습니다. 지구대에서 생활하면서 틈만 나면 팀장님을 찾아가 뽑아달라고 했습니다. 하지만 팀장님은 내가 겉멋만

들어서 강력반에 지원한다고 생각했는지 이렇게 말씀하셨습니다.

"형사 생활이 네가 아는 것 같지 않아. 너 왜 자꾸 우리 팀에 들어오려고 하냐? 우리 팀이 되면 집에도 못 가고 고생만 엄청 하는데……."

그때 나는 팀장님의 마음을 흔드는 한마디를 날렸죠.

"팀장님, 강력반 형사라면 밀린 빨래나 들고 집에 가고, 가족 얼굴도 한 달에 한두 번 보면 되는 것 아닙니까!"

그렇게 강력반에 들어가서 이대우 팀장님과 함께 일하면서 나는 서서히 형사로서의 면모를 갖춰갈 수 있었습니다. 사건이 터지면 집이고 뭐고 다 팽개치고 뛰어드는 팀장님을 보면서 대한민국에 팀장님 같은 형사만 있다면 범인 검거율이 엄청나게 증가하겠다는 생각을 하기도 했습니다. 팀장님 밑에서 형사의 기본과 사명을 뼛속 깊이 배웠습니다. 피해자의 심정으로 수사하는 형사의 길을 몸소 보여주신 팀장님에게 평생 감사드립니다.

왜 자꾸 일을 무리하게 벌이는 걸까

• 유승렬 경사(용산경찰서 수사과 전화금융사기팀)

일과 가정 사이의 선택과 집중 | 범인의 인적 사항을 특정해 검거할 때가 단연 보람차고, 특히 죄질이 나쁜 놈을 잡을 때 가장 기쁩니다. 하지만 범인이 잘 특정되지 않고 수사가 꼬일 때면 힘들고, 일에 집중해야 하는 시기인데 가정사가 겹쳐도 선택과 집중이 쉽지 않습니다. 성과지표 때문에 실적에 대한 부담감이 있는 것도 사실입니다.

좋은 형사가 되기 위한 '의구심' | 형사에게 제일 중요한 것은 범인에 관한 의구심, 사건에 대한 관심인 것 같습니다. 사건에 관해 항상 궁금해하면서 '도대체 왜 이랬을까?'라고 질문하고 '다른 방법은 없을까?'라고 고민하다 보면 결국 답을 찾게 됩니다. 그리고 이런 성취감은 다음 수사에도 분명 도움이 됩니다.

형사가 되고 싶은 사람들에게 한마디 | 형사가 된 이후에도 노량진 혹은 독서실에서 공부하던 그 초심을 잊지 않고, 내가 무엇을 할 수 있을지, 무엇을 잘하는지 계속 연구하며 고민해야 합니다. 그러면 주변에서도 당신을 자꾸 찾게 되고, 그로 인해 더 많은 기회를 얻을 수 있다는 사실을 명심하면 될 것 같습니다.

'형사 이대우'에게 배운 것이 있다면? | 이대우 팀장님을 직접 만나기 전에 TV에서도 보고 주변 동료들에게 이야기를 듣기도 했습니다. 내가 용산경찰서로 가서 함께 일해보니까 '아, 역시 힘들게 일하는구나' 싶었습니다. 그때는 '왜 이렇게 무리하게 일하지? 안 그래도 될 것 같은데 왜 자꾸 일을 벌이지?'라고 마음속으로 많이 불평했습니다. 하지만 지나고 나니 '팀을 위해서는 저렇게 할 수밖에 없었겠구나' 하고 가끔 생각납니다. 누구 못지않게 집중해서 자신이 원하는 결과를 만들어내는 팀장님의 모습을 통해 나도 많은 것을 배웠으며 지금 수사에도 도움이 되고 있습니다.

뛰는 범죄자 위에 나는 형사

• 최우철 경장(서울청 지능범죄수사대)

내가 하는 일은… | 〈도시 경찰〉 시즌 1에 출연했던 '리틀 사냥꾼' 최우철 수사관입니다. 지금은 서울지방경찰청 지능범죄수사대에 근무하면서 보이스피싱 수사를 전담하고 있습니다. 인출책이나 수거책에 대한 수사보다는 보이스피싱 콜센터나 총책에 대한 수사를 하면서 보이스피싱을 근본적으로 근절하기 위해 노력합니다.

기관과 회사의 협조 | 경찰은 정말로 어려운 직업이라고 생각합니다. 특히 형사는 더더욱 그렇죠. 하지만 그만큼 보람될 때도 많습니다. 한 가지 예를 들어보면, 인적 사항을 알 수 없는 피의자를 계속 추적하여 그 양손에 수갑을 채우는 순간은 어떤 형사에게든지 가장 행복하고 만족스러운 순간일 것입니다. 더 나아가 피해자의 피해까지 회복해

줘서 감사하다는 말 한마디를 들을 때는 말로 다할 수 없는 보람을 느낍니다. 반면에 현장에서 다른 기관이나 회사 등이 잘 협조해주지 않을 때는 상당히 힘듭니다. 형사들이 범인을 잡기 위해 CCTV를 열람하려고 해도 잘 보여주지 않고 짜증을 내는 사람이 많거든요. 그럴 때 가장 힘들다고 느낍니다(국민 여러분, 많은 협조를 부탁드려요. 참고로 이대우 과장님과 현장에 나가면 사람들이 먼저 알아봐서 협조가 잘됩니다).

수사 형사에게 반드시 필요한 창의성 | 형사 업무에 관해서는 훌륭한 선배들이 워낙 앞길을 잘 닦아두어 조서 작성법이나 수사 방법 같은 것은 시간이 지나면 누구나 배울 수 있습니다. 그러나 현재 발생하는 범죄들을 보면 범죄자들이 너무나 지능적으로 변모하고 있다는 것을 알게 됩니다. '뛰는 범죄자 위에 나는 형사'가 되기 위해서는 창의적으로 생각하여 자신만의 수사 기법을 만들어내는 능력이 필요하다고 여겨집니다.

과연 이 사건이 해결될까? | 이대우 과장님은 근무하는 경찰서가 바뀌면 그 경찰서 앞으로 이사를 가서 생활합니다. 그만큼 형사 업무에 대한 열의가 대단합니다. 추진력도 정말 좋아서 모두가 '이 사건이 해결될까?' 하고 의문스러워할 때 과장님은 몸으로 직접 부딪쳐서 기필코 해결해내고야 맙니다. 피의자가 완강하게 범죄 혐의를 부인하는 과정에서도 포기하지 않고서 계속 수사하여 입증해가는 모습을 과장님

곁에서 많이 지켜봤습니다. 그런 모습은 나를 포함한 후배들이 꼭 배워야 할 점입니다.

리틀 사냥꾼이 되고 싶습니다 | 이대우 과장님이 책을 내신다는 이야기를 듣고서 나는 개인적으로 너무 기뻤습니다. 같이 근무해본 이대우 과장님은 누구에게나 귀감이 될 만한 분이고, 그런 점들이 책을 통해서 더 많은 사람에게 알려질 테니까요. 사실은 '범죄 사냥꾼' 이대우 과장님을 뒤이어 국민에게 믿음을 주는 '리틀 사냥꾼' 최우철 수사관이 되고 싶다는 욕심이 있습니다. 인스타그램 계정 woocheol_choi_p과 이메일 allstage@police.go.kr을 통해 더 많은 사람과 소통하고 싶습니다 (나도 모르는 사이에 이대우 과장님을 닮아가고 있습니다).

• 조경준 경사 (서울청 광역수사대)

내가 하는 일은… | 이대우 과장님과 함께 〈도시 경찰〉 시즌 1에 출연했습니다. 현재 서울지방경찰청 광역수사대에서 근무하고 있습니다. 영화나 드라마에서 주인공이 '광역수사대 열혈 형사'로 소개된 적이 있기 때문에 '광역수사대'라는 곳을 한번쯤은 들어봤을 것입니다. 사회적 관심이 큰 사건이나 중요 사건의 첩보 수집, 그리고 신종 수법의 범죄 등에 대한 기획 수사를 주 업무로 합니다.

매 순간 최선을 다하는 이유 | 누구인지 알 수 없는 범인을 작은 단서만으로 끝까지 추적해 검거했을 때 가장 큰 보람을 느낍니다. 피의자를 검거하려고 잦은 야근에다가 끼니도 제때 먹지 못한 채 고생한 시간에 대해 한꺼번에 보상받는 기분이랄까요. 가장 힘들 때는 나 개인의

능력이 부족하여 사건을 제대로 해결하지 못할 경우입니다. 피해자에게도 죄송스럽고, 함께 열심히 일하는 동료들에게 피해를 줄 수 있기 때문에 매 순간 최선을 다하려고 노력합니다.

'유연한 사고'의 필요성 | 유능한 형사가 되기 위해서는 여러 능력이 있어야 하겠지만, 개인적으로는 '유연한 사고'가 필요하다고 생각합니다. 수사하다 보면 미처 생각하지 못했던 부분에 부딪혀 앞으로 나아가지 못할 때가 있습니다. 그때 당황하기보다는 "그럴 수 있어!"라는 유연한 사고로 그 상황을 헤쳐 나갈 수 있다면 적지 않은 도움이 될 것입니다.

주변에서 나를 걱정한 이유 | 이대우 과장님을 처음 만났을 때가 생각납니다. 내가 '수사 꿈나무'로 사이버수사대에서 8개월 정도 지났을 무렵에 경찰 상반기 정기 인사가 있었습니다. 그때 이런 말이 들려왔습니다.

"사이버팀장으로 이대우 팀장님이 오신대……(웅성웅성)."

이때만 해도 나는 잘 몰랐습니다. 주변에서 왜 나를 걱정하고 안타깝게 여기는지…… 그 이유를 금방 알겠더군요.

이대우 과장님의 팀원으로 3년 가까운 시간 동안 '워커홀릭' 팀장님이 일하는 방식, 포기할 줄 모르는 근성, 한번 시작하면 끝장을 봐야 하는 승부욕, 두둑한 배짱, 범죄자를 검거하기 위한 방법을 끊임없이 연구하며 자신을 발전시키려고 노력하는 모습을 옆에서 지켜보면서 '범죄 사냥꾼'이라는 별명을 왜 얻게 됐는지 알았습니다. 그런 과장님의 면면이 나 같은 새내기 형사에게는 아주 큰 자양분이 됐습니다.

한번은 공휴일에 내가 당직을 서고 있었을 때 과장님이 평소처럼 출근했습니다. 나는 '출근을 왜 하셨을까?'라고 생각하면서 당황한 모습으로 인사하고는 '공휴일에는 좀 쉬시지' 싶어서 애써 웃음만 지었습니다. 그런데 한 시간쯤 지나자 과장님이 이렇게 물어봤습니다.

"애들(팀원)은 왜 출근을 안 하냐?"

나는 '설마?!' 하는 생각에 이렇게 되물었습니다.

"과장님, 혹시 오늘이 무슨 날인지 아시는지……."

"어? 무슨 날인데?"

"오늘 현충일이라 쉬는 날인데요."

그때 처음으로 이대우 과장님의 빨개진 얼굴을 봤습니다. 과장님과 함께 일했던 시간을 돌아보면, 피곤해서 너무 졸립고 힘들었던 적도 많지만 나의 경찰 인생에서 너무나 큰 행운이었습니다.

마지막으로, 이대우 과장님처럼 범죄 피해로 고통받는 분들에게 도움이 되고 싶습니다. 직접 만나기 어려운 분은 이메일 cho1902@police. go.kr로 연락해주셔도 됩니다.

· 자동차운전자보험금을 노린 교통사망사고 위장살인 사건의 현장 검증

· 자동차운전자보험금을 노린 교통사망사고 위장연쇄살인 사건의 현장 검증 모의 테스트

· 2년간 미제 사건으로 남아 있던 제주도 연쇄강도살인 사건의 현장 검증

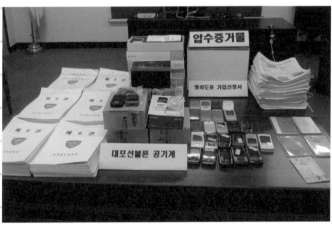

· 대출사기 집중수사팀을 운영해 구속한 대포선불폰 공급업자들에게서 압수한 증거물

· "전셋집 보러 왔어요." 강도강간범 검거 과정에서 승용차 유리창을 깨고 검거 후 압수한 흉기

· 인터넷 강도 모의 일당들 속으로 위장 잠입해 일망타진한 뒤 압수한 흉기와 범행 도구

· '서대문 레전드' 팀원들

· 상황관리관 당직 모습

· 경찰 정례 사격

· 다음 카페 '범죄 사냥꾼' 회원들과 서대문경찰서 레전드들의 만남

· 영화, 드라마, 시나리오 작가들에게 경찰의 모습을 제대로 알리기 위한 강연

· 〈도시 경찰〉 출연 배우들과 용산경찰서 지능범죄수사팀

· 〈도시 경찰〉 배우 및 촬영팀과 용산경찰서 옥상에서

·〈도시 경찰〉 조재윤, 이태
환 배우와 가짜 유명 세
제를 제조한 공장을 급습
해 증거물 압수

·〈도시 경찰〉을 촬영
한 용산경찰서 지능
범죄수사팀장 시절
11번째 특진자(경위
에서 경감으로) 배출

다시
태어나도
경찰

초판 1쇄 발행 2020년 7월 10일 **초판 11쇄 발행** 2024년 5월 31일

지은이 이대우
펴낸이 최순영

출판1 본부장 한수미
라이프 팀
기획 이진아콘텐츠컬렉션
마케팅기획 김은희

펴낸곳 ㈜위즈덤하우스 **출판등록** 2000년 5월 23일 제13-1071호
주소 서울특별시 마포구 양화로 19 합정오피스빌딩 17층
전화 02) 2179-5600 **홈페이지** www.wisdomhouse.co.kr

ⓒ 이대우, 2020

ISBN 979-11-90908-08-5 03810